9클래스 소드 마스터

WISHBOOKS FUSION FANTASY STORY

이형석 퓨전 판타지 장편소설

이형석 퓨전 판타지 장편소설

초판 1쇄 찍은 날 | 2020년 2월 11일
초판 1쇄 펴낸 날 | 2020년 2월 18일

지은이 | 이형석
펴낸이 | 예경원

기획 | 위시북스
편집책임 | 이은송
편집 | 위시북스

펴낸곳 | 예원북스
등록번호 | 제396-2012-000132호
등록일자 | 2012. 7. 25
KFN | 제1-507호

주소 | 경기도 고양시 일산동구 호수로 646-24 위너스21 II 빌딩 206A호 (우)10401
전화 | 031-819-9431 팩스 | 031-817-9432
E-mail | yewonbooks@naver.com

ISBN 979-11-365-1452-3 04810
979-11-6424-597-0 (set)

※ 이 도서의 국립중앙도서관 출판시도서목록(CIP)은 서지정보유통지원시스템 홈페이지(http://seoji.go.kr)와 국가자료공동목록시스템(http://www.nl.go.kr/kolisnet)에서 이용하실 수 있습니다.

9클래스 소드 마스터

WISHBOOKS FUSION FANTASY STORY

이형석 퓨전 판타지 장편소설

9

Wish Books

▶Chapter 1◀

콰앙……!! 쨍그랑……!!

지금까지 언제나 조용했던 본궁에서는 며칠째 요란하게 깨지는 소리만이 들렸다. 복도 밖에서 안절부절못하는 시종과 하녀들은 그저 집기들이 사방으로 날아다니는 소리에 창백한 얼굴로 서로를 바라볼 뿐이었다.

"비키게. 들어가 볼 테니."

"재…… 재상님!"

하인들 사이에 있던 시종장은 복도 끝에서 들린 목소리에 황급히 허리를 숙였다.

"사람들을 모두 물리게. 자네들 잘못이 아니니."

"죄…… 죄송하옵니다."

시종장은 황급히 하인들에게 손짓을 하며 내보냈다.

"후우……."

복도가 조용해지자 재상 브린 이니크는 며칠 밤을 새운 탓에 주름이 한층 깊게 팬 얼굴로 문 앞에서 낮은 한숨을 내쉬었다. 단 한 순간에 모든 게 엉망이 되어버렸다. 특히나 자신이 지지했던 제1황자는 지금 그를 지지하던 귀족들이 유배지로 쫓겨나 줄이 끊어진 연처럼 힘없는 상황이었다.

'정신 차려라. 이럴 때일수록 내가 중심을 잡아야 한다.'

황자의 일은 황자의 일일 뿐이다. 황제가 존재하는 한 황자들 간의 다툼은 그저 다음의 일일 뿐. 후대의 싸움이야 제국이 존재해야지만 성립되는 일이었으니까.

'일단 제국부터 안정시켜야 한다.'

꽈악-

몇 번이나 마음속으로 그리 생각했지만 브린 이니크는 문고리를 잡은 손을 쉽사리 돌리지 못했다.

'용서치 않겠다…….'

갑자기 나타나 모든 것을 뒤엎어놓은 카릴을 생각하면 할수록 그 역시 황제처럼 집히는 대로 전부 던져 버리고 싶은 심정이었으니까.

"폐하."

그는 이를 악물며 본궁 안으로 들어갔다.

"……!!"

문을 열자마자 서슬 퍼런 눈으로 자신을 바라보는 황제의 눈빛에 브린은 자신도 모르게 주춤하고 말았다.

"아아……. 브린 경, 그래 마침 잘 왔네."

"……예?"

황제의 말에 다짐했던 마음은 사라지고 브린은 오히려 오싹한 기분이 들었다.

"크웰 맥거번. 그자의 저택이 에시르가의 영지에 있다고 했었지?"

황제는 분을 삭이지 못해 얼마나 입술을 깨물었는지 여기저기 갈라진 상처 사이로 피가 고여 있었다.

"아, 네……. 그렇사옵니다."

마치 생간이라도 씹어 먹은 것처럼 입가에 지저분하게 핏물이 묻어 있는 모습이 꼭 흡혈귀를 보는 기분에 브린은 눈을 피하며 고개를 숙였다.

"크웰의 양자가 몇이랬지?"

"적자 마르트를 제외하고 모두 다섯인 줄 아뢰옵니다. 그중 둘째인 티렌 맥거번은 현재 아카데미의 수련생으로 있으며 넷째인 란돌은 러기사단 소속으로 현재 행방불명입니다."

"그래? 그것참…… 안타깝군. 양자라고는 하나 아비 된 입장으로 아들의 생사도 알지 못하니 말이야."

황제는 손등으로 입술을 닦았다.

"브린 이니크. 자네도 알 거야. 황자들이 내 자리를 노리고 있다는 걸. 자네도 꽤 곤욕이겠어. 내가 루온을 그리했으니 말이야."

"황공하옵니다……."

"하나 황제의 자리란 그런 거지. 내 아이가 태어나는 순간부터 내 자리를 탐할 적이 될 것이라는 걸 말이야."

"……."

"내 아비도 그랬겠지. 이 자리에 앉아보니 알겠더군. 나 역시 똑같았으니 말이야."

1황자가 아닌 황제가 형제들을 밟고 이 자리에 올라섰다는 것은 모두가 알고 있는 사실이었다. 더욱이 그 역시 전 황제의 목을 스스로 베었으니 말이다.

"하지만 어디 열 손가락 중에 깨물어서 안 아픈 손가락이 있겠는가. 오로지 황좌만을 바라보는 그 아이들은 모르겠지만……클클……."

자조적인 웃음. 이런 상황에서 어째서 그런 말을 하는 것인지 브린 이니크는 떨리는 눈으로 그를 바라봤다.

"나름 두 아이의 경합을 보는 게 싫지만은 않거든."

"황공하옵니다……."

"그런데 말이야. 깨물어 아프지 않은 손가락 없으나 그게 곪아 썩었다면 깨무는 게 아니라 아예 잘라 버려야지."

제국의 역사는 피로 일구어졌다 해도 과언이 아니었다. 정복왕 타이란 슈테안은 비록 노쇠하였으나 전 황제처럼 쉽게 자리를 내어줄 위인은 아니었다.

"아이들의 재롱은 봐줄 수 있어도 내 목을 죄려는 녀석들은 그냥 둘 수 없지. 그게 내 아이든 남의 아이든 말이야."

황제는 차갑게 말했다.

"그럼 크웰의 저택엔 지금 셋째와 다섯째가 있겠군."

"아마도……."

"셋째와 다섯째 손가락도 똑같이 아프겠지."

"지, 지당하신 말씀이옵니다."

브린 이니크는 그가 무슨 말을 할지 예상했다는 듯 떨리는 목소리로 대답했다.

"충성스러운 제국의 기사라면 본디 받드는 왕의 아픔을 함께해야 하지 않겠는가."

"……."

"선택권을 줘야겠지. 셋째와 다섯째……. 그리고 마지막 손가락 중에 과연 뭐가 더 아플지 말이야."

황제는 낮은 목소리로 말했다.

"크웰 맥거번을 불러오게."

"이 보고가 맞아?"

두샬라에게서 받은 보고서를 읽던 카릴은 헛웃음을 지으며 되물었다.

"말도 마세요. 지금 마광산에서 6사석을 채취 가능하게 되었잖아요. 칼립손이 있었다면 6각석을 쉽게 세공했을 텐데 그의 부재 때문에 한동안 판매를 금지했었죠."

"그렇지."

카릴은 노움국의 마지막 핏줄을 찾기 위해 떠났던 노움 세공사 칼립손을 떠올렸다. 벌써 그가 타투르를 떠난 지 2년이 훌쩍 지났다.

'무슨 일이 생기지 않았다면 지금쯤이면 녀석을 만났을 것 같은데…….'

그는 칼립손에게 호위를 붙일 걸 그랬나 하는 생각이 들었지만 때로는 스스로 해야만 하는 것이 있는 법이었다. 칼립손의 능력은 뛰어나지만 자신이 필요한 것은 노움 1명이 아닌 노움국의 힘이었으니까. 다른 이의 도움을 받아 세워진 나라는 또다시 멸망의 길을 걷는다는 것을 잘 알고 있었다.

'칼립손, 그 노인네가 쉽게 죽을 위인은 아니니 조금 더 기다려 봐야지.'

전생의 그를 떠올리면서 카릴은 마음을 다잡았다.

"공급이 중단되니까 당분간 상위의 속성석이 나오지 않는다는 걸 깨달은 거죠. 머리 나쁜 인간들이 또 그런 건 빨라 가지고……."

"서로 동급의 속성석을 가진 지금이 전력상 가장 차이가 없다고 생각한 거군."

"맞아요."

'나 참……. 그렇다고 마광산 때문에 결국 전쟁이 터지다니. 하여간 멍청한 인간은 변하지 않는군.'

카릴은 두샬라의 말에 쓴웃음을 지었다.

'전생이나 현생이나 똑같네. 결국 마광산 때문에 스스로 자멸하게 생겼으니 말이야.'

"삼국 모두 전쟁 중인 건가?"

"그건 아니에요. 이스탄하고 트바넬이 지금 영지전을 시작했습니다. 아직 전쟁으로 커진 건 아니지만 국경에 있는 귀족들이 슬슬 마찰이 있나 봐요."

"흐음."

"속성석 때문에 올라간 전력을 써보고 싶어서 그런 건지 모르겠지만 지금까지 그 나라들이 멸망하지 않고 있는 게 신기합니다."

"쓸데없는 짓을 하긴……. 그런데 이스탄과 트바넬이라……. 노인네들의 속이 뒤집어지겠군."

기껏 트윈 아머에서 고군분투를 하여 제국의 침공을 막아냈는데 오히려 내부에서 이렇게 난리를 치니 무슨 소용이 있겠는가.

"뭐, 이참에 이스탄의 방패가 우리 쪽으로 넘어 와주면 고마운 일이죠."

"그 고집 센 양반이? 쉬운 일은 아닐걸."

마치 마르제에 대해서 잘 알고 있다는 듯이 말하자 두샬라는 고개를 갸웃거리며 말했다.

"속 터져서 죽는 것보단 그래도 전장에서 죽는 게 낫지 않겠어요?"

"크큭."

그녀의 말에 에이단이 피식 웃었다.

"하긴. 그 말도 일리는 있네. 어차피 이스탄과 트바넬에서 얻을 만한 전력은 그 둘이니까. 일단 삼국 쪽은 좀 더 놔둬도 되겠어."

"당분간은 제국이 급습할 일은 없으니까요."

"맞아."

카릴의 생각을 읽은 듯 두샬라가 재빠르게 대답했다.

'확실히 쉬운 일은 아니지. 전생에서도 그 둘은 결국 이스트리아 삼국과 함께 유명을 달리했으니까.'

오랜 세월 충성을 바친 충신들이었기에 쉽게 돌아서진 않겠지만 만약 그 둘을 얻게 된다면 분명 큰 힘이 될 것이다.

'그 둘이라면 오합지졸인 이스트리아의 군사들을 한층 더 강하게 만들 수 있을 뿐만 아니라 어리석은 왕을 따르지 않기 위해 정계를 포기한 깨어 있는 젊은 인재들까지 등용할 수 있을 테니까.'

카릴은 펼쳐놓은 지도에서 두 왕국을 바라보며 입맛을 다셨다.

"펜리아 쪽은?"

"그쪽도 그쪽대로 꽤나 난리던데요. 아시다시피 펜리아 왕국은 왕자 없이 왕녀만 세 명이잖아요."

"그렇지."

"얼마 전이었을 거예요. 3왕녀인 비올라가 독립을 선언했거든요. 판피넬 가문을 기반으로 스스로 독자적인 노선을 걷겠다고 했습니다."

카릴은 두샬라의 보고에 의외라는 표정을 지었다.

"독립을 했다는 말은 비올라 왕녀가 판피넬의 영지에 거점을 두고 공작령을 만들었다는 말이야?"

왕가의 핏줄 중 왕을 제외한 나머지는 관례적으로 공작과 동등한 힘을 가진다. 이따금 왕위를 물려받지 못한 왕자 혹은 왕녀 중에 공작 위를 주어 왕국을 통치하는 데 기여하도록 했던 사례도 있었다.

물론, 이러한 일은 극소수에 불과할 뿐 왕권쟁탈이 끝나고 나면 혹시라도 있을 위험에 대비해 모두 죽이는 것이 대부분이지만 말이다.

"표면상으로 따지면 그렇겠네요. 1천 명도 되지 않는 사병뿐인 공작령이긴 하지만 말이죠."

그런 상황에서 비올라가 공작령을 선포했다는 것은 펜리아 왕국과 전면적으로 갈라서겠다는 의미를 가지기도 했다.

"흐음……. 승산이 있다고 봐?"

푸드드득……!!

그때였다. 집무실의 창가로 전서구 한 마리가 날아 들어왔다. 발목에는 푸른색 끈으로 묶인 쪽지가 달려 있었다. 무법항에서 온 보고였다.

두샬라는 쪽지를 펼쳐 읽고는 묘한 표정을 지었다.

"호랑이도 제 말 하면 온다더니 승산이 있는지는 당사자께 직접 들으시는 게 좋을 것 같은데요?"

"음?"

그녀는 쪽지를 카릴에게 건네며 말했다.

"무법항에서 판피넬 공작령의 비올라 왕녀가 주군을 뵙길 청하고 있다네요."

"지금? 내가 돌아오길 기다리고 있었던 모양이군."

카릴은 그녀의 말에 피식 웃었다.

"여기서 주군을 기다린 사람이 어디 한둘이겠어요. 다 좋은데 한눈팔지 마시고 똑바로 하시고 오세요."

"내가 무슨 한눈을 팔아?"

그의 말에 두샬라는 콧방귀를 뀌며 카릴의 등을 밀었다.

"……많이 변한 거 같군."

비올라는 카릴을 보고 짐짓 놀란 표정으로 말했다.

"그렇습니까?"

"겉모습만 보면 이제 성인이라고 해도 믿을 것 같은걸."

비올라의 말에 카릴은 자신의 턱을 쓱 문질렀다.

"생각해 보니 제대로 거울을 본 적이 없는 것 같네요."

카릴 본인은 제대로 체감하지 못했지만, 용의 심장을 삼킨 뒤 그의 체형은 확실히 또래들보다 월등한 성장을 보였다. 이제 한 달 남은 올해가 지나면 15살이 되지만 그는 이미 전생 때 자신의 검을 완성했던 18살 때의 덩치와 비슷했다. 육체의 성장이 과거를 뛰어넘음 준비를 하는 것이었다.

"하긴, 처음 만났을 때도 당신은 겉모습만 어렸지 속을 알 수 없는 사람이었으니까."

카릴은 비올라의 말에 피식 웃었다.

그녀의 말처럼 육체야 이제 막 성인의 모습을 갖추었다고 하지만 내면은 셀 수 없이 오랜 세월을 살아왔으니까.

"내가 그렇게 애늙은이처럼 보였습니까?"

"아니, 그것과는 달라. 말로 표현하기 힘든데……. 어른스럽다가도 거침없는 행동은 상상을 뛰어넘으니까."

"그러는 왕녀님도 그때와 많이 달라지신 것 같습니다."

"……늙어 보여?"

카릴은 그녀의 물음에 옅은 미소를 지었다.

"전혀요."

아직은 외모에 신경을 쓸 어린 나이였다. 하지만 두샬라의 보고대로 펜리아 왕국은 비올라에 의해서 술렁이고 있었다. 그녀는 어깨에 너무나도 무거운 짐을 짊어지고 있어 겉모습에 신경을 쓸 겨를도 없었다. 우습지만 이제 와서 그녀는 카릴의 말에 자신을 돌아볼 생각을 했다.

"오히려 그 전보다 훨씬 더 여왕다워 보입니다."

빈말이 아니었다. 처음 타투르에서 그녀를 만났을 때만 하더라도 아름다웠지만 세상 물정 모르는 꼬마에 불과했다. 하지만 카릴과의 만남 이후 그녀의 얼굴엔 온실 속 화초는 가질 수 없는 자신감이 서려 있었다. 그리고 그 품위에 어울릴 만한 미모 역시 더욱더 꽃을 피우고 있었다.

이제는 어엿한 여인의 향기가 느껴진달까.

"다행이군."

그녀는 어느새 자신보다 키가 큰 카릴을 보며 살짝 얼굴을 붉혔다. 그런 비올라의 모습에 두샬라는 살짝 눈을 흘기며 카릴을 바라봤다.

"자네도."

두 여인의 시선을 받으면서 카릴은 능청스럽게 비올라의 뒤에 서 있는 그레이스에게 말했다.

'마력이 꽤나 갈무리 되어 있는걸 보니 확실히 성장했군.'

미남자의 곱상한 얼굴이었던 그는 몇 개월 사이에 제법 각이 잡힌 얼굴이 되어 있었다.

"오랜만입니다."

그녀는 경계를 늦추지 않고 나지막한 목소리로 대답했다.

'뭐, 전생에도 소드 마스터까지 올라가는 재능이었으니까.

그때에 비해 좀 더 빨리 그 경지에 도달하겠어. 이번에는 이름을 역사에 남길 수 있을 것 같군.'

그의 모습을 보며 카릴은 만족스러운 듯 고개를 끄덕였다.

"그대는 나와 헤어지기 전에 했던 말을 결국 이뤄냈더군. 정말로 남부를 통일한 것도 모자라 정말로 나라를 세웠으니 말이야. 그것도 제국의 인정마저 받고 말이지."

"주군께서는 일국의 왕이십니다. 왕녀님께서는 언행에 주의를 해주시면 감사하겠습니다."

비올라의 말이 끝남과 동시에 기다렸다는 듯 두샬라가 그녀에게 말했다. 베일로 얼굴을 가리고 있었기에 표정이 보이지는 않았지만 두샬라가 비올라를 째려보고 있다는 건 응대실에 있는 사람들이라면 모를 수가 없었다.

"큼, 크흠."

비올라는 그녀의 말에 아차 싶은 표정으로 입을 가렸다.

"제가 타투르의 왕께 실례를 범했군요."

"아닙니다. 편하게 하세요."

"그래도……."

"괜찮습니다."

카릴의 말에 두샬라는 못마땅한 듯 입술을 씰룩였지만 안타깝게도 그것 역시 베일에 가려 보이지 않았다.

"폐하의 배려에 그럼……. 감사히 생각하겠습니다."

비올라는 살짝 상기된 얼굴로 카릴에게 말했다.

"전에 당신이 내게 했던 이스트리아 삼국을 가지겠다고 말한 것이 이젠 현실로 와닿는군. 타투르 자유국이라……. 이제 정말 한 나라의 수장이니 말이야."

"뭐, 나름 여러 가지로 저도 고생을 좀 했습니다."

"그대가 부럽군. 아니, 존경스럽다고 해야 할까. 자신이 한 말에 책임을 지었으니까."

그녀의 말에 카릴은 어깨를 가볍게 으쓱하며 낮게 웃었다.

"아무리 부러워도 그런 말도 안 되는 결정을 내리시면 어쩌십니까. 설마 저를 따라 한 건 아니시겠죠?"

놀리듯 말하는 그의 말투에 비올라는 헛웃음을 지었다.

"공작령 말이냐. 기껏해야 1천도 안 되는 병력을 가진 작은 변방의 땅이야. 아무리 멍청한 왕이더라도 펜리아 왕국의 전력은 족히 10만이야."

그레이스는 그녀의 말에 살짝 안색이 굳어졌다.

"……죄송합니다."

"그대를 탓하려고 한 게 아니야. 판피넬 가(家)가 나를 지지해 준 것만으로도 나는 평생을 걸쳐 갚아야 할 빚을 그대에게 진 거니까."

비올라의 대답에 다시 한번 고개를 숙인 뒤 그레이스는 다시 뒤로 물러섰다.

"왕족이 공작의 직위에 오르는 건 이상한 일이 아니지만……. 이번 일은 펜리아 왕도 가만있지 않을 겁니다."

"가만히 있지 않으면 어쩌겠어. 내 말 듣지 않고 속성석을 사 모으다 지금 국고가 휘청거리고 있는데."

"그건 아니죠. 저번에도 말씀드렸다시피 저희는 추후에 있을 제국과의 전쟁에 대비해서 무상으로 드린다고 했습니다. 국고에 문제가 있는 건 아닐 테고……."

카릴은 눈빛을 빛냈다.

"왕국이 휘청거리는 건 이스탄과 트바넬의 영지전에 펜리아도 가세를 하려고 해서 그런 것 아닙니까?"

"……."

"그리고 그걸 막기 위해 왕녀님께서 공작령을 세우신 것이고요. 하지만 설마 진짜로 아버님과 전쟁이라도 치르실 생각은 아니시죠?"

차근차근 그녀를 가르치듯 말하자 카릴의 말을 듣던 비올라는 결국 한숨을 토해냈다.

"당신은 모르는 게 없군. 타투르로 돌아왔다는 소식을 듣자마자 온 건데……."

"그러게요. 정말 기다렸다는 듯 오셨더군요."

그의 말에 비올라의 얼굴이 다시 한번 붉어졌다. 카릴은 그런 그녀를 보며 말했다.

"조금만 생각해도 쉽게 예상 가능한 일이니까요. 외람되지만 왕녀님의 부친은 머리가 단순하잖습니까."

비올라는 쓴웃음을 지었다.

“하지만 제가 속성석을 제공한 이유는 제국과의 전쟁에 있어 저희의 깃발 아래 싸우게 하기 위함이지 그걸 가지고 자기네들끼리 치고받으라는 의미가 아니었습니다.”

“나 역시 한심하다고 생각한다.”

“아마 왕녀님께서 절 찾아오신 이유가 바로 그 한심에서 비롯된 것이라 생각되는데…….”

더 이상 뜸 들일 필요가 없었다.

“원하시는 게 무엇입니까?”

“내게 병사를 빌려다오.”

“……!!”

파격적인 그녀의 말에 카릴을 제외한 응대실에 있는 다른 사람들은 모두 놀란 표정을 지었다.

“어째서입니까?”

“펜리아 왕국의 여왕이 되기 위해서. 그리고 이스트리아 삼국을 통일하겠어.”

카릴은 그녀를 바라봤다.

‘보통은 아닐 거라고 생각했는데…… 생각보다 더 과감한 선택을 했는걸.’

확실히 트윈 아머 이후 그녀와 헤어지던 날, 카릴은 그녀에게 펜리아 왕국의 수장이 되라 말했었다.

‘그동안 꽤나 고생을 했나 본데…….’

하지만 현실적으로 왕위를 물려받을 가능성이 없는 3왕녀.

그녀가 펜리아의 여왕이 되는 것은 어려운 일이었다.

'이 정도라면 좋은 쪽으로 성장했다고 봐야 하나?'

아니, 기대 이상이었다. 외모뿐만 아니라 정말로 내면까지 그 안에 여왕으로서의 기품이 느껴지는 것 같았으니까.

"자유도시에선 언제나 대가를 지불하면 무엇이든지 살 수 있습니다. 병력의 대가로 무엇을 지불하시겠습니까?"

그 순간 비올라의 눈빛이 결의에 찬 듯 빛났다.

"직접 왕이 되어 이스트리아 삼국을 당신에게 넘기겠어."

"……!!"

그녀의 말에 그 안에 있던 사람들이 모두 깜짝 놀란 듯 그녀를 바라봤다.

"와, 왕녀님?!"

심지어 함께 온 그레이스조차 그녀의 발언을 예상하지 못한 듯 보였다.

"왕녀님께선 지금 나고 자란 자신의 왕국을 그냥 넘기시겠다는 말입니까."

"막으려고 한다고 과연 우리가 당신의 자유군을 막을 수 있을까?"

자조적인 말이었지만 그녀의 말에 누구도 반박을 하지 못했다. 하지만 카릴은 그녀의 말에 굳은 얼굴로 되물었다.

"어째서죠?"

"그게 삼국의 백성들을 가장 많이 살리는 길이니까."

비올라는 카릴을 향해 옅은 미소를 지었다.

"나라를 팔아먹을 불명예를 지겠다는 것이 아냐. 그대 말대로 내가 나고 자란 이 나라가 이대로 간다면 스스로 자멸의 길을 걷게 될 것을 아니까. 내가 할 수 있는 것이 무엇인지……. 생각한 거야."

"차라리 제국에게 힘을 빌려달라고 할 수도 있을 텐데요. 아직은 그들이 우세합니다."

"아직은 이겠지. 당신이 이스트리아 삼국을 무력으로 치지 않고 지금껏 두었던 이유는 삼국의 힘이 합쳐지면 충분히 제국과의 전쟁에서 승산이 있다 여겼기 때문이 아닐까?"

그녀의 말에 카릴은 입꼬리를 올렸다.

"참 영악한 사람이야."

호흡을 가다듬고 그녀가 말을 이어갔다.

"이스탄과 트바넬의 젊은 귀족 중 나의 생각에 동의를 하는 자들도 있어. 이대로 간다면 스스로 자멸하게 될 것임을 아는 거지. 어리석은 왕 밑에 있다고 모두가 바보는 아냐."

"제국과의 전쟁이라……. 정말 결심하신 겁니까?"

"조금 전 제국을 선택하지 않느냐고 물었지? 그 이유는 그대가 더 잘 알 텐데. 제국에게 삼국을 주는 건 자멸하는 것보다 못한 짓이야."

"두샬라."

카릴의 부름에 기다렸다는 듯 두샬라는 무릎을 꿇으며 말했다.

"네. 주군."

"왕녀님께 자유군을 내어드려라."

일말의 망설임도 없이 말하는 카릴의 모습에 모두가 놀라지 않을 수 없었다. 혹여 비올라가 실패할 경우 타투르의 군사력마저 감소되어 제국이 침공할 기회를 주게 될지 모르는 일이었기 때문이었다.

"얼마나…… 지원을 해드리면 될까요?"

천하의 두샬라마저 긴장한 듯 떨리는 목소리로 물었다.

"여기서 안티홈 대도서관까지 갔다 오는 데 얼마나 걸리지?"

병력의 수를 물었는데 어째서 불멸회의 거점을 물어보는지 모두가 의아한 표정을 지었다.

"네? 아, 아마……. 강을 따라 이동한다 하더라도 넉 달은 걸리지 않을까 싶습니다. 왜 그러시죠?"

"두 달. 그 안에 나는 그곳에 다녀올 거다. 숫자는 상관없다. 다만 내가 돌아왔을 때 삼국이 정리되었다는 보고를 올리도록 해라."

순간, 거침없는 그의 말에 그 안에 있던 사람들은 자신도 모르게 어깨가 떨렸다. 오랜 세월 통일되지 못한 삼국을 고작 두 달 만에 공략하라는 말이었다.

"재밌겠네요."

어안이 벙벙한 다른 사람들과 달리 두샬라는 자신도 모르게 붉은 입술을 핥으며 대답했다.

"그럼……. 그대는 타투르에 없는 건가?"

비올라는 은근히 기대했던 눈치로 물었다.

"전 따로 해야 할 일이 있습니다."

왕녀가 삼국 통일을 위해 자신에게 병력을 빌리러 온 순간 카릴은 확신했다. 어쩌면 비올라가 오늘 자신을 찾아온 것은 천운일지 모른다.

'신탁이 이제 1년밖에 남지 않았다.'

그 전에 꼭 가야 할 곳이 있었다. 바로, 백금룡의 레어.

'하지만 혼자 가진 않아.'

카릴은 옅은 미소를 지었다.

"예전에 약속한 게 있어서 말입니다."

그는 망령의 성에서 쿼니테를 만나 사령술사의 이야기를 들을 이후 한 가지 가능성을 찾았다.

'알른 자비우스…….'

카릴은 마치 다짐하듯 마지막 한마디를 되뇌었다.

'백금룡을 만날 땐 당신과 함께다.'

"마스터!!"

비올라 왕녀 일행이 떠나자마자 집무실의 문이 열리며 들어

온 사람은 다름 아닌 수안 하자르였다.

"왜 이렇게 난리야?"

카릴이 그를 바라보며 피식 웃으며 물었다.

"안티훔 대도서관에 가신다는 게 사실이세요?"

"누굴 데려가실 계획이세요?"

"마침 잘 왔어. 부르려고 했었는데. 대충 다 모인 건가?"

집무실 안에는 이미 그뿐만이 아니라 다른 사람들도 모두 모여 있었다. 수안은 기대에 찬 눈빛으로 황급히 자리에 앉았다.

"알다시피 안티훔 대도서관은 대륙 마법회의 양대 산맥 중 하나인 불멸회의 거점이야. 개인적인 볼일이 있어서 가는 거지만 그곳에 함께 가줬으면 하는 사람들이 있다."

카릴은 천천히 고개를 돌렸다. 그의 시선이 향하는 쪽으로 모두의 눈빛이 쏠렸다.

"미하일, 그동안 타지에서 고생했지? 미안하지만 조금 더 고생을 해줘야겠다."

"저요? 여부가 있겠습니까. 오히려 마스터와 함께할 수 있으면 영광이죠. 아니, 주군과 함께요."

미하일은 카릴의 말에 신이 난 듯 말했다. 그도 그럴 것이 다른 사람들과 달리 그는 몇 개월 동안이나 작은 마을에 처박혀 있었으니까.

"연습은 소홀히 하지 않았겠지?"

"네. 얼마 전에 4클래스의 벽을 넘었습니다. 정식 등록은 하지 않았지만, 저도 이제 마법사의 반열에 올랐습니다."

미하일의 말에 모두가 깜짝 놀란 듯 그를 바라봤다. 특히나 처음 마법을 가르쳐 줬던 에이단이 가장 놀란 모습이었다.

'이제는 마력이 나보다 더 높다니……. 미하일에겐 마력 변형까지 있으니 동급 마법사들에게는 결코 지지 않겠어.'

한편으로는 뿌듯하면서도 어쩐지 자신보다 아래라고 생각했던 미하일 마저 격차가 좁혀지는 것 같아 에이단은 내심 씁쓸한 마음이었다.

"그리고 세리카 로렌. 너도 함께 가자. 그동안 소홀했지?"

"언제부터 우리가 친했다고 그렇게 말하지? 당신, 마도 범선에서 돌아온 뒤로 내게 제대로 된 답을 주지 않았는데."

세리카 로렌은 카릴을 향해 무뚝뚝한 목소리로 말했다. 그녀는 솔직히 공국에서 미하일과 함께 온 뒤로 자신에게 관심을 주지 않는 그의 모습이 어이가 없었다. 몇 개월이나 부하를 시켜 자신을 데려오려고 공을 들였는데, 정작 타투르로 오고 나니 이렇다 할 대꾸도 없었으니까.

"제국의 일에 널 끌어들이고 싶지 않아서 그랬을 뿐이야. 게다가 널 데려가는 이유는 안티훔에 가는 길에 그때 줬던 쪽지에 대한 답을 찾을 수 있기 때문이기도 해."

"난 흑마법에 관심 없어."

"하지만 마법엔 관심 있지."

세리카 로렌의 말에 일말의 망설임도 없이 바로 대답했다.

"너희 둘을 이번 원정에 뽑은 이유는 타투르의 마법을 한 단계 더 성장시킬 수 있는 사람들이기 때문이다. 흑마법을 배우란 말이 아니니야. 오히려 그 반대지."

"불멸회에 싸움이라도 걸겠다는 말씀이십니까?"

"필요하다면."

두샬라는 카릴의 말에 기가 막히다는 얼굴이었다. 제국조차 건드릴 수 없는 대륙에서 가장 영향력 있는 마법회 중 하나인 불멸회에 아무렇지 않게 싸움을 걸겠다고 말할 수 있는 사람이 과연 몇이나 있을까.

"걱정하지 마. 마법사들의 전쟁은 그런 대규모 싸움이 아니니까."

두샬라의 생각을 읽은 듯 카릴이 나지막하게 웃으면서 말했다. 역사상 전투마법사인 슈프림의 계보를 처음 만든 세리카 로렌과 그와 견주어도 손색이 없는 마법적 재능을 가진 미하일. 이 두 사람이야말로 마법회를 찾아가기 가장 적합한 구성이 아닐 수 없었다.

"주군, 그럼 저는요?"

수안 하자르가 결국 기다리다 못해 먼저 말을 꺼냈다.

"아, 맞아. 그리고 수안."

"넵."

"넌 기다렸다가 다시 캄마한테 연락이 오면 다시 공국으로 가서 두 사람을 데리고 오도록 해."

"……또요?!"

"해협을 가장 빠르게 건널 수 있는 사람이 너뿐이잖아. 여기서 누구도 할 수 없어. 네가 가장 중요한 역할이야."

카릴의 말에 그는 울상이 된 얼굴로 망령의 성에서 돌아온 이후로 한 번도 빼지 않은 칼두안의 건틀렛을 바라보며 아쉬운 듯 입맛을 다셨다.

"대신 돌아온 뒤에 권왕을 만나게 해줄게."

"권왕이요?!"

"설마…… 5대 소드 마스터 중 한 명인 발본트 대제?"

생각지도 못한 사람의 이름이 나오자 모두가 깜짝 놀라지 않을 수 없었다.

"대제라는 칭호를 그가 썩 좋아하진 않을 것 같지만 어쨌든 그 사람이 맞아."

"주군께서는 권왕과도 안면이 있으신 겁니까?"

이제 더 이상 카릴의 정체를 모르는 사람이 없었다.

대륙제일검, 크웰 맥거번의 양자. 게다가 고든 파비안의 앞에서도 당당한 모습에서 이제 남은 3명의 소드 마스터들을 모두 안다고 해도 이상하게 생각되지 않았다.

물론, 이들 중에 카릴이 이민족과 관계가 있다는 것을 알고 있는 사람은 하시르뿐이었다. 과거 울카스 길드의 마스터인 톰슨이 카릴의 명령으로 그를 만나러 갔을 때 이민족과의 관계를 얼핏 이야기했었기 때문이다. 하지만 그조차 카릴 본인이 이민족이라는 사실은 모른다.

"아니."

카릴은 수안의 물음에 담담히 말했다.

"이제 친해져 봐야지. 오히려 네가 나보다 더 잘 알 것 같은데. 권왕의 8태세(態勢) 중 몇 개를 배웠잖아."

"……!!"

"뭐야, 수안 너마저 권왕의 제자였어?"

모두가 놀라는 와중에서 특히 에이단이 실망스럽다는 듯 한숨을 내쉬었다.

미하일에 이어 수안까지. 카릴과 함께 타투르를 처음 떠났을 때의 세 명 중 자신을 제외한 두 명이 이런 엄청난 내막이 있을 줄은 전혀 상상도 하지 못한 일이었으니까.

'조급한가 보군. 에이단. 너야말로 이들 중에 가장 대단한 거다. 스스로의 힘으로 암연에서 실력을 인정받아 임무를 받은 거니까.'

카릴이 회귀 이후 역사를 바꾸면서 그로 인해 개개인의 성장마저 영향을 끼쳤지만 아직 유일하게 손을 대지 않은 사람이 있다면 그게 바로 에이단이었다.

'조금만 기다려. 백금룡을 만나러 갈 때면 동방국의 힘도 필요하니까. 그때 네가 우리의 중심이 될 날이 올 거야.'

이제 더 이상 그의 여정에 있어서 단순히 자신의 힘만을 위한 것은 없었다. 타투르를 독립 국가로 내세운 시점에서부터 카릴은 이제 모든 계획을 자신의 권세를 증가시키는데 주력할 생각이었기 때문이다. 대륙에 가장 강한 자들이라 불리는 소드 마스터가 설사 1만의 병사에 위력과 맞먹을 수 있다 한들 결국 몸은 한 개다. 동쪽에서 서쪽으로 북쪽에서 남쪽으로 동시다발적으로 이뤄지는 전쟁을 개인이 모두 해결할 수는 없는 일이었다.

"설마 우리에게 도서관의 시험을 치르게 할 셈이야?"

잠자코 카릴의 말을 듣고 있던 세리카 로렌이 인상을 찡그리며 말했다.

"나는 마법 따위 관심 없어. 단지 당신이 내게 말한 이야기의 방법을 찾고 싶을 뿐이지."

"흐음, 도서관의 시험에 대해서 알고 있나?"

"……풍문으로 들었을 뿐이야. 옛날에 여관을 했으니까."

"그래? 그렇다면 시험 요건도 알고 있을 거 같은데. 시험을 치르게 할 거냐고 묻는 건 네가 그 조건에 부합한다는 의미로 들어도 되겠지?"

카릴의 말에 세리카는 아차 싶은 표정으로 고개를 돌렸다.

"애초에 안티훔 대도서관에 들어가기 위해서는 마법사를 증명하는 마력을 가지고 있어야 하니까."

웅성- 웅성-

순간 조용했던 집무실이 소란스러워졌다. 마법사를 증명한다는 것은 결국 그 반열에 올랐다는 말이었으니까.

'저 꼬마 여자애가 4클래스에 도달했다고?'

'촌구석 꼬마가 아무런 교육도 없이?'

그들이 놀라는 이유야 이미 잘 알고 있는 카릴이었기에 그는 흐뭇한 표정을 지었다.

"좋아. 하지만 이 말의 의미부터 설명을 해주지 않으면 난 당신을 따르지 않겠어."

세리카 로렌이 품 안에서 구겨진 쪽지를 꺼냈다.

창왕(槍王)의 창보다 강한 것은 마력을 담은 할가드의 창이다.

"날 도발하기 위함이야? 할가드 창술이 3류 용병들도 배울 수 있는 보급 창술이라는 건 당신도 알 텐데."

"맞아. 그리고 네가 익힌 창술이기도 하고. 안 그래?"

"……그래. 그래서 잘 알지. 이 창술이 얼마나 약한지 말이야."

세리카는 카릴을 노려보며 말했다.

"내 아버지는 도적질을 하는 쓰레기들의 마법조차 이기지 못하고 살해당했어."

"풍문으로만 들어서 대도서관에 다른 비밀은 모르나 보군."

"……뭐?"

"창왕의 창술이 어디서 나온 건지 알아?"

카릴의 물음에 세리카 로렌은 설마 하는 표정으로 그를 바라봤다.

"바로 불멸회다. 그가 쓰는 흑참칠식(黑斬七式)의 기본 태세에 쓰이는 암흑력은 오직 불멸회의 마법사들만이 쓸 수 있는 마력이니까."

"그게 정말이야?"

"믿지 못하겠으면 함께 가보면 알겠지. 강해지고 싶다면 마법을 공부해. 더 이상 이유는 설명하지 않아도 되겠지?"

카릴의 말에 세리카의 표정이 굳어졌다.

"흑마법사들과 싸우는 게 두렵나? 마법사를 증오하는 것 치고는 싸울 용기는 없나 보지?"

그러고는 손가락을 튕기며 무언가 생각이 난 듯 미하일을 가리켰다.

"참, 듣자 하니 코브에 전쟁이 터졌을 때 미하일에게 도움을 받았다던데. 알지? 미하일도 마법사인 거."

도발적인 그의 말에 세리카의 얼굴이 굳어졌다.

"누가 겁을 먹어?"

콰드득……!!

세리카는 탁자 위에 놓인 쪽지를 거칠게 구겼다.

"그리고 난 나보다 약한 녀석은 인정하지 않아."

미하일은 그 말에 어이가 없다는 듯 그녀를 바라봤다.

"아니, 제가 그때 쾅! 하는데 보호마법으로 싹 해서……."

"나도 4클래스의 벽을 넘었어."

"마법 배운 적 없잖아요. 생활 마법 말고 쓸 수 있는 거 있어요?"

"……."

미하일의 말에 세리카는 기다란 막대가 어디 없나 두리번거렸다.

"대도서관에 갈 필요성을 이제 느끼지?"

그런 그녀를 보며 카릴은 피식 웃으며 말했다.

"주군."

그때였다. 창문 밖으로 날아온 전서구를 확인한 두샬라는 묘한 표정으로 카릴에게 다가왔다.

"인기가 많으시네요. 떠나기 전에 찾는 손님이 많으신 것 같네요."

"무슨 일인데?"

"무법항에서 보고가 왔습니다. 마르트 맥거번이 주군을 뵙길 요청했다네요."

그 순간 카릴의 눈빛이 날카롭게 빛났다.

'마르트…….'

유일하게 크로멘의 독살에 대한 의문을 품고 있는 사람이었지만 끝내 재판에서 아무런 말을 하지 못했다. 덕분에 제1황자인 루온이 실권하게 되고 덩달아 타투르의 독립이라는 쾌거를 얻었지만 카릴은 한편으로는 아쉬운 마음이 있었다. 만약 그가 움직였다면 흐름은 지금과는 완전히 다른 방향으로 흘러갔을 테니까.

'제국에서 날 만나기 위해 여기까지 찾아왔다, 라…….'

카릴은 창밖을 바라봤다.

'과연 네가 날 찾아온 게 맥거번가의 첫째인지 기사로서 사명을 지키기 위함인지 두고 봐야겠지.'

저 멀리 포나인의 세찬 강물이 흐르는 항구를 바라보며 그는 말했다.

"통과시켜."

"우웁……."

"속을 진정시켜주는 약입니다. 11월이 되면 포나인의 강물이 가장 포악해지니까. 건너오느라 고생했나 봅니다."

두샬라의 보고를 받은 카릴은 타투르 도시가 아닌 무법항에서 마르트 맥거번을 맞이했다.

"포나인의 물살은 워낙 유명하니까요. 몇몇 솜씨 좋은 자들에게 조타술을 가르치긴 했는데 아직 거친가 봅니다."

"……괜찮다."

우습게도 그는 강을 건넌 뒤에 멀미로 그대로 쓰러져 움직이지 못하고 있었기 때문이었다. 마르트는 카릴이 건넨 약을 입안에 털어 넣고는 살짝 인상을 찡그렸다.

"조금 전에 펜리아의 비올라 왕녀가 찾아왔었습니다."

"펜리아? 이스트리아 삼국 말이냐?"

"네."

괜찮다는 말과는 달리 얼굴이 하얗게 질려 있는 마르트는 왜 그걸 자신에게 말하는지 의아한 얼굴로 카릴을 바라봤다.

"타투르 안까지 잘 왔더군요. 토하지도 않고."

"……."

왕녀보다 못한 기사라는 말을 단번에 알아들은 마르트는 굳은 얼굴로 자리에서 일어섰다.

비틀-

다리에 힘이 없어 일어서려던 그는 중심을 잃고 그대로 앞으로 고꾸라질 뻔했다. 하지만 가까스로 침대의 끝을 잡고는 일어섰다.

"좀 더 쉬시죠."

"그럴 수 있는 여유로운 상황이 아니다. 밖으로 나가자."

마르트의 말에 카릴은 옅은 웃음을 지으며 그의 뒤를 따랐다.

"황궁에서 그렇게 난리를 치고 난 뒤에 아버지의 입장이 얼마나 난처해졌는지 말하지 않아도 예상이 되겠지."

"그래도 설마 대륙제일검이자 북방의 수호를 맞고 있는 청기사단의 단장을 내칠 일이야 있겠습니까."

대수롭지 않게 말하는 카릴의 태도가 마음에 들지 않는 듯 마르트는 눈을 흘겼다.

"이따위 무뢰배들과 노예들이 사는 도시가 나라가 될 수 있다고? 좋다. 백번 양보해서 그럴 수 있다 한들 이곳이 독립된다 해서 뭐가 좋아지지? 오히려 불순분자들을 세상에 내어놓는 것일 뿐이다."

강가를 따라 걸어가던 마르트가 황급히 몸을 돌렸다.

"너 때문에 루온 황자가 크로넨 황자를 죽였다는 이야기는 들어가고 모든 화살이 아버지께 쏠리기 시작했단 말이다."

"흐음……."

목소리에 힘을 싣는 그와 달리 카릴은 가만히 그의 말을 들을 뿐이었다.

"형님."

카릴은 담담하게 그를 불렀다.

"이곳에 온 이유가 전자입니까, 아니면 후자입니까."

"……그게 무슨 말이지?"

"절 찾아온 이유 말입니다. 루온 황자님이 크로멘 황자를 죽였다는 이야기 때문인지 아니면 귀족들이 아버지를 몰아붙이기 때문인지 입장을 좀 명확하게 해주셨으면 해서요."

"……."

그 순간 마르트는 아무런 말을 하지 않았지만 카릴은 그의 눈빛이 흔들렸다는 것을 알 수 있었다.

"형님께서 말씀하시는 쓰레기들은 어차피 자유도시를 그냥 둔다고 해서 사라지지 않습니다. 그것보다는 오히려 국가라는 울타리에서 그들을 관리하는 게 대륙의 입장에선 더 유익한 일일 겁니다."

카릴은 뒷짐을 지고는 한 걸음 더 먼저 앞으로 나갔다.

"직접 타투르까지 오는 위험을 무릅쓰고 절 만나러 온 게……. 귀족이신 형님께서 관심 가질 일이 없는 하층민들 때문일 리가 없으니 말이죠."

그가 몸을 돌려 마르트를 바라봤다.

"그러니 솔직하게 입장을 밝혀야 서로 이야기가 빨리 진행되지 않겠습니까."

"너……."

마르트는 카릴의 말에 바득 이를 갈았다.

"왜 그렇게 물었지? 루온 황자님이 크로멘 황자를 죽이지 않았다는 걸 알고 있었던 거지?"

그의 물음에 카릴은 묘한 웃음을 지었다.

"전 사실만 보고 드렸을 뿐입니다. 피아스타에서 이민족의 물품들이 거래가 되었고 그중에 미명의 재료들이 있다는 것. 그리고 피아스타의 관리자인 레이지가 1황자파였다는 것까지 말입니다."

카릴은 어깨를 들썩였다.

"형님께서야말로 오히려 루온 황자가 3황자의 살인에 무관하다고 말씀하시는 것 같네요. 폐하의 판결에 이의를 제시하시는 겁니까?"

"그, 그럴 리가……."

"아니면 뭐 다른 거라도 아시는 게 있으십니까."

"……없다."

마르트는 단호하게 얘기했다. 하지만 그 모습이 오히려 더 이상하게 느껴진다는 것을 그는 모르는 것 같았다. 아무런 의혹이 없는데 굳이 힘들게 포나인을 건너 자신을 만나러 올 리가 없었으니까.

"뭐, 알겠습니다. 장남으로서의 책임은 알겠는데……. 아버지의 일 때문에 징징거리려고 찾아온 거면 돌아가십시오."

더 이상 들을 필요가 없다는 듯 카릴이 손을 저었다.

"……너!"

쿠득……!!

그 순간 마르트는 자신도 모르게 짓눌릴 듯한 기세에 한 걸음 뒷걸음질을 치고 말았다.

"……!!"

"전 맥거번가의 양자이지만 타투르 자유국의 주인이기도 합니다."

나지막한 카릴의 목소리가 마르트의 귀에 꽂혔다.

'뭐, 뭐야……. 이 힘은.'

숨이 턱하고 막히는 기분. 아버지 크웰에게서도 보지 못한 기세였다. 황궁 때와는 달리 더 이상 자신의 힘에 제약을 두지 않은 카릴이 있는 힘껏 마력을 뿜어내자 마르트는 자신도 모르게 허리를 굽히고 말았다.

"형님에 대한 예우로서 제가 이곳에 왔습니다. 하나 이곳은 제 영지이고 저는 이곳의 군주입니다. 조금 전에 말씀드렸다시피 입장을 확실히 해달라는 이야기엔 저와 형님의 관계도 있습니다."

카릴은 주저앉은 마르트를 물끄러미 바라보고는 더 이상 관심 없다는 듯 그를 지나쳐 걸었다.

"……만약."

그때였다. 마르트의 목소리에 돌아섰던 카릴의 발걸음이 멈췄다.

"내가 찾아온 이유가 후자가 아니라 전자의 이유라면……. 조금 더 내게 시간을 할애해 주실 수 있습니까?"

카릴의 압박에 힘겹게 마르트가 말했다.

"……타투르의 왕이여."

그에게는 보이지 않았지만 돌아선 카릴은 기다렸다는 듯 입꼬리를 올리며 잠시 눈을 감고는 낮은 숨을 토해냈다.

"그게 무슨 뜻입니까? 크로멘 황자의 죽음에 석연치 않은 점이 있다는 말입니까."

"……그렇습니다."

"형님, 왕이 아닌 맥거번가의 사람으로 묻겠습니다. 혹시……. 형님께서 절 찾아온 이유가 크로멘의 죽음에 아버지가 연관되어 있기 때문입니까?"

카릴은 강압적인 위치에서 스스로를 내려 마르트에게 말했다. 과거의 자신이 아니라는 것을 보여주었다면 이제는 마르트가 비밀을 털어놓기 편한 분위기를 만들기 위함이었다. 3황자의 죽음의 이유와 전말이야 이미 누구보다 잘 알고 그였다. 당연하지만 마르트가 자신을 찾아온 이유 역시 마찬가지였다.

'차라리 아버지가 얽혀 있다면 편했겠지. 그가 결정을 내리지 못한 이유는 간단해. 아버지가 모시는 올리번이 얽혀 있기 때문이지.'

마르트 맥거번이 가지고 있는 의심. 크로멘 황자를 죽인 게 루온이 아닌 올리번이 아닐까 하는 생각을 누구에게 말할 수 있겠는가. 자칫 그 말 한마디로 맥거번가는 황실 모독죄로 처벌받을 수 있으며 정말 올리번이 범인이라 밝혀진다 하더라도 그의 지지자인 크웰이 봉변을 당할 수 있었다.

말 그대로 진퇴양난의 수렁에 빠진 꼴이었다. 아이러니하게도 이런 상황 때문에 오히려 가장 연이 없던 자신에게 말을 할 수 있는 것이었다.

"아니다, 아니, 그럴 수도 있겠지만……. 적어도 아버지는 관련 없다."

"그게 무슨 애매모호한 말씀입니까."

카릴은 말을 하면서 고개를 젓는 마르트를 향해 피식하며 말했다.

사실 이번 재판에서 카릴의 목적은 크로멘의 범인을 밝히는 것이 아니었다. 그보다 중요했던 것이 바로 마르트 맥거번이 어떻게 행동할 것인가였다.

'하지만 결국 움직이지 못했다.'

자신의 기대가 컸던 걸까. 애초에 그가 큰 그릇의 남자가 아니라는 것은 알고 있었다. 하지만 티렌과 란돌의 삶이 변했듯 이번 사건이 바로 마르트에게 변화의 기회를 줄 수도 있었다.

'성장을 하는 것은 숟가락으로 밥을 떠먹여 주는 것과는 달라. 당장에 허기를 해결하는 문제가 아니라 스스로 살아갈 수 있는 법을 찾는 거니까.'

기회는 만들어줄 수 있다. 하지만 그것을 쟁취하느냐 외면하느냐는 결국 각자의 몫이었으니까.

"관련이 있는 건……."

마르트는 떨리는 목소리로 말했다.

"올리번 황자님이시다."

그의 말에 카릴의 눈썹이 씰룩거렸다.

"지금 그 말. 꽤 위험한 발언이라는 생각이 드는데요."

"내 생각을 네게 말하는 거다. 네 말대로 타투르의 왕이 아니라 맥거번가의 사람에게 말이야."

"크로멘의 죽음에 루온 황자가 아닌 올리번 황자가 범인이라는 뜻입니까."

"모르겠다. 증거는 없어. 다만…… 베스탈 후작령에서 올리번 황자님께서 크로멘 황자님께 미명을 먹이는 걸 본 것 같다."

"본 것 같다? 확실한 게 아니지 않습니까."

"그래. 내 심증에 불과하다. 하지만…… 아직도 미심쩍음을 지울 수가 없다."

카릴은 마르트의 말에 굳은 표정으로 대답했다.

"잊으십시오. 결정은 모두 황제가 내리는 것입니다. 설사 그것이 부당한 결과일지라도 말이죠."

"하지만……!"

"재판이 잘못되었다고 생각이 드셨다면 형님께서는 왜 그때 얘기하지 않았습니까? 그랬다면 지금쯤 이렇게 절 찾아올 수고를 하지 않으셔도 됐을 텐데."

신랄한 그의 말에 마르트는 뭐라 대답하지 못한 채 그저 입술을 깨물 뿐이었다.

"대화를…… 하고 싶었다. 그때도 널 찾아갔지만 황궁은 보는 눈이 너무 많았어. 널 찾아간 것만으로도 대신들에게 문책을 받았으니까."

마지막 재판 때 두려운 얼굴로 아무것도 하지 않고 그저 자신을 바라만 봤던 이유가 그 때문일까.

충분히 이해가 갔다. 재판이 한창이었던 시기였으니까. 맥거번가의 두 사람이 과연 무슨 이야기를 했는가에 대해서는 모든 귀족의 귀추가 주목되는 일이었을 것이다.

"진실을 말하기엔 겁먹었다는 말이지 않습니까. 예상은 했지만 역시나 형님은 소인배에 불과하네요."

"……뭐?"

"정작 앞에서 말하지 못했다는 말 아닙니까. 아니면 어쩔 수 없었다고 내게 위로라도 받고 싶어서 그렇게 말씀을 하시는 겁니까. 아까 분명 말했을 텐데요. 징징댈 거면 그냥 아무 말 하지 말고 돌아가라고."

예상과 달리 카릴은 차갑게 말했다. 그의 모습에서 마르트의 얼굴이 울상이 되며 구겨졌다.

"그럼 난! 지금 이 상황에서 어떻게 해야 하느냔 말이야?"

결국 토해내는 한마디에 카릴은 물끄러미 그를 바라봤다.

마르트 맥거번은 기사 서약을 받을 만큼 실력도 제법 뛰어난 남자다.

문제는 그릇. 덕분에 지금껏 저택의 형제들을 비롯해서 모든 이가 그를 떠받들었다.

'소인배가 나쁜 것만은 아니다. 자신의 깜냥보다 더 많은 사람이 우러러 봐줄 때 그 기대가 무너질까 두려워하지만 반대로 그것을 무너뜨리지 않게 부단히 노력하니까.'

물론, 그것이 꼭 올바른 방향으로의 노력만이 아니라는 것이 문제겠지만.

마르트가 첫 만남에서 일부러 자신을 누르려고 했던 것도 다 이런 성향이기 때문일 것이다. 반대로 그걸 이용해서 도발을 했던 것도 모르고 말이다.

"아버지께 말씀드리십시오."

카릴은 담담한 목소리로 그에게 말했다. 기껏 기대했던 해답이 결국 크웰에게 말하라는 그의 말에 마르트의 얼굴이 구겨졌다.

"나참……. 쪼르르 아버지께 달려가 일러바치란 말이더냐. 그래, 네 말대로 나는 소인배일지 모른다. 하지만 못난 놈이 되긴 싫다!"

"그것조차 못하면 그거야말로 소인배겠지요."

"……뭐?"

"누가 형님께 반역을 저지르라고 했습니까? 아니면 황제를 알현하여 다시 재판을 열라고 간청하라고 했습니까. 형님께 바라는 것은 대단한 위업이 아닙니다. 스스로 소인배라 생각한다면 거기에 걸맞게 행동하십시오."

카릴은 목소리에 힘을 주었다.

"소인배는 소인배의 검을 휘두르십시오."

멈췄던 발걸음을 뗐다. 그러고는 나지막하게 말했다.

"비록 소인배라 할지언정 형님은 기사(騎士)지 않습니까. 검의 길이는 중요하지 않습니다. 일단 검을 뽑으십시오. 거기서부터 서약의 시작이니까."

마르트는 아무런 말을 하지 못한 채 그저 돌아가는 카릴의 뒷모습을 바라볼 뿐이었다.

"……."

카릴이 사라진 이후로도 한참 동안 그가 간 방향을 바라봤다.

꽈악-

얼마나 흘렀을까. 우두커니 강가에 서 있던 마르트는 이내 뭔가를 결심한 듯 주먹을 쥔 손에 힘을 주었다.

"마르트가 움직일까요?"

"글쎄. 쉽진 않을 거야. 마음먹기 나름이겠지."

타투르로 돌아온 카릴은 마르트가 무법항을 떠났다는 보고를 받고는 창밖을 물끄러미 바라봤다.

'억겁의 시간을 거슬러 오면서……. 셀 수도 없을 정도로 검을 휘두르면서도…… 내가 마르트를 이렇게 이용하게 될 거라고는 상상도 못 했지.'

카릴은 창밖을 바라보며 쓴웃음을 지었다.

'사실상 그는 내가 생각했던 필요 목록에 없었던 자니까.'

그런데 지금 마르트는 누구보다 가장 큰 톱니바퀴가 되어 제국의 미래를 결정짓는 위치에 있었다.

'마르트, 나는 인간의 성향이 쉽게 변한다고 생각하진 않는다. 내가 올리번이 독약을 쓴다는 걸 네가 알아차릴 거라 확신한 것도 그 성향 때문이니까.'

하지만…… 카릴은 천천히 눈을 감았다.

'반대로 널 시험대에 올린 이유 역시 바로 그 때문이야.'

크웰 맥거번이 모았던 가문의 양자들은 모두 뛰어난 인재들이지만 결국 전생에서 살아남은 사람이 없었다.

"올리번이 크로멘을 죽인 범인일지 모른다는 말. 장남으로서 아버지의 믿음에 어긋나는 일을 하는 게 쉽진 않을 겁니다."

"맞아."

두샬라의 말에 카릴은 고개를 끄덕였다.

'마르트, 서운하게 들릴 수도 있겠지만 난 고작 가문 하나를 지키고자 회귀를 한 것이 아니다.'

이제 곧 전란을 넘어 격변의 시대가 온다. 그 소용돌이 속에서 가문의 안위를 지키는 것은 왕이 아닌 가주의 몫.

'마르트. 난 네게 맥거번가를 맡길 생각이다.'

미래의 가주로서 올바른 길로 가문을 이끄는 것이야말로 장남으로서 해야 할 일이니까.

'그러니…….'

카릴은 마치 조금 전 만남에서 하지 못했던 말을 토해내듯 낮은 목소리로 읊조렸다.

"맥거번가(家)의 전환점을 네가 만드는 거다."

▶Chapter 2◀

"거의 다 왔다."

"그…… 그러네요."

북부로 향하는 도중에 미하일은 쏜살처럼 지나가는 풍경에 살짝 긴장된 표정으로 말했다. 샌드 서펀트를 타고 가면 빠르겠지만 하늘을 나는 녀석의 거대한 덩치는 눈에 띌 수밖에 없는 일이었다. 게다가 가뜩이나 제국이 주시하고 있는 상황이라 대륙의 주요한 거점에 있는 이동마법진 역시 이용하기는 어려울 터. 대안이 마차뿐인데 어떻게 시간을 단축할지 궁금해하는 사람들에게 카릴은 다른 대안을 내놓았다.

"어차피 포나인이 대륙을 가로지르잖아. 하늘이 안 되면 강을 따라가면 되지."

그의 말에 모두가 수안을 바라봤지만 그 전에 이미 막대한 임무를 부여한 그 대신, 카릴은 적어도 포나인에서만큼은 마도 범선보다 더 빠른 이동 수단을 꺼냈다.

[크르르르르……]

마치 거칠게 몰아치던 물살마저 겁을 먹은 듯 날카로운 송곳니를 보일 때마다 날뛰던 포나인의 강물이 잠잠해졌다.

카릴은 만족스러운 듯 수왕의 머리를 가볍게 툭툭 쳤다.

"주군. 안티훔 대도서관은 어떤 곳인가요? 이름은 많이 들어봤지만 북부는 가본 적이 없어서요."

날아갈 듯한 바람에 미하일은 자신의 로브를 좀 더 여미면서 물었다. 그는 이미 4클래스라는 마법사의 반열에 올랐지만 사실상 그가 마법을 제대로 배운 것은 기껏해야 2년이 채 되지 않았다. 마법도 정식으로 훈련받은 것이 아닌 알른 자비우스의 지식을 통해 카릴에게 배운 게 전부였다.

"재밌는 곳이지."

미하일의 물음에 카릴은 뭔가 추억을 떠올리는 듯 그리운 목소리로 말했다.

안티훔 대도서관. 대륙의 양대 마법회 중 하나인 불멸회의 거점. 하지만 도서관의 주인이자 수장인 나인 다르혼이 세상의 모든 마법서를 수집하겠다는 목표를 가지고 세운 건축물.

도서관이라는 이름으로 설명하기에 그 건축물의 크기는 너무 거대해 내부에는 마치 마을 하나가 통째로 들어가 있는 것 같은 구조였다. 재밌게도 불멸회의 도서관이 그 크기로 위용을 자랑한다면 대륙 마법회의 또 다른 축인 여명회는 반대로 높이로 그 존재감을 뿜어냈다. 대륙에서 가장 높은 탑이자 여명회의 거점인 상아탑이 바로 그 결과물이었다.

"성향이 완전히 다르네요."

"그렇지. 게다가 여명회는 대륙 곳곳에 자유롭게 돌아다니는 반면에 불멸회의 마법사들은 모두 안티홈에 살면서 나오질 않거든."

"으흠……."

"현 제국의 궁정마법사인 카딘 루에르가 상아탑 출신이라 가뜩이나 폐쇄적인 그들이 더더욱 안티홈의 문을 걸어 잠그고 안으로 들어가 버리는 결과를 낳았지."

미하일은 고개를 갸웃거렸다.

"여명회의 마법사가 궁정마법사가 되었다고 안티홈이 문을 걸어 잠글 이유가 되나요?"

"응. 왜냐면 대륙 4대 마법사 중 가장 어린 공국의 데릴 하리안을 제외하고 궁정마법사, 양대 마법회의 수장까지 총 3명은 친구거든."

카릴의 말에 미하일은 당황스럽다는 표정으로 입꼬리를 씰룩이며 말했다.

"설마……. 여명회 출신이 궁정마법사가 돼서 나인 다르혼이 질투라도 한다는 말이에요?"

"맞아. 제국이야 두 마법회에게 중립적인 태도를 취하겠다고 했지만 어디 그게 쉽나."

"궁정마법사 나이가 일흔을 바라보고 있다고 했었으니……."

"남자들은 나이를 먹어도 어린애니까. 백날 마법서 보고 자기 입으로 현자라고 하면 뭐해. 유치하긴……."

두 사람의 대화를 듣던 세리카 로렌이 헛웃음을 지으며 낮게 말했다. 그녀는 공국에서 타투르로 넘어올 때 유일하게 가져온 낡은 창을 팔짱 낀 팔 사이에 넣은 채 앉아 있었다.

"무기. 다음에 스태프로 바꾸는 게 좋겠다."

카릴이 그녀의 창을 가리키며 말했다.

"스태프? 됐어. 난 창술을 쓰는데?"

"써보고 결정해. 일단 디자인은 생각해 둔 게 있으니까."

그의 말에 세리카는 피식 웃었다.

"이왕 줄 거면 저기 황궁에 있는 스태프라도 주든가."

"응, 안 돼."

고민도 없이 대답하는 카릴의 말에 세리카는 오히려 어처구니없다는 표정으로 말했다.

"아니, 능력이 안 된다는 말을 무슨 그렇게 당당하게……."

하지만 핀잔은 끝까지 이어지지 못했다.

"넌 수(水)속성이잖아. 황궁 보고에 있는 최고위 마도구는 블레이더가 만든 5대 무구 중 하나인 무한의 숨결이겠지."

"……."

"그건 바람의 힘이 담긴 지팡이인걸. 너도 알지? 다른 속성에 비해 풍술사를 찾는 게 어려운 일이라는 거. 이왕이면 무구의 힘을 가장 잘 끌어 올릴 수 있는 사람에게 줘야지."

카릴의 말에 그녀는 자신도 모르게 미하일을 바라봤다.

"네?"

정작 본인은 그 뜻을 알아차리지 못한 듯 멀뚱히 있을 뿐이었다.

"나참……. 저 말이 더 어이없네. 황궁의 보고에 있는 물건을 마치 자기 것처럼 얘기하긴. 됐어. 당신하고 말하고 있으면 지금껏 내가 알고 지낸 기준들이 무너지는 것 같아."

세리카는 고개를 저으며 말했다.

"대신에 5대 무구에는 못 미치지만 일단 이걸 써. 엘프가 만든 지팡이니 쓸 만할 거다."

카릴은 주머니에서 얇은 마법봉 하나를 꺼냈다. 대부터 위에 박힌 보석까지 전부 새하얀색이라서 이색적이었다.

"엘프의 보고에서 가져온 거야. 싸락눈(Graupel)이란 마법봉이지. 속성으로만 따진다면 얼음 발톱이 네게 어울리겠지만 이 안에 좀 다루기 힘든 녀석이 살고 있어서 말이야."

그는 허리에 차고 있는 검을 슬쩍 들어 보였다. 검날이 움직일 때마다 단순한 냉기가 아닌 을씨년스러운 차가운 김이 서렸다가 사라졌다. 하지만 싸락눈을 받아 든 세리카는 마치 선물 받은 아이마냥 신기한 듯 마법봉을 이리저리 살폈다.

"아쉽게도 스태프가 아니라서 길이가 안 맞아. 일단 보조 무기로 창도 함께 쓰는 게 좋을 거야. 이번 일이 끝나면 네게 맞는 무구를 제작할 거야. 그때까지만 참아."

"고…… 고마워."

카릴은 대수롭지 않게 말했지만 마도구 자체를 처음 만져보는 세리카로서는 눈이 휘둥그레질 일이 아닐 수 없었다.

"'고맙습니다'라고 해야지."

"……난 당신을 주군으로 생각하지 않거든?"

그의 세리카나 살짝 인상을 찡그리며 되물었다.

"윗사람에게 뭔가를 받을 때도 존댓말을 쓰는 법이야."

"당신 몇 살인데?"

그녀의 물음에 카릴은 아차 하는 표정으로 피식 웃고는 말했다.

"열넷."

너무나 오랜 시간을 살아와서 이따금 자신의 나이를 까먹을 때가 있었다. 파렐에서의 보낸 나날을 제하더라도 그는 전생에서도 이십 대의 생활을 했었으니 말이다.

"……."

세리카는 말을 말자는 표정으로 입술을 씰룩이고는 고개를 돌렸다.

"저기 보인다."

카릴이 머쓱한 얼굴로 자리에서 일어섰다.

쿠으으으으…….

저 멀리 거대한 성과 같은 안티홈 대도서관의 모습이 시야에 들어오기 시작했다. 그의 말에 두 사람 역시 일대를 덮고 있는 검은 석조건물을 바라봤다. 세리카 로렌은 이제 곧 내릴 때가 되었다는 생각에 카릴에게서 받은 싸락눈을 품 안에 넣으려 했다.

"그냥 들고 있는 게 좋을걸."

"응?"

"미하일, 실드 마법 쓸 수 있지? 마력을 아끼지 말고 세리카와 네 주위에 만들어둬. 어차피 부서지겠지만."

"네?"

"이제부턴 알아서 피해."

두 사람은 영문을 모르겠다는 듯 고개를 갸웃거렸다.

콰아앙……!! 쾅!! 쾅!!

그 순간 카릴의 대답 대신 저 멀리 안티홈에서 검은 연기가 솟구치더니 아직 수 킬로미터가 떨어져 있음에도 불구하고 맹렬한 굉음이 바로 귓가에 울리듯 들렸다.

"으익……?!"

미하일은 자신을 향해 날아오는 붉은 화염구를 보며 지체없이 방어막을 펼쳤다.

"녀석들 인사가 좀 거칠거든."

안티홈의 환영 인사로 세 사람에게 날린 건 수십 발의 마법구였다.

"이 정도면……. 거의 왕국의 수도 수준 아닌가요?"

날아오는 마법포격을 아슬아슬하게 피하면서 미하일은 어처구니가 없다는 듯 소리쳤다.

"그보다 더하지. 제국의 황도에도 이렇게는 불가능할걸. 그러니 여명회와 불멸회가 수백 년간 으르렁거려도 어느 나라도 뭐라 한마디 못하지."

펑……!! 퍼펑!!

퍼퍼펑……!!

강물에 떨어진 화염구들이 부글부글거리면서 끓어오르자 마치 포나인 곳곳이 유황처럼 시커먼 연기가 피어올랐다.

"저기 바위 보이지? 저기서부터는 수왕에서 내려 걸어간다. 너무 커서 녀석들이 더 신나게 쏴대는 것 같으니까."

카릴은 날아오는 붉은 화염구를 얼음발톱으로 갈랐다.

치이이익……!!

차가운 검날에 화염구가 닿자 새하얀 증기가 마치 안개처럼 주위에 생겨났다.

'역시 마법회로군. 마법으로 포탄을 장거리로 날리는 포격기를 쓴 게 아냐. 전부 다 순수한 마법이다. 이건 제국도 못 할

짓이지.'

수 킬로미터의 거리에 이만한 화염구를 날리려면 엄청난 마력이 소모된다. 황도에 있는 아카데미의 마법사들 중 수련생들까지 전부 투입한다면 가능할까. 하지만 그래 봐야 십 수 발에 불과할 것이다.

마치 화살비처럼 한 번에 수십 다발의 화염구가 검은 연기의 꼬리를 그리며 쏘아지는 장면은 안티홈이 아니면 볼 수 없는 멋진 장관이 아닐 수 없었다. 물론 그 화염구들이 자신을 향하지 않는 상황이라면 말이다.

"지금……!!"

외침과 동시에 수왕의 머리 위에서 뛰어내리려는 찰나.

[크아아아아—!!]

갑자기 수왕의 머리가 뒤로 확! 하고 젖혀졌다.

"……!!"

그 바람에 뛰어내리던 두 사람은 중심을 잃고 그대로 강물 바닥으로 떨어지고 말았다.

"푸핫……!!"

"차, 차가워!!"

한겨울의 강물은 얼음장보다 더 차가워 물에 빠진 두 사람은 엄습하는 냉기에 몸을 부르르 떨며 가까스로 바위에 올라왔다.

"마력 그물……?"

수왕의 머리를 딛고 공중에서 몸을 틀어 바위에 안착한 카릴은 머리가 꺾여 바둥거리는 수왕을 보며 낮게 중얼거렸다. 푸른 전격을 띠는 거대한 그물이 마치 기다렸다는 듯 서펀트의 머리를 감싸 짓누르고 있었다.

"……."

카릴은 당장 검을 뽑았다. 마력을 집중시키자 얼음 발톱의 검신에서 우윳빛의 오러 블레이드가 생겨났다. 그는 여정이 시작되기도 전에 이런 난리가 나자 조금은 짜증이 난 듯 평상시보다 더 많은 마력을 검에 집중시켰다.

우우우웅…….

그러자 우윳빛으로 빛나던 오러 블레이드가 보랏빛을 띠며 전격을 뿜어내기 시작했다. 비전력의 힘이 집중되자 얼음 발톱을 감싸고 있던 검신이 폭발적으로 성장했다. 거대한 대검처럼 양손으로 손잡이를 쥐고서 그는 있는 힘껏 내려쳤다.

콰가가가강--!!

아케인 블레이드가 폭발을 하듯 수왕을 잡아당기는 마력 그물을 갈랐다. 수십 가닥의 마력끈들은 카릴의 검격을 버티지 못하고 맥없이 뜯겨 나갔다. 검격의 기세는 거기서 그치지 않고 포나인의 강물마저 베어버려 마치 선을 긋듯 수왕의 앞에 강의 바닥이 보일 정도로 깊게 파였다.

"이제 돌아가."

카릴이 수왕을 향해 말했다.

[크르르르…….]

그 말을 기다렸다는 듯 씨 서펀트는 고개를 조아리며 황급히 몸을 돌렸다. 돌아선 수왕의 목덜미부터 머리까지 덮여 있는 단단한 비늘이 불에 지진 듯 그물 모양으로 시커멓게 그을려 있었다. 심지어 몇 개의 비늘은 그새 떨어져 나가 그 안에 진물이 고여 있었다.

"녀석……. 아팠겠다."

카릴은 그 모습을 보며 쓴 입맛을 다셨다. 그나마 수왕이었기에 망정이지 다른 생명체였다면 그대로 목이 잘려 나가 버렸을 것이다.

"하……. 이거."

잠시 고개를 젓던 카릴은 낮은 한숨을 내쉬었다.

지직…… 지지직……!!

그의 눈썹이 씰룩이자 어쩐지 조금 전 그물을 갈랐을 때보다 더 짙은 마력이 검날에서 뿜어져 나오는 것 같았다.

"반겨준 답례는 해야겠지?"

"……엣취!!"

"미하일이 풍마법사라서 다행이군."

"다행? 한겨울에 차가운 바람으로 옷을 말렸는데 뭐가 다행이야. 물에 빠져 죽을 뻔한 게 아니라 저 녀석 바람 때문에 얼어 죽을 뻔했다고."

세리카 로렌은 빨갛게 달아오른 뺨을 손등으로 쓰윽 문지르며 말했다.

"4클래스나 돼서는 온풍 마법도 못쓰다니. 에, 엣취!! 그런 생활 마법은 1클래스 유저도 쓸 수 있는 건데. 너 제국인 아냐?"

콧물을 훌쩍이면서 그녀는 미하일을 나무랐다.

"대도시나 어릴 때 그런 생활 마법을 가르치지 태어날 때부터 마력을 가진 제국인이라 하더라도 작은 마을은 마법의 마(魔) 자도 알지도 못해."

카릴은 코웃음을 쳤다.

"신의 은총을 받은 백성? 마력을 가지고 태어나서 뭐해? 1클래스의 생활 마법조차 쓸 수 있는 인구를 따지면 제국 인구에 1/10도 안 될걸."

"그냥 해본 말인데. 엄청 까칠하네."

"……."

세리카 로렌은 물끄러미 그를 바라보며 말했다.

'나도 참……. 심통 난 애도 아니고. 아직도 제국 얘기가 나오면 발끈하는 건가.'

떨떠름한 얼굴로 카릴은 주변을 살피더니 강가 주변에 자라난 기다란 풀잎 몇 가지를 꺾었다.

"추우면 이거라도 씹고 있어. 몸에 열이 조금 오를 거야."

"당신 산속에서 살았어? 별걸 다 아네."

카릴은 머쓱한 듯 세리카의 손에 잎사귀를 건네주고는 성큼

성큼 걸음을 옮겼다.

"왜 저래? 너희 마스터 저런 성격 아니지 않아?"

"그러게요."

세리카는 입술을 씰룩이고는 카릴이 건넨 풀잎을 입에 넣고는 질겅질겅 씹었다.

"……악!! 퉷! 엄청 써!"

"……."

아슬락은 할 말을 잃고 멍하니 앞을 바라봤다. 그는 안티홈의 문지기로서 태어날 때부터 지금껏 이곳에서 쭉 자라왔었다. 어른들이 말하길 불멸회는 대륙의 가장 강력한 마법사들이 있는 곳이라 했다. 그렇기에 안티홈에 살아가는 주민들은 능력을 인정받아 불멸회에 입회하는 것이 삶의 가장 큰 기쁨이자 목표였다. 하지만 그건 쉬이 되는 일이 아니라 재능이 있는 자만이 선택받을 수 있었다. 아슬락은 한 달 뒤 성년이 됨과 동시에 불멸회에 입회를 허락받았다. 누구보다 강한 자들이 있는 그곳에 들어간다는 것은 정말 꿈같은 일이자 자부심을 가질 만한 일이었다.

비로 조금 진까지만 하너라노 말이다.

"엣취!!"

"아까 준 거 씹고 있으라니까."

"……그거 독초 아냐?"

사방에 너부러져 있는 문지기들. 자신 같은 견습이 아니라 그들은 이미 불멸회에 입회한 고참들이었다.

"이봐. 문 열어."

순식간에 안티훔의 문지기 다섯을 제압한 소년이 자신에게 말을 걸었다.

"네?"

"대도서관에 볼일이 있어서 왔으니까. 뭣하면 안에 말을 전하던지."

"누구라고…… 전해야 합니까?"

혹시 약속이라도 미리 되어 있는 방문객일까? 아슬락은 자신이 내뱉고도 정말 바보 같은 생각이라고 생각했다. 그렇다면 다짜고짜 말도 없이 문지기들을 두드려 팰 리가 없었으니까. 그들은 모두 성큼성큼 걸어올 때부터 뭔가 잔뜩 성이 나 있는 얼굴이었다.

"포나인에 마력그물을 설치한 게 네놈들이지? 그거 마력을 계속 충전시켜 놔야 작동할 텐데. 누가 관리하는 거야?"

"네? 아……. 그건 아마 베네딕 경이실 겁니다. 마도전략부에 계시는……."

"경 같은 소리 하네. 혹시 그물 설치도 그 인간이 했나? 그것 때문에 목이 날아갈 뻔했다고."

"……엣취!!"

미하일이 한 걸음 앞으로 나오며 으르렁거리듯 말했다.

"아마도……."

그는 카릴을 겨누고 있던 스태프를 황급히 미하일에게 겨누었지만 자신의 행동이 무의미하다는 것을 잘 알고 있었다.

"마도전략부라? 안티홈에 그런 부서가 있었던가? 뭐 하는 놈들이지?"

"그, 그게……. 안티홈의 경비를 맡고 있는 부서입니다."

"그럼 너도?"

아슬락은 마른침을 꿀꺽 삼키면서 고개를 끄덕였다.

"아직…… 견습입니다."

그 말에 대수롭지 않은 듯 아슬락의 어깨를 툭툭 치고는 그를 지나친 카릴이 거대한 문에 손을 올려놓았다. 안티홈의 잠긴 문을 열기 위해서는 4클래스의 마력을 증명해야 한다는 것은 모두가 알고 있는 일. 아무렇지 않게 손을 얹는 그 모습에 아슬락은 놀라지 않을 수 없었다.

'설마……. 저 사람이 마법사라고?!'

그는 너부러져 있는 문지기들을 바라봤다. 아직도 정신을 차리지 못하고 기절해 있는 그들은 이렇다 할 기술이나 마법에 당한 것도 아니었다. 허리에는 검을 차고 있었지만 그것을 뽑는 것조차 귀찮다는 듯 오로지 맨주먹 경비들을 묵사발 내버렸으니까.

쿠그그그그그…….

바바리안이라고 해도 믿을 것 같은 엄청난 무투를 보여준 그가 안티홈의 문을 열어 버리고 말았다. 아슬락은 입을 떡 벌린 채로 믿을 수 없다는 표정으로 카릴을 바라봤다.

"아……. 생각해 보니 그냥 들어가면 그 전략부인가 뭔가 하는 녀석들이 나오지 않겠군. 이거, 부수면 되려나."

"에엑?!"

카릴은 잠시 고민하는 척 문 앞에 세워진 석상을 만지작거리면서 말했다.

"머리 하나 정도 떼버리면 될 거 같은데."

불멸회의 수장인 나인 다르혼의 전신상이었다. 카릴은 아랫사람 대하듯 석상 위로 올라가 머리를 툭툭 두들겼다.

"쿨럭……!"

아슬락은 너무 놀란 나머지 할 말을 잃고 말았다. 불멸회의 수백 년 역사 속에 이런 일은 처음이었으니 말이다.

"감히 어떤 놈이 안티홈 앞에서 소란을 피우는 거냐?"

그때였다. 목소리가 들리는 곳으로 모두의 시선이 쏠렸다.

안티홈의 정문에 일대의 무리가 서 있었다. 모두 불멸회를 상징하는 검보랏빛의 로브를 머리끝까지 덮어쓰고 있었다.

그중에 가장 선두에 있는 사람만이 얼굴을 내보이고 있었는데 말을 할 때마다 보이는 누런 이빨은 마치 시체가 말하는 것 같은 괴상한 모습이었다.

"베…… 베네딕 경!"

아슬락은 단번에 그의 모습을 알아차리고는 황급히 허리를 숙였다.

"이게 무슨 일이지?"

"그, 그게……."

대답을 제대로 하지 못하는 그 대신 베네딕은 쓰러져 있는 마법사들을 바라봤다.

"네놈이 한 짓이냐."

"네놈이 한 짓이군?"

오히려 되묻는 카릴의 말에 그는 살짝 인상을 찡그렸다.

"어디서 이런 미친놈이……."

어이가 없다는 얼굴로 베네딕이 카릴을 향해 걸음을 옮기자 그의 뒤를 따르던 십 수명의 마법사들이 일제히 카릴 일행을 포위했다.

"너 때문에 목이 달아날 뻔했다. 네가 해놓은 거라던데. 마력 그물이라니 제정신이냐? 포나인 근처엔 아직 사람들이 살고 있다는 걸 몰라?"

"뭐? 그게 반응했다고?"

당장에라도 싸울 기세였던 것도 잠시 카릴의 말에 베네딕은 눈을 동그랗게 떴다.

"그래, 조금 전 우리가 강을 따라 이동할 때 너희들의 마력 그물을 피하다가 죽을 뻔했다고!"

"난 너 때문에 얼어 죽을 뻔했지만."

"……."

미하일은 세리카의 말에 입술을 씰룩이며 카릴의 말에 힘을 보탰다. 하지만 어쩐 일인지 베네딕의 반응은 달랐다.

"안티홈의 환영 인사가 거하다는 것은 알지만 이런 식은 좀 아니지. 마법 포격은 그렇다 쳐도 강 전체에 보이지 않는 마력 그물을 설치해 두다니 말이야."

"마법 포격? 설마 네놈들……. 수왕과 함께 있었다는 헛소릴 하는 건 아니지?"

베네딕의 말에 미하일은 시선을 피했다.

"그리고 마력 그물? 내가 설치하긴 했지만 그건 살인을 위한 함정이 아냐. 사람은 무슨……. 그건 사람에게 작동하지 않는다. 저주술과 사령술을 익힌다고 사람 목숨을 마구잡이로 가지고 노는 줄 알아?"

"뭐?"

카릴이 베네딕의 말에 살짝 고개를 꺾었다.

"사람 목숨 소중하게 생각하는 녀석들이 마법 포격을 그렇게 했다고? 웃기는 놈이네."

신탁이 내려지고 전 대륙이 타락(墮落)이라는 마물에 고통받던 그때도 불멸회의 마법사들은 안티홈의 문을 걸어 잠그고 나오지 않았었다. 올리번의 황명이 있고 난 뒤에 겨우 신탁의 10인에 발탁되었던 이스라필을 내어준 것이 고작이었으니까.

"너네들이 사람을 생각한다고?"

"……뭐?"

베네딕은 자신도 모르게 움찔했다.

"마력 그물은 확실하게 발동했다. 덕분에 죽을 뻔한 것도 사실이고."

"네 녀석들에게 그물이 발동했다고?"

순간 그 말이 중요한 의미라도 가지는 듯 베네딕의 눈빛이 돌변했다.

"가능성이 아예 없는 건 아니지. 그렇다면 왜 반응을 했는지보다 누구에게 반응했는지부터 확인해야겠군."

그가 머리 위로 손을 들었다.

"너희들 중에 누구냐."

그러자 마법사들이 일제히 일행의 주위를 둘러쌌다.

"이건 또 무슨 상황이지?"

카릴은 갑자기 스태프를 겨누는 녀석들을 바라보며 어이가 없었다.

"정령술을 쓸 수 있는 놈이."

"……."

베네딕의 말에 카릴은 헛웃음을 지었다.

"있으면? 지금 너희가 우릴 잡겠다고? 내가 이래서 마법회 녀석들을 싫어해. 방구석에만 처박혀 있으니 세상이 어떻게 돌아가는지 모르지?"

카릴은 옆에 서 있던 마법사의 스태프를 그대로 낚아챘다.

"어억……?!"

빼앗기지 않으려고 힘을 주던 마법사는 그대로 카릴의 힘에 스태프와 함께 딸려 들어가 바닥에 고꾸라졌다.

"왜 왔는지, 누굴 만나러 왔는지 묻는 게 순서 아냐? 안티홈은 손님을 이렇게 대하나?"

콰직-!!

들고 있던 스태프를 박살 내고는 카릴이 말했다.

'……묻기도 전에 경비들을 박살 낸 건 자기면서!'

아슬락은 당장에라도 소리치고 싶었지만 그랬다가는 아직까지도 정신을 차리지 못한 동료들과 똑같은 신세가 될 것 같았다.

퍽-!!

카릴은 고꾸라진 마법사의 허리를 사정없이 밟았다. 비명도 지르지 못한 채 기절해 버린 덕에 이제 바닥에 너부러진 사람이 한 명 더 늘어났다.

"마도전략부? 상대를 보는 눈도 없는 놈이 무슨 싸움은…….
차라리 도서관에서 책이나 더 읽는 게 어때?"

부서진 스태프로 어깨를 툭툭 치면서 카릴이 한 걸음 걸어나왔다.

우드득-

강을 건너와서부터 어딘가 모르게 짜증이 나 있는 듯이 보였던 카릴은 마침 잘됐다는 듯 손목을 풀었다.

“마침 내가 여기 사서(司書)를 하고 있는 누구를 좀 데려갈 건데 그 자리에 네가 앉으면 되겠네. 베네딕.”

“……그래서 그렇게 되었습니다.”

“정령에만 반응하는 마력 그물이라? 어디서 약을 팔아. 네가 만든 그물이 수왕의 목에 감겼는데. 비늘이 단단하지 않았더라면 그대로 잘려 나갔을 거야.”

바닥에 엎드려서 머리를 박고 있던 베네딕은 카릴의 말에 황급히 고개를 들었다.

“몬스터에게 반응했다고요? 그럴 리가 없는데……!?”

“누가 고갤 들랬지?”

“죄, 죄송합니다.”

한쪽 눈이 시퍼렇게 멍이 든 채로 그는 카릴의 말에 긴장한 듯 마른침을 꿀꺽 삼켰다.

“그러니까 네 말은 정령을 잡기 위해서 주위에 마력 그물을 설치해 뒀다는 거지?”

“……그렇습니다. 포나인 북부 쪽은 이따금 출몰하는 정령들 때문에 골치를 썩이는 중이라…….”

“불멸회가 정령에 대해서 연구한다는 소리는 금시초문인데. 정말 북부 숲에 정령이 나와? 그런 얘기 못 들어봤는데.”

카릴은 베네딕의 어깨를 꾸욱 눌렀다.

"으아악……!!"

고통에 그가 몸부림쳤다.

"허튼소리면 가만두지 않겠어."

"아닙니다! 정말입니다! 근래에 갑자기 나타나기 시작한 검은 정령 때문입니다!"

베네딕은 숨이 넘어갈 듯 외쳤다. 어깨를 잡은 손을 놓자 그제야 그는 몸부림치며 말했다.

"헉, 헉……. 저희들도 처음 보는 녀석인데……. 수장님께서는 공허의 티끌이라 명명하셨습니다."

"공허의 티끌?"

처음 듣는 이름이었다. 하지만 검다는 말에서 카릴은 자신도 모르게 타락(墮落)을 떠올렸다.

"네네, 저희도 어디서 튀어나온 녀석인지 모릅니다. 수장님께서는 차원의 균열이 있었던 것 같다고 하시지만……. 찾을 방도가 없으니."

카릴은 베네딕의 말에 뭔가 이상하다는 생각이 들었다. 전생에 그가 대륙에 발을 들여놓은 것은 15살 때였다.

'굳이 따지면 아직까진 저택에 있었기 때문에 이 세계에 일어난 사건들을 모두 알지는 못했다.'

하지만 다음 해가 되기까지 이제 겨우 한 달도 채 남지 않았다. 실제로 전생에 그가 신탁의 10인 중 한 명인 '송곳의 이스라필'을 만나기 위해 불멸회에 왔을 때는 이런 문제를 들어 보지 못했다.

'불멸회에 내가 처음 왔던 전생의 시간과 지금의 시간 차이는 고작 3개월밖에 나지 않으니까.'

"확실히 정령이 맞아? 마도 시대 이후 정령들은 거의 사라졌잖아."

"그게……."

"남아 있는 정령술사들조차도 소환계약을 통해 간신히 정령을 불러내는데 그런 정령이 버젓이 숲을 돌아다닌다고?"

베네딕은 카릴의 말에 뭐라고 설명을 해야 할지 억울한 표정을 지었다.

[사라진 게 아니다.]

그 순간 카릴의 머릿속에서 목소리가 들렸다.

'아, 물론 널 두고 한 말은 아냐.'

라미느였다.

[그게 아냐. 마법에 가려서 몰랐는데. 여기……. 오래 있어 보니 미약하지만 확실히 정령의 냄새가 난다.]

'뭐? 그게 정말이야?'

그의 말에 카릴은 황급히 주위를 둘러봤다. 하지만 보이는 것은 그저 울창하게 자라 있는 수풀뿐이었다.

[여기가 아니다.]

'그럼?'

[더 안쪽. 저 건물 깊은 곳에서 옅은 냄새가 난다.]

"……."

라미느의 말에 카릴은 굳은 얼굴로 안티홈을 바라봤다. 대륙 마법의 양대 본산 중 하나인 불멸회의 안티홈에서 정령의 기운이라니……. 카릴은 생각지도 못한 라미느의 말에 살짝 인상을 찡그렸다.

'누군지 알겠어?'

[물론. 하지만 찾고자 한다면 너 스스로 해야 한다. 나는 저곳에서 네게 도움을 줄 수 없을 것 같군.]

라미느의 불꽃이 카릴의 팔을 한번 휘젓고 지나가자 구체가 마치 폭죽이 터지듯 사라졌다.

'어째서?'

[건물 전체에 마법이 걸려 있다. 아마 저자가 말한 마력 그물과 비슷한 성질이겠지. 아무래도 정령의 힘을 약화시키는 듯하다. 중심부로 가면 내 의식조차 잠들게 될 거다.]

'으흠……'

[이런 지독한 짓은 마도 시대에도 하지 않았는데……. 이곳의 주인은 꽤나 괴이한 작자인가보다. 정령에게 악의가 있는 걸까.]

'정령왕인 너조차 잠들 정도야??'

카릴의 물음에 라미느는 마치 심술을 내는 것처럼 다시 한 번 불꽃을 일으켜 그의 팔을 쿡쿡 찌르며 말했다.

[내 힘이 부족한 게 아니라 네 힘이 부족한 거야. 전에도 말했잖느냐. 정령계를 열 정도의 정령력이 없다면 정령왕의 힘을 제대로 쓸 수 없다고.]

'…….'

라미느의 핀잔에 카릴은 입맛을 다셨다.

[하지만 이곳을 찾아온 게 너라는 게 어쩌면 천운일지 모른다. 평범한 정령술사는 존재 자체도 몰랐겠지만 알아도 그를 깨울 수 없을 테니까.]

'그게 무슨 말이야?'

[이곳이 네 정령력의 벽을 한 단계 뛰어넘게 해줄지도 모른다는 말이지. 네가 빛과 어둠의 힘인 비전력을 가지고 있기 때문이다.]

'설마…….'

라미느는 나지막하게 말했다.

[그래, 여기에 봉인되어 있는 자는 2대 광야(光夜) 중 하나, 어둠의 두아트니까.]

그의 말에 카릴은 의아한 듯 되물었다. 저 안에 정령왕의 힘이 봉인되어 있을 것은 짐작했지만 2대 광야는 아니었다.

'그게 무슨 소리야? 내가 나락 바위에서 얻었던 비전력 안에 빛과 어둠의 힘이 있다고 하지 않았어?'

[그랬지. 네 안에도 분명 2대 광야의 힘이 머물러 있다.]

'도대체 이게 무슨…….'

[여러 가지 가능성은 있다. 나락 바위의 봉인이 깨질 것을 대비해서 2대 광야의 힘을 다시 나누었을지도 모르지.]

'누가?'

[신…… 아니면 인간이 그랬을 수도 있지.]

'누가 되었던 가증스러운 짓을 했단 말이군.'

[그만큼 2대 광야의 힘은 율라에게 치명적이니까.]

라미느의 말에 카릴은 즐거운 듯 입꼬리를 슬며시 올렸다.

'결국은 이곳에서 두아트의 힘을 얻으면 완벽해진다는 말이잖아?'

[조심하는 게 좋다. 2대 광야는 우리와 달리 신이 직접 봉인한 정령왕. 우리 5대 정령왕들과는 분명 다른 존재니까. 어째서 그가 이곳에 있는 건지……. 꺼림칙하다.]

하지만 카릴은 라미느와는 전혀 다르게 생각했다.

'이거 생각지도 못한 게 날 기다리고 있었군.'

그는 입맛을 다시며 안티홈을 바라봤다.

'완전 보물창고잖아?'

"형님은?"

"황후마마의 영지인 루비카령으로 떠나셨습니다. 아마 당분간은 황도로 오시긴 힘들지 않을까 생각됩니다."

"흐음……."

올리번은 정원에 앉아 아직 따뜻한 차를 한 모금 입에 머금으며 궁정 마법사인 카딘 루에르의 보고를 들었다.

"재기를 준비하시는 듯하나……. 어려울 것으로 보입니다. 1황자님을 따르던 귀족들의 수도 많이 줄었습니다."

"하지만 아직 황후와 재상이 있어. 여유를 부릴 만큼의 상황은 아니지."

"지당하신 말씀입니다."

카딘은 올리번의 말에 고개를 끄덕였다.

"사람의 일이란 모르는 거야. 날이 좋든 좋지 않든 항상 이 자리에 형님께서 앉아 이렇게 차를 마시곤 하셨는데……."

올리번이 앉아 있는 정원은 다름 아닌 루온이 항상 재상과 담소를 나누던 곳이었다. 겨울이 되어 꽃은 없지만 대신 새하얀 눈이 소복하게 쌓여 마치 꽃잎처럼 가득했다.

그는 회상하듯 아쉬운 목소리로 말했으나 찻잔을 가져가는 입가에 옅은 미소가 남아 있었다.

"외람된 말씀이오나 저하께는 하나뿐인 형님께서 그리되어 안타까우신 것은 이해하나 오히려 잘된 일입니다. 저희에게 주어진 시간 동안 더 많은 대신을 끌어 와야 합니다."

"알고 있어. 그동안 중립이었던 경이 나를 도와주기로 결심한 것에도 충분히 감사하고 있으니까."

올리번은 여전히 온화한 얼굴로 대답했다.

"카딘 경. 아버님께서는 아무래도 아직 황좌에 내려오실 생각은 없으신 듯 보여."

무례한 말로 들릴지 모르나 올리번의 얼굴을 보고 있노라면 결코 그런 생각이 들지 않았다.

"얼마나 더 많은 사람이 힘들어할지……."

올리번은 살짝 혀를 찼다.

"내 말을 오해해 듣지는 말게. 반란을 일으키거나 할 생각은 없으니까. 아버님께서 일궈낸 제국이지 않은가. 그분의 결정이 다소 과격하더라도 그런 의지가 있었기에 제국이 완성될 수 있었지."

"오해하지 않습니다. 또한…… 저하의 은덕이 곧 제국을 비추게 될 날이 올 겁니다."

카딘은 그런 그를 보고 있자니 조금 더 열심히 그를 보좌해야겠다는 다짐을 했다. 태양홀 이후 루온 황자의 몰락을 보며 그는 더욱더 올리번에게 마음이 기울었다.

'자신의 형제를 죽이려는 자는 정복왕보다 더욱더 제국을 잔인한 길로 인도할 것이 분명하다.'

그는 나지막하게 말했다.

"크웰 경이 곧 자신의 영지로 떠난다 합니다. 아무래도……. 태양홀에서 있었던 일에 대한 책임을 폐하께서 물으신 것으로 보입니다."

올리번은 카딘의 말에 고개를 끄덕였다.

"앞으로 있을 태풍의 눈은 역시 카릴 맥거번이 되겠지. 그가 홀을 나서기 전에 아버님께 했던 말, 두 사람 사이에 뭔가 있는 게 틀림없지. 그리고 타투르가 독립 국가가 된 이상 그의 힘은 더욱 커질 거야."

"은밀하게 알아보도록 명하겠습니다."

"그래."

"그럼 이만……. 크웰 경이 떠나기 전 잠시 티렌에게 일러둘 얘기가 있어 먼저 일어나보겠습니다."

카딘 루에르는 정원 밖에서 기다리고 있는 티렌을 힐끔 바라보고는 몸을 일으켰다.

"잘 부탁하네."

그 말에 카딘은 허리를 숙여 보이고 천천히 걸음을 옮겼다.

"……."

파즛……!!

그가 자리를 비우자 올리번의 손에 있던 찻잔이 금이 가며 깨졌다. 유리 파편에 손바닥이 베여 붉은 피가 맺혔다.

"후우……."

새하얗게 쌓인 눈 위로 핏방울이 뚝- 뚝- 하고 떨어지는 것을 바라보며 올리번은 그제야 답답한 뭔가가 빠져나가는 듯 낮은 한숨을 내쉬었다. 꾹 떨어지는 핏방울이 마치 독기를 빼내는 행위 같아 보였다.

'그 병에 든 게……. 미명을 해독한 건가.'

짐짓 아무것도 모른다는 표정으로 일관했지만 사실 속으로는 복잡할 수밖에 없었다.

'카릴 맥거번. 그 새끼가 어떻게 알았지? 만약 아버지의 미명을 그놈이 해독한 거라면 크로멘은 어째서 그냥 둔 걸까. 셋째에 대한 것까진 몰랐던 건가.'

갑자기 나타나 황궁을 휘젓고 사라진 카릴을 떠올리며 올리번은 입술을 깨물었다. 알아내야 할 것들이 많았지만, 쉽사리 말할 수 없었다. 자신의 형제뿐만 아니라 아비까지 독살하려던 자가 바로 올리번이었으니 말이다. 그리고 그사실을 아는 자는 아무도 없었다. 그의 가신이라도.

오직 딱 한 사람을 제외하고 말이다.

"일이 어렵게 되었습니다."

올리번이 나지막한 목소리로 속삭이듯 말했다. 아무도 없는 정원에 그의 목소리가 울렸다.

프스스슥…….

그 순간 눈이 쌓인 잎들이 흐트러지며 위에 있던 새하얀 눈이 조금 전 올리번이 떨어뜨린 핏방울 위를 덮었다.

"아무래도 폐하는 같은 방법으로 힘들 듯싶습니다."

붉게 더럽혀졌던 바닥이 언제 그랬냐는 듯 다시 새하얗게 변하자 그도 평상시와 다름없는 얼굴로 앞을 바라봤다.

"실망을 끼쳐 죄송합니다."

언제부터 그 자리에 있었던 것일까. 정원의 안쪽, 한 남자가 차가운 눈을 한 움큼 쥐어 흩뿌리며 고개를 들었다.

그가 저벅저벅 걸어왔다. 발자국이 선명하게 바닥에 남았고 올리번은 아스러지는 눈가루들을 바라보며 남자에게 고개를 숙이며 인사했다.

"닐 블랑 경."

제국의 4대 공작 중 한 명. 황제조차 그의 신상을 제대로 알지 못하고 지금껏 행방이 묘연했던 이 남자를 놀랍게도 올리번은 잘 알고 있는 듯이 말했다.

"이쪽으로……."

몇 가지를 더 묻는 과정에서 얼굴이 더욱 엉망이 된 베네딕은 허리도 제대로 펴지 못하고 엉거주춤하게 걸어갔다. 아슬락은 이제 더 놀랄 것도 없는 듯 그저 카릴 일행의 눈치를 살피며 베네딕의 뒤를 좇았다.

"넓군."

카릴이 안티홈의 첫 감상을 내뱉었다. 대도서관이라는 이름을 가지고 있지만 실제로 안티홈의 정문을 들어오면 마치 하나의 거대한 사원이자 마을 같았다.

"와……. 엄청 큰데요? 타투르보다 더 넓은 것 같은데요?"

특히나 건물 안으로 들어와도 마치 북부 숲을 그대로 걸어가는 것처럼 나무들이 울창하게 자라나 있었고 곳곳에 덩굴이 늘어져 있었다. 숲길 사이사이 마치 미로처럼 벽돌들로 막혀 있지 않다면 이곳이 실내라는 생각은 전혀 들지 않을 것이다.

미하일은 신기한 듯 안티홈 내부를 두리번거렸다. 나름 교도 용병단부터 카릴과 함께 남부와 공국까지 다녀온 그였지만 이런 풍경은 처음이었다.

"……."

미하일이 이 정도니 세리카는 굳이 말할 필요도 없었다. 그녀는 짐짓 아무렇지 않은 척했지만, 나뭇잎을 밟는 소리만 나도 깜짝깜짝 놀랐다.

"저게 조금 전에 포나인까지 날렸던 포격대인가?"

"그, 그렇습니다."

"흐음."

카릴은 저 멀리 보이는 중앙 건축물인 대도서관 위에 있는 기다란 포신을 바라봤다.

'제국 황궁에 있는 것과 비슷하게 생겼는데.'

하지만 쓰임새는 완전히 달랐다. 황궁 성벽에 있는 포격대는 오직 황제의 죽음을 알리는 용도로 쓰이는 것이었으니까. 게다가 포신 역시 황궁의 것에 2배는 될 정도로 길어 마치 도서관이란 이름만 없다면 하나의 요새로 착각할 만했다.

'여기서 강까지 꽤 먼 거린데……. 포탄을 날리는 것이 아닌 마력으로 만들어진 화염구를 쏘는 걸 봐서는 마법사가 직접 조종하는 것이다.'

정확도도 훌륭하다. 저 정도의 장비는 현시대에 없는 것이었다.

'마도 시대의 물건인가?'

만약 제작할 수 있었다면 신탁전쟁에서 타락과의 전쟁에서 장거리 요격을 할 수 있었을 테니까.

'저걸 분해해서 제작할 수 있다면…….'

카릴은 살짝 입맛을 다셨다. 하지만 곧 고개를 저었다.

'지금은 무리야. 자칫 실패한다면 오히려 귀중한 무구를 잃어버리는 일이니까. 마도 공학에 정통하지 않은 자가 아니면 힘들 거야.'

카릴은 별다른 고민 없이 한 사람을 떠올렸다.

'한시라도 빨리 공국의 내전이 끝나길 바라야겠군. 이만한 수준의 마도 공학을 설계할 수 있는 곳은 그곳뿐이니까.'

제국에 비해 마법과 검술에 뒤처지지만 루레인 공국이 대륙 3강의 한 축을 맡고 있는 이유는 역시 마도 공학 때문이라 할 수 있었다. 특히 마도 시대의 유물인 아슈칼론의 창시자인 볼프강 슈마르가 만든 골렘(Golem)병대와 특수한 공학술로 만든 재갈을 물려 길들인 와이번을 다루는 비룡부대는 오직 공국에만 있는 힘이었다. 그런 유물들을 재현하고 발명하는 데 탁월한 재능을 가진 사내가 있다. 대부분의 사람은 그를 보고 괴짜라고 부르지만 아는 사람들은 안다.

'마도공학자(魔道工學者) 윈겔 하르트. 그는 천재지.'

그렇지 않다면 공국 제1공작인 튤리가 그를 마도공학대의 총감독관으로 임명하지 않았을 테니까.

'하지만 그런 천재도 결국 아슈칼론을 재건하지는 못했어.'

카릴은 헤임에서 빼돌렸던 아슈칼론의 설계도 하권을 떠올리며 아쉬운 듯 입술을 씰룩였다. 상권을 얻는 것은 어렵지 않을 것 같지만 만들 사람도 방법도 없었다.

'뭐, 애초에 설계도를 만든 볼프강 본인도 맞는 시동석을 찾지 못해 아슈칼론을 완성하지 못했으니까.'

하지만 이번 생은 전생과 확연히 다르다. 본디 마도 공학에는 여러 가지 갈래가 있으나 골렘 제작만큼은 인간보다 드워프가 더 뛰어났다.

공국의 윈젤과 타투르의 드워프.

'이 둘이 힘을 합친다면…….'

게다가 전생에는 카디훔 마광산이 개발되지 못해 8각석을 얻지 못해 도전조차 못 해봤지만, 이번엔 마도 시대에도 풀지 못한 시동석의 문제를 어쩌면 풀 수도 있었다.

'결과적으론 카디훔 마광산이 빨리 개발돼야 하겠지. 이스트리아 삼국 녀석들. 그런 중요한 자원이 있는데 자기들끼리 싸움박질이나 하고 있다니.'

카릴은 낮은 한숨을 내쉬었다.

웅성- 웅성-

미로 같은 길을 따라 들어가자 이번에는 여기저기 지어진 작은 집들이 보였다. 이곳이 안티홈의 거주지인 듯싶었다.

"이곳에 얼마나 살지?"

"주변의 마을엔 주민들이 300명 정도 살고 있습니다."

"그래? 크기에 비해 인원수는 적군."

"아무래도 외부 사람을 받지 않다 보니……. 세 분께서 오신 것도 수십 년 만입니다."

베네딕은 시퍼렇게 멍이 든 눈두덩을 문지르며 말했다.

"그리고 이곳은 불멸회의 입회하기 전에 사람들이 모여서 사는 곳이기도 하고요. 대도서관 안쪽에는 500명의 마법사가 존재합니다."

'흠……. 이상한걸.'

카릴은 건물들을 바라보며 살짝 눈썹을 찡그렸다.

'내 기억이 맞다면 안티홈의 정문 안쪽에 이런 마을은 없었던 것 같은데…….'

신탁이 내려지고 10인을 찾기 위해 처음 안티홈에 도착했을 때는 제국의 이동마법진을 통해서였었다. 그렇기 때문에 이런 식으로 외부에서 들어오지 않고 바로 거점인 대도서관 안으로 이동했었다. 어쩌면 그 때문에 외부를 제대로 보지 못해서 일지도 모른다. 카릴은 집 안쪽에서 신기한 눈으로 자신들을 바라보는 불멸회의 주민들을 바라보며 살짝 고개를 갸웃거렸다.

'……내가 기억을 못 하는 건가?'

▸Chapter 3◂

'뭐…… 상관없나.'

카릴은 대수롭지 않게 여겼다. 불멸회는 여명회와 달리 워낙 폐쇄적인 집단이기에 그 역시 자세히 아는 것이 없었다.

"……이쪽입니다."

베네딕이 엉망이 된 얼굴로 고개를 숙였다. 그런 그의 어깨를 가볍게 두들기며 카릴이 말했다. 그의 손길이 닿자 그는 깜짝 놀라며 몸을 부르르 떨었다.

"진지하게 생각해 봐. 마력 그물도 제대로 만들지 못하는 마법사면 차라리 도서관의 서기도 나쁘지 않으니까."

"……."

베네딕은 카릴의 말에 입술을 씰룩였다. 하지만 행여나 불똥이 튈까 봐 그는 서둘러 일행의 눈 밖으로 도망쳤다.

“불멸회의 마법사들도 별거 아니네요.”

“저 노인네가 별 볼 일 없는 거지. 5클래스도 아직 안 되었어. 저 나이에 그 정도면 재능이 없는 거지. 마력전략부? 애초에 그런 게 있을 리가 없지. 멋모르는 애송이들에게 거드름이나 피우려고 만든 거야.”

카릴은 불멸회의 진짜 마법사들은 모두 다 지금 눈앞에 있는 대도서관의 지하에 있다는 것을 잘 알고 있었다.

‘오랜만에 그 사람 얼굴도 볼 수 있겠군.’

그는 해골의 입에 달린 둥근 문고리를 잡아 두들겼다.

철컥-

문고리를 잡은 손에 마력을 끌어 올리자 위에 달려 있는 해골의 두 눈에서 옅은 빛이 흘러나오기 시작했다.

“……!!”

동시에 음산한 검은 연기가 천천히 카릴의 팔을 감쌌다. 검은 연기는 곧바로 그의 전신을 뒤덮었고 뒤에 서 있던 미하일과 세리카는 그 모습에 깜짝 놀랐다.

철컥-

잠금쇠가 풀리는 듯한 소리가 들렸다.

쿠그그그그그…….

귀곡성(鬼哭聲)이 들리며 문이 열림과 동시에 묘한 소리가 들렸다.

“어둡군.”

입구에서 흘러나오는 빛 이외에 대도서관 내부는 정전이 된 것처럼 어두웠다. 게다가 바닥부터 천장까지 새하얀 물안개 같은 것이 자욱하게 깔려 있어 얼굴에 닿는 공기가 차갑게 느껴졌다.

"염지(炎指)."

화르르륵……!!

카릴이 손을 젓자 그의 손가락 끝에서 다섯 개의 불꽃이 돋아났다. 그는 오랜만에 라미느의 불꽃이 아닌 마법으로 불꽃을 만든다는 생각이 들었다.

"점화(點火)."

다섯 개의 불꽃이 폭발하듯 커졌다.

츠즈즈즈--!!

도서관 안에 자욱했던 안개가 카릴의 불꽃에 닿자 타들어가는 소리를 냈다. 뜨거운 열기가 점차 채워지자 서서히 시야가 선명해졌다.

"분위기가 완전히 다르네요."

미하일은 조금 전까지만 하더라도 이곳이 사람 사는 곳이라는 느낌이 들었지만, 도서관 안은 마치 마굴 속을 걸어 들어가는 기분이었다.

"그렇지? 마법사들은 괴짜니까. 이따금 그들이 지은 건물 중엔 미궁의 성향을 띠는 곳들이 있지. 상아탑도 비슷할걸? 응축된 마력은 물론이거니와 곳곳에 함정들도 있으니 조심하는 게 좋아."

착- 착- 착-

카릴이 도서관에 발을 들여놓는 순간 어두웠던 복도 양 벽에 걸린 횃불이 일제히 켜졌다.

"와……."

불이 켜지자 내부는 또 완전히 다른 느낌이었다. 까마득한 높이의 천장까지 벽면이 모두 책장으로 되어 있어 그 안에는 셀 수도 없는 마법서들이 꽂혀 있었다.

"이방인은 오랜만이군."

어둠 속에서 목소리가 들렸다. 복도의 끝. 마치 이중으로 들리는 것처럼 묘한 말투의 남자 목소리가 들렸다.

미하일과 세리카는 자신도 모르게 움찔했다.

짜릉…… 짜르응…….

그가 발을 옮길 때마다 쇠사슬이 부딪히는 소리가 들렸다.

"클클클……."

등이 툭 튀어나와 있었고 얼굴은 구울이라고 해도 믿을 것 같이 괴상하게 일그러진 남자였다.

'저 사람이 나인 다르혼?'

'뭐 저렇게 생긴 사람이 다 있어?'

두 사람은 찝찝한 뭔가를 본 것처럼 인상을 찡그렸다.

"올라오게."

복도의 끝에 있는 나선 계단을 올라가며 그는 카릴에게 손짓을 했다.

"괜찮을까요? 주군."

뭔가 께름칙한 기분에 미하일이 귓속말로 소곤거렸다.

"혹시 저 사람이 불멸회의 수장인가요? 어후, 딱 봐도 흑마법사 같이 생겼네요."

하지만 카릴은 어쩐지 그의 말에 피식 웃기만 했다.

"아, 쟤? 별거 아냐."

"……네?"

"안티홈 입구에서 소동을 피운 게 네놈들이로군."

계단을 따라 올라온 미하일은 이상한 상황에 할 말을 잃은 듯 두 사람을 바라봤다.

"소, 송구하옵니다."

음산한 기운을 뿜어냈던 꼽추 남자가 계단을 올라오자마자 꺾인 허리를 더욱 숙이며 안절부절못하며 대답했다.

"수십 년간 외부와 단절한 채 살았는데 고작 이런 꼬마들에 의해 그것이 깨지다니 말이야."

"……죄송하옵니다."

그와 반대로 의자에 앉아 그에게 말을 건 사람은 흑발을 허리까지 길게 늘어뜨린 미남자였다.

"이 안에 들어올 수 있다는 것은 모두가 마법사의 반열에 올랐다는 말일 텐데……. 내가 폐관을 한동안 세상이 많이 변했는가? 저런 꼬마들이 벌써 4클래스라니 말이야."

목소리가 아니었다면 여자라고 오해를 했을 정도. 새하얀 피부와 새빨간 입술은 인간이 아닌 것처럼 보이기도 했다.

그는 의자의 팔걸이에 기대어 턱을 괴고는 일행을 바라봤다. 외관으로 보면 꼽추 남자가 의자에 앉아 있는 자보다 수십 살은 더 많아 보여 두 사람의 대화는 위화감이 느껴졌다.

"나인 다르혼."

카릴은 의자에 앉아 있는 남자를 향해 말했다.

"……?!"

그 순간 미하일이 놀란 표정으로 다시 한번 의자에 있는 남자를 바라봤다.

'말도 안 돼. 저 사람이……. 불멸회의 수장인 나인 다르혼이라고?!'

세리카는 왜 그렇게 놀라냐는 눈빛으로 그를 바라봤다. 그도 그럴 것이 현존하는 4명의 대마법사 중에서 마탄(魔彈)이라 불리는 루레인 공국의 황금마법회 수장 데릴 하리안을 제외한 3명. 여명회의 수장인 베르치 블라노, 제국의 궁정 마법사인 카딘 루에르 그리고 불멸회의 나인 다르혼까지, 이 셋이 모두 동년배라 알려져 있기 때문이었다.

동시대에 태어난 대마법사들. 마도 시대 이후 점차 마력이 약화 되는 시점에서 세 명의 대마법사가 태어난 그 시기를 황금의 시대라 부르기도 했으니까. 여명회의 베르치 역시 그들의 거점인 상아탑에서 폐관 수련을 하느라 얼굴을 비치지 않았지만 카딘 루에르만큼은 모두가 알고 있었다.

백발이 성성한 노인. 그를 떠올리면 도무지 20대라고 해도 믿을 수 있을 나인 다르혼과 같은 나이라는 것이 상상이 가지 않았다.

“놀랄 것 없어. 얼굴을 바꾸는 거야 마법사만 되면 할 수 있는 일이잖아.”

세리카는 대수롭지 않다는 듯 콧방귀를 뀌었다.

“저 인간은 원래 저 얼굴이야.”

“……에?”

카릴은 그녀의 말에 나지막하게 말했다.

“다르혼가(家)의 피는 조금 특별하거든. 뱀파이어의 피가 약하게 섞여 있어서 잘 늙지 않아. 게다가 균형을 맞추기 위해서 다른 두 마법사와 또래라고 했지 실제로는 더 늙었을지도 모르지. 혹시 알아? 마도 시대에 살던 노괴일지.”

그의 말에 두 사람은 다시 한번 나인 다르혼을 바라봤다.

“클클……. 잘 아는구나. 카릴 맥거번.”

나인 다르혼은 이미 카릴의 정체를 알고 있었는 듯 그의 이름을 말했다.

“그래도 수장이 낫긴 하군. 정문의 멍청이들은 모르던데. 마도전라부? 그런 시덥잖은 것이나 만들다니. 웃음도 안 나와. 불멸회가 언제부터 소꿉놀이를 하는 모임이 되었지?”

신랄한 말에도 불구하고 그의 표정은 변하지 않았다.

"무지한 사람들을 보듬기 위해서는 유치한 일도 때론 필요한 법이니까. 재능 없는 이들에게 관모를 씌워주면 누구보다 충성을 다하지."

"하긴……. 아까 그 양반을 보니 뭘 시켜도 열심히 할 것 같긴 하더군."

카릴은 베네딕을 떠올리며 말했다.

딱히 전생에 인연이 있었던 곳도 아닌데 묘하게 그가 계속해서 눈에 밟히는 기분이었다.

"자네도 기억해 두는 게 좋을 거야. 사람을 다루는 방법에 대해서 말이지. 일국의 왕이라면 말이야."

'이미 제국에서의 일까지 모두 알고 있군.'

새빨간 입술을 씰룩이며 나인 다르혼이 카릴을 향해 좀 더 고개를 숙였다.

"뭐, 그쪽이 걱정할 일은 아니지. 사람 다루는 건 지금도 잘하고 있고."

그의 모습이 못마땅한지 카릴은 심드렁하게 대답했다.

"크큭……. 이런 유치한 놀음이 진짜 불멸회의 모습이라 생각하지 말아야 할걸."

저벅- 저벅- 저벅-

그런 그를 향해 카릴이 걸음을 옮겼다. 일정한 속도의 발걸음 소리가 홀 안에 울리다가 멈췄다.

"진짜 모습이라……. 도서관의 시험을 말하는 건가? 별거 없을 것 같은데."

카릴은 눈짓으로 바닥을 힐끔 가리켰다. 아무것도 없어 보이는 그곳인데 어쩐지 나인 다르혼의 안색이 살짝 굳어졌다.

"감이 좋은 녀석이군. 그대로 밟았으면 볼만했을 텐데."

발 바로 앞에 쉽사리 눈치채지 못할 정도로 미세하게 바닥이 올라와 있었다.

"수장이 유치하니 밖의 놈들도 수준이 그 모양이지. 함정? 이거 밟았으면 그대로 당신 목부터 잘랐을 거야."

나인 다르혼의 말에 카릴이 맞장구를 쳤다. 불꽃이 튈 것 같은 나인 다르혼과 카릴의 대화 속에서 미하일과 세리카는 긴장된 얼굴로 두 사람을 바라봤다.

"뭐, 좋다. 정문에서의 소란의 대가는 나중에 치르더라도 일단 온 이유부터 물어볼까?"

"잠깐."

그때였다. 카릴이 갑자기 대도서관 안에서 창밖을 바라보며 마을 중앙에 세워진 거목을 가리켰다. 어두웠던 복도와 달리 나인 다르혼이 있는 방은 커다란 창문이 뚫려 있어 마을 아래가 훤히 보였다.

"저 나무……."

굳은 얼굴로 그가 창가로 걸어갔다. 바닥에 함정이 아직 남아 있을지 모르는데 그는 상관없다는 듯 성큼성큼 걸었다.

"아아……. 감이 좋은 만큼 눈도 좋군. 세계수다. 물론 전설에 나오는 엘프의 세계수는 아니지만. 불멸회가 복원을 했지. 어때?"

"……안 죽었네?"

"뭐?"

나인 다르혼은 무슨 소리냐는 듯 카릴을 바라봤다.

"그래, 저 나무 주변이 완전히 까맣게 변했던 폐허였어."

카릴은 낮게 중얼거렸다. 이제야 기억났다. 계속해서 느꼈던 이질감. 전생에 이동 마법진을 통해 대도서관으로 이동했을 때 처음으로 봤던 풍경과 전혀 다르다.

'뭔가 이상하다 했더니.'

저 나무를 보고 나니 이제야 생각이 나다니. 카릴은 자신의 미흡함에 헛웃음을 짓고 말았다.

'그래. 내가 왔을 땐 이런 거주지 자체가 없었어.'

남아 있는 것은 중앙 건축물인 대도서관 하나뿐. 이조차도 워낙 크고 웅장해서 그 당시엔 풍경이 눈에 들어오지 않았던 것이다. 그저 앙상하게 말라 까맣게 변해 버린 세계수가 힘없이 세워져 있었을 뿐.

'왜 사라진 거지?'

안티홈에 온 것은 기껏해야 전생과 현생을 비교해도 3개월밖에 차이가 나지 않는다. 그리 길지 않는 그 간극 사이에서 이 정도 규모의 마을이 사라질 만큼 강렬한 폭발은 없었다. 소리 소문도 없이 통째로 사라진 거다. 마을 전체가.

"……."

카릴은 낮은 한숨을 내쉬었다.

"가벼운 마음으로 왔는데……. 이거 안 되겠네."

그러고는 천천히 고개를 들었다. 나인 다르혼의 창백한 얼굴보다 더 차가운 목소리로 그를 향해 카릴이 말했다.

"너희들 도대체 여기서 무슨 짓거리를 하고 있는 거냐?"

"……무슨 짓거리? 지금 불멸회에 시비를 걸려고 찾아온 거냐? 네놈이 하는 짓거리야말로 제국의 황제도 하지 않을 일인데 말이야."

"아아……. 그렇겠지."

카릴은 나인 다르혼의 말에도 대수롭지 않은 듯 말했다.

"황제는 너보다 인간의 목숨을 뭣 같이 아는 인간이니까. 이런 일로는 눈 하나 깜빡 안 할 거야. 하지만 말이야. 저 정도 규모의 군락이면 최소 300명 이상은 살 텐데. 저걸 다 날려 먹다니……. 그것도 소리 소문도 없이 숨기다니. 네가 인간이냐."

"……?"

"내 평생 그런 마법은 딱 한 번, 아니, 마법이 아니지."

"무슨 개소리야?"

나인 다르혼은 카릴의 말이 이해가 안 간다는 듯 물끄러미 바라봤다.

'최초의 타락(墮落), 혈(血).'

등급이 높은 마굴일수록 생성되기 이전에 하위의 단계의 마굴이 나타나며 그것을 가리켜 전조라고 한다. 파렐(Pharel)도 이와 같았다. 신탁이 내려지고 대륙에 타락을 쏟아 내기 시작했던 파렐이 나타나기 전까지 마굴의 전조처럼 대륙에 10마리의 타락이 세상에 이빨을 드러냈다.

그것을 가리켜 인류는 열 개의 재해(Ten Disasters)라 말했다. 실로 재앙과 같은 그 끔찍한 괴물들을 가리켜 역사는 재해(災害)라 명명했고 그 누구도 그 이름에 대해 이견이 없었다. 혈(血)을 파괴하는 과정에서 타락을 사냥하는 방법을 찾았다.

'심장을 벤다.'

아주 단순한 방법이다. 하나 그 간단한 방법과 제국 1군단의 목숨을 교환해야 했다. 덕분에 타락을 사냥하기 위해선 심장을 베는 단계를 알아야 한다는 것을 알게 되었지만…… 너무나 큰 피해였다.

'혈의 심장이 파괴되는 과정에서 녀석의 심장이 폭발하는 바람에 그 자리에 있던 수만 명의 목숨이 사라졌다.'

폭발은 강렬했지만 흔적은 의외로 깨끗했다. 사실 흔적이라고 할 것도 없었다. 그 주위를 마치 긁어낸 것처럼 아예 사라졌으며 공간은 시커멓게 변해 있었을 뿐이다.

'왜 그때는 몰랐을까.'

안티홈 주위의 폐허가 정확히 타락의 심장이 터져 폭발했을 때와 똑같았다는 것을.

하긴 어쩔 수 없는 일이다. 그 당시엔 타락이 나타나기 전이었으니 대도서관의 주위가 검게 변해 있다는 것을 대수롭지 않게 여겼으니까. 게다가 카릴은 신탁의 10인을 모으는 데 정신없기도 했다.

타락의 죽음이 검은 잔해를 남긴다는 것 자체를 알지 못했다. 아니, 정확히는 타락의 폭발이라고 해야 할 것이다. 혈(血)의 사냥 이후부터는 폭발이 아닌 사냥에 성공했으니까.

하지만 타락의 폭발을 알고 있는 지금은 단번에 안티홈의 이질감을 느낄 수 있었다.

"너."

카릴이 나인 다르혼을 바라보자 그는 어처구니가 없다는 표정을 지었다.

"너?"

지금까지 자신을 이런 식으로 부른 사람은 없었다. 그는 불멸회의 수장이자 대륙에 4명뿐인 대마법사 중의 한 명이었다.

"이게 미쳤……."

"7인의 원로회와 무슨 관계가 있나?"

나인 다르혼이 카릴을 향해 소리치려는 찰나 오히려 그의 말을 끊으며 카릴이 물었다.

"……뭐?"

조금 전까지만 하더라도 으르렁거리던 나인 다르혼이 그의 말에 넘칫했다.

카릴은 알른 자비우스를 만났던 회색교장에서 타락과 비슷한 괴물을 잡았던 것을 떠올렸다.

'그때 의아했지. 파렐도 아닌데 어째서 그런 게 있었는지. 특히나 회색교장은 마도 시대의 유물이니까.'

하지만 마도 시대를 살았던 7인의 원로회와 나인 다르혼과의 관계는 쉽사리 연관 짓기 어려웠다.

'정말 흡혈귀의 피가 효력을 발휘해서 나인 다르혼이 실제로는 천년을 살아온 자라면 모를까…….'

안티홈 대도서관에는 마도 시대는커녕 기껏해야 250년 전의 서적들만 있을 뿐이었으니까. 물론 이곳을 만든 나인 다르혼이 일부러 그 이전의 시대 유물을 대도서관 내에 비치하지 않았을 가능성도 없는 것은 아니다.

"무슨 헛소리야? 7인의 원로회가 갑자기 왜 나오지?"

"그들이 지금 네가 하는 연구와 비슷한 걸 했었거든. 아니지 네가 그들의 연구를 따라 하는 거라고 해야 하나?"

"……."

순간 홀 안의 공기가 무거워졌다.

"마력 그물을 만든 것도 베네딕 그 멍청한 작자가 아니라 너일 테고. 정령에 의해 발동을 한다는 조건은 맞지만 그물은 마력뿐만 아니라 물리적인 살상력까지 가지고 있었어."

"……."

"대마법사인 네가 왜 그런 무식한 함정을 만들었을까?"

카릴은 창백한 얼굴의 나인 다르혼을 바라보며 말했다.

"몰라서겠지. 그게 정령인지 마법의 부산물인지 아니면 살아 있는 생명인지 창조자인 너조차 모르는 거야. 안 그래?"

"……뭐?"

"공허의 티끌이라 불리는 그 부산물의 정체를 제대로 알지 못하기에 다 때려 넣은 거지. 네 실수로 만들어진 괴물을 잡기 위해."

카릴은 한 발자국 더 앞으로 다가갔다.

탈칵-

기관이 작동하는 소리가 들렸지만 오히려 그가 바닥을 밟은 발에 힘을 주자 그대로 대리석 바닥이 산산조각이 나며 안에 있던 함정이 멈춰 버렸다.

"지금 안티홈 주위에 나타난 너희들이 잡으려고 하는 검은 정령. 그거 정령이 아니지?"

카릴은 말했다.

"네가 실패로 만든 공허의 티끌이 7인의 원로회가 만든 괴물과 비슷하다면 녀석을 사냥할 수 있는 방법이 있다."

"그게 뭐지?"

"네놈들은 공허의 티끌을 잡지 못해. 내가 도와주겠다. 그냥 뒀다가는 수백 명의 목숨을 날려 먹을 수도 있어, 아니, 날려 먹을걸."

나인 다르혼은 단정 짓는 카릴의 말에 인상을 찡그렸다.

"마력 그물에 우리가 걸린 걸 감사히 여겨. 자칫 잘못해서 심장이 파괴되는 과정에서 폭발이라도 일어났다면…….”

전생에 안티홈 주위가 새까만 폐허가 되어버린 것도 이상한 일은 아니었다.

“어디까지 연구가 진척되었지?”

“……무슨 소린지 모르겠군.”

“긴장하지 마. 널 나무라려고 하는 게 아냐. 오히려 그 반대지. 네가 하고 있는 연구가 내가 찾으려는 사령술과 연관이 있을지 모르거든.”

나인 다르혼은 카릴의 말에 고개를 갸웃거렸다.

“사령술?”

“정확히는 원령(怨靈)을 소환하는 것이지만……. 만약 잘하면 네 연구를 완성 시킬 수도 있다. 너보다 균열에 대한 연구를 먼저 시작한 선구자가 있거든.”

“말도 안 되는 소리.”

“말이 안 되는 게 아냐. 진짜 있어. 그리고 너처럼 서투르게 다루지 못한 것도 아니고.”

카릴의 말에 그의 얼굴이 살짝 흔들렸다. 불멸회의 수장인 그는 분명 타락을 연구하고 있는 것이 분명했다. 하지만 만약 알른 자비우스가 그의 연구를 천 년 전에 먼저 시작했고 훨씬 더 높은 성취를 얻었다는 알면 까무러칠 것이다.

“뭐, 그건 지금 당장 급한 것은 아니고 공허의 티끌을 제거해 주는 대신 조건이 있다.”

“뭘 원하지?”

“서재 뒤를 열람할 수 있게 해다오.”

“…….”

카릴의 말에 나인 다르혼이 살짝 눈살을 찌푸렸다.

“정확히는 그 뒤에 있는 상자 안을 확인하고 싶다.”

“미친놈…….”

그는 자신도 모르게 헛웃음을 쳤다.

“네가 어떻게 암흑서에 대해서 알고 있지? 이건 오직 나와 사서만이 알고 있는 건데.”

그는 그렇게 말하면서 옆의 꼽추 남자를 노려봤다.

“아, 아닙니다. 저는…….”

그러자 그는 황급히 손사래를 치며 당혹스러운 듯 고개를 조아렸다. 아마도 현재의 사서인 듯했다.

‘뭐, 이스라필이 아니라 저자가 지금 사서를 하고 있다는 건 그 폭발에 휩쓸려 죽었다는 의미겠지.’

미래의 사서인 이스라필에게 암흑서에 대한 이야기를 들었다고 말할 수는 없는 일이었다.

“아, 그게 책인가? 상자가 있다는 것만 알고 있었는데. 수장이 저렇게 입이 가벼우니 비밀이 지켜지겠나.”

“너…….”

카릴은 나인 다르혼을 향해 말했다.

“별거 아냐. 한 사람을 찾고 있다. 250년 전의 사령술사인 듯

싶은데……. 그의 단서가 대도서관의 암흑서에 있을지 몰라서 그래. 아니면 네가 알려주겠나? 오래 살았으니 알지도 모르겠군"

"……건방진 놈."

나인 다르혼은 한마디도 지지 않고 말하는 카릴의 모습에 어이가 없었다.

"그런 내용은 없다. 볼 필요 없으니 신경 쓰지 마라."

"그럼 나도 공허의 티끌을 잡는 데 도움을 줄 수 없겠군. 조심해라. 자칫 잘못하면 안티홈 자체가 그놈에게 먹힐 테니까. 내 말이 무슨 뜻인지 너는 알겠지? 그 괴물을 만든 게 너니까."

카릴의 말에 나인 다르혼의 얼굴이 굳어졌다. 옆에 있는 사서는 티끌의 정체가 그의 연구 산물이라는 것을 몰랐던 듯 조금 전부터 놀란 기색을 감출 수 없었다.

"후우……."

카릴은 잠시 낮은 숨을 토해냈다. 어쩐지 안티홈 근처에 발을 들여놓은 순간부터 괜히 신경이 곤두서고 예민해진 이유를 조금은 알 것 같았다.

'이 기운…….'

도서관 전체를 감싸고 있는 끈적하고 불쾌한 이 기운은 바로 타락이 내뿜는 숨결과 비슷했기 때문이다. 그의 몸이 본능적으로 경계하고 있는 것이었다.

'나인 다르혼이 7인의 원로회와 마찬가지로 타락을 연구했을 줄이야. 그 말은 파렐 이전에 이미 타락이란 존재가 이 세

계에 있었단 말인가?'

카릴은 지금까지 타락이란 그저 신탁의 괴물이라 생각했을 뿐이다. 하지만 만약 녀석들이 인간에 의해서 만들어질 수 있는 괴물이라면…….

'절대 공략할 수 없는 괴물이 아니다.'

"나인 다르혼? 괴이한 분이시지. 어린애 같으면서도 한편으로는 한없이 마법을 추구하는 분이셨어. 재밌는 이야기 하나 해줄까? 사서에게만 이어지는 비밀이 하나 있는 데."

"그런 걸 내게 해도 돼?"

"어차피 이제 불멸회도 사라졌는데, 뭐."

열 번째 타락, 썬(Son)을 파괴하고 난 뒤, 드디어 모든 재해가 끝났음에 기뻐하는 그 날. 이스라필은 폐허가 된 안티훔의 기둥에 걸터앉고는 공허한 목소리로 말했다.

"수장님은 작은 상자 하나를 서재의 비밀 장소에 보관했었어. 꼭 아이들이 사탕 바구니를 놔두는 것처럼 말이야."

"그게 우스운 얘기야?"

카릴의 무덤덤한 반응에 그는 옅은 미소를 지으며 잔해들을 어루만시며 말했다.

"상자는 아무도 열지 못해. 내가 그게 뭐냐고 물어본 적이 있었어. 그때마다 그분은 이렇게 얘기했지."

'내 실수와 죄업을 가두어 놓았다.'

"……?"

이스라필의 독백 같은 말에 카릴은 그다지 관심이 없는 듯 고개를 돌렸다. 그는 자주 이런 지루한 얘기를 하는 남자였으니까.

"나인 다르혼은 그 안엔 범접할 수 없는 악몽이 존재한다고 말씀하셨어. 뜬금없지만 왜 갑자기 그 안에 무엇이 들었을지 궁금할까? 이 세상이야말로 지금 살아 있는 악몽인데 말이야."

그는 폐허가 된 안티홈에 남아 있는 타락의 잔재들을 바라보며 낮은 한숨을 내쉬었다. 열 번째 타락인 썬(Son)에서 잘려 나간 검은 기운들은 마치 그 스스로가 살아 있는 것처럼 꿈틀대면서 움직였다. 검은 괴물들은 마치 먹잇감을 찾아 헤매는 것 같았다. 앞으로 저것들과 싸워야 한다는 것을 이곳에 있는 사람들은 직감했다.

"악몽……."

카릴은 그런 타락들을 바라보며 나지막하게 말했다.

천천히 눈을 떴다. 잊고 있었던 과거의 한 대목을 기억하며

카릴은 생각했다.

'이스라필. 나인 다르혼의 실수를 내가 막는다면 어쩌면 그 상자 안에 있는 건 악몽이 아니라 희망일지도 모른다.'

그는 서재 뒤편 숨겨진 책장을 바라보며 전생의 이스라필에게 말하듯 생각했다.

'그래, 저 안에 있는 책엔 카이에 에시르의 동료인 사령술사에 대한 얘기는 없지만. 대신 더 중요한 게 있을 거다. 내 예상이 맞다면…….'

카릴은 당장에라도 저 안에 있는 책을 보고 싶었다.

'서재에 숨겨진 상자 안에 들어 있는 것은 어둠의 정령왕이 틀림없다.'

"모두 자리를 비켜라."

"네? 하오나……."

"손님들께 머물 자리를 내어드리고 넌 나와 얘기를 좀 더 나누어야 할 듯싶구나."

거친 대화의 공방 속에서 당장에라도 싸움이 일어나지 않을까 불안하게 보고 있던 미하일과 세리카와 달리 나인 다르혼의 반응은 호의적이었다.

"말씀 나누시기 바랍니다."

꼽추 남자는 나인 다르혼의 명령이 떨어지자 황급히 계단을 내려갔다. 걸어가는 그를 보며 카릴은 어쩐지 그전부터 무척이나 친근한 사람을 대하듯 말했다.

"코트러산(産) 과실주가 있으면 조금 마시고 싶은데. 방에 가져다줄 수 있나?"

카릴의 말에 남자는 발걸음을 멈췄다.

"네? 코트러는 북부 지방의 이름 아닙니까. 안티홈에 그런 게 있을 리가……."

"아쉽군. 없으면 어쩔 수 없지. 왠지 당신이라면 구할 수 있을 것 같아서."

알 수 없는 묘한 대화를 주고받은 뒤 남자는 황급히 아래로 향하는 발걸음을 빨리했다.

"너희는 그냥 있어."

"……?"

나인 다르혼은 카릴의 뒤에 서 있는 미하일과 세리카를 바라보며 의아한 표정을 지었다. 카릴과 독대를 하기 위한 자리인데 두 사람을 내려보내지 않았으니 말이다.

"지금부터 할 얘기는 주요한 사안이다. 안티홈에서도 아는 사람이 없어."

"그래서?"

"당연히 너희도……."

나인 다르혼의 말을 끊으며 카릴이 대답했다.

"이 둘은 공허의 티끌을 잡는 데 필요하다. 안티홈 안에서야 기밀이지 우리에겐 어차피 남 일이야. 그게 싫다면 거래를 할 수 없지."

"하여간 정말 건방진 놈이야. 네놈, 드래곤이라도 되는 거냐. 시종일관 고(高)자세로군."

"드래곤은 아니지만 여길 떠나면 드래곤을 잡으러 갈 건데. 생각 있으면 그쪽도 함께 가도 좋다."

"……하?"

카릴의 말에 나인 다르혼은 더욱더 어이가 없다는 표정으로 헛웃음을 지었다.

"드래곤? 수백 년 전에 사라진 용 사냥꾼이라도 다시 해보려는 게냐. 그래, 어느 드래곤을 잡을 거지? 골드 드래곤 에누마 엘라시? 아니면 그린 드래곤 크루아흐?"

"백금룡의 레어로 갈 거다."

"드래곤들의 수장?"

나인 다르혼은 그의 대답에 낮은 한숨을 내쉬었다. 지금까지의 모습을 생각했을 땐 카릴을 비웃거나 무시할 것 같은데 의외로 그의 반응은 담담했다.

"쉽지 않을걸."

"만나야 할 일이 있어서 말이야. 뭐, 그전에 이곳의 일부터 해결해야 하지만."

"거기서 뭘 해야 할지에 대해서 말한 것이 아니라 다른 의미지만……. 뭐, 좋아. 굳이 내가 알릴 필요는 없겠지."

나인 다르혼은 미하일과 세리카를 가리키며 말했다.

"그럼 너희 둘도 도서관의 시험을 치를 생각이냐. 나와 대화를 나누고자 한다면 시험을 치러야 한다."

우우우웅…….

그의 말이 끝남과 동시에 뒤편에 있는 책장이 양옆으로 갈라지며 밀려났다. 책장 안에는 또 다른 책장이 하나 있었는데 그 안에는 작은 책 한 권이 놓여 있었다.

"시험은 누구에게나 열려 있다. 하지만 서재를 열람할 자격이 없다면 대가를 치르게 될 거야."

그의 말에 두 사람은 긴장된 얼굴로 고개를 끄덕였다.

'나인 다르혼은 신탁전쟁이 치러지기 전 일련의 사건으로 목숨을 잃고 사라졌다. 내 추측이 맞는다면 지금 그가 하는 일과 관계가 있는 거겠지.'

공허의 티끌이란 미완의 타락이 폭발하는 것만으로도 수백이 살고 있는 안티홈의 마을이 날아갔다. 그가 어느 영역까지 도달한 것인지는 모르지만 알른 자비우스도 완성하지 못한 타락의 연성을 그가 실험하다 목숨을 잃은 것이라면.

'지금 그와의 만남이 이번 생의 그를 살릴 수 있는 가능성을 제시해 줄 수도 있다.'

타락의 연구를 통한 알른 자비우스의 부활, 카이에 에시르의 두 번째 동료, 서재에 봉인되어 있는 정령왕 두아트, 그리고 마지막으로 나인 다르혼의 목숨까지.

"……."

카릴은 잊지 않으려는 듯 손가락을 접으며 이곳에서 얻어가야 하는 목록에 그를 더 추가했다.

"꼭 그 시험을 해야 하나? 널 도우려고 하는 사람에게?"

"안티홈의 결계에 들어오기 위해서는 어쩔 수 없다. 도서관 밖이야 평범한 마을에 불과하지만 대도서관의 진짜 모습을 보지 못하면 어차피 도움이 되지 않으니까."

그 말에 카릴은 아쉬운 듯 어깨를 으쓱하며 말했다.

"도서관의 주인도 불가능한 일인가 보군. 조금 편하게 가려고 했는데 어쩔 수 없지. 미하일, 세리카. 너희도 시험을 준비해라."

"네? 저희도요?"

"그럼. 그렇지 않고서야 왜 내가 너희를 데리고 왔겠어."

그의 말에 미하일은 잔뜩 긴장한 표정으로 서재의 뒤편을 바라봤다.

"할가드 창술이라면 별로 어렵지 않을 거다. 그리고 내가 준 마법봉 잃어버리지 않게 잘 챙기고."

"주군, 저는……."

걱정을 하는 건 미하일이었는데 카릴은 오히려 세리카를 더 챙겼다.

"시간이 있었다면 마법을 좀 가르쳐 줬을 텐데. 어쩔 수 없지. 그래도 네 성격이면 별 무리 없겠지."

"내 성격이 뭐? 비꼬는 걸로 들리는데."

카릴은 세리카의 머리를 헝클어뜨리듯 쓰윽 만지면서 피식 웃었다. 자신보다 나이가 어린 그임에도 불구하고 어쩐지 그의 손길은 마치 나이 차가 많이 나는 오빠 같은 기분에 세리카는 당황한 표정으로 그를 바라봤다.

"창술에 마력을 담아내는 것 정도는 할 수 있지? 네 아버지가 이론이나마 가르쳐 줬을 텐데."

"그걸 당신이 어떻게 알아?"

카릴은 그녀를 바라보며 씨익 웃었다.

"용병이라고 하기에 말이야. 말 많은 용병들이야 자기가 하진 못해도 이론은 빠삭하니까."

"……흥."

그의 말에 세리카는 낮은 코웃음을 쳤다. 전생의 그녀가 완성한 독문 창법인 프리징 스피어(Freezing Spear)를 쓸 때마다 아버지의 이야기를 입에 달고 있었던 건 지금의 본인도 모를 것이다.

'세리카. 넌 다른 건 신경 쓰지 않아도 된다. 내가 너에게 시험을 치르게 하는 이유는 딱 하나니까. 삼류 창술인 할가드가 아니라 안티홈에서 창왕의 흑참(黑斬)을 익혀라.'

삼류 창술로 최고의 자리에 오른 그녀였다. 만약 그녀가 안티홈에서 암흑력을 익힐 수 있다면 창왕을 뛰어넘는 창술을 만들 수 있을 것이다.

'공격력이 부족한 할가드 창술이었기에 그녀는 방어에 치중

했다. 하지만 흑참이라면 공방위 모두 최상급 창술.'

전생의 자신을 뛰어넘을 전대미문의 창술을 만들 수 있을지 모른다.

"저…… 저는요?"

성큼성큼 걸어가는 두 사람을 바라보며 미하일이 다급한 목소리로 말했다.

"너는……."

카릴은 살짝 고개를 돌려 그를 한동안 바라보더니 말했다.

"뭐, 어떻게든 되겠지."

"……네?!"

묘한 웃음과 함께 카릴은 나인 다르혼에게 말했다.

"도서관의 시험을 치르겠다."

그의 말에 나인 다르혼은 기다렸다는 듯 입꼬리를 살며시 끌어 올렸다.

쿠그그그그……!!

괴물이 포효하는 것 같은 소리와 함께 가려진 책장이 다시 한번 갈라졌다. 그 안에는 쇠사슬로 꽁꽁 묶여 있는 검은색의 책 한 권이 놓여 있었다.

'저 뒤에 두아트의 봉인이 있겠군.'

비록 라미느는 잠들어 있지만 폭염왕과의 계약 이후 그 역시 정령의 기운을 느낄 수 있었다. 미약하지만 확실하게 느껴지는 정령왕의 냄새에 카릴은 이미 도서관의 시험 따윈 안중에도 없는 듯 오직 그 뒤에 있을 봉인에만 집중했다.

"도전(挑戰)의 서."

나인 다르혼이 낮은 목소리로 말했다. 그러자 묶여 있던 쇠사슬이 풀리며 그의 손바닥 위로 작은 책 한 권이 공중에 뜬 채로 멈추었다.

[끼르륵…….]

책 표지에 박혀 있는 살아 있는 것 같은 눈동자가 빙그르르 돌면서 카릴을 바라봤다. 나인 다르혼은 천천히 책의 표지를 넘기며 낮은 목소리로 말했다.

"창조자의 권한으로 열람을 허가한다."

"흠……."

카릴은 천천히 감았던 눈을 떴다. 도전의 서가 펼쳐짐과 동시에 방 전체는 눈부신 어둠으로 가득 차 눈을 뜰 수가 없었다. 눈부신 어둠이라는 말이 존재할 수 없는 말이라는 것을 알지만 그것 말고는 표현할 방법이 없었다.

[용기, 대립, 장해]

세 가지의 문구가 수면 위로 떠오르듯 어둠 속에서 천천히 나타났다.

대도서관의 시험은 간단했다. 어둠 속에 나타난 시험을 통과하면 된다. 이미 전생에 경험해 본 그였기에 특별히 놀라거나 할 일은 없었다. 단지 그때와 조금 다른 것이 있다면 그때와 달리 지금은 3가지의 선택지가 놓여 있는 것이다.

'흐음, 함께 있었던 두 사람 때문인가?'

전생에 그가 도전했던 시험은 대립(對立)이었다. 나머지 용기와 장해는 아마도 미하일과 세리카 때문에 나타난 시험이 아닐까 싶었다.

"내가 다른 시험을 치를 수도 있다는 말인데……."

그가 낮게 중얼거리는 순간 용기와 장해 두 개의 글자가 흐릿하게 사라졌다. 그 광경에 카릴은 역시나 하는 표정으로 낮은 숨을 토해냈다.

"두 사람 모두 시험을 결정했나 보군."

어느 정도는 누가 어떤 시험을 골랐는지 예상이 가는 듯 그는 옅은 미소를 지었다.

카릴은 남아 있는 대립이란 단어에 손을 올렸다. 그러자 다시 한번 시야가 역전되듯 뒤집히면서 새로운 풍경이 그의 눈앞에 펼쳐졌다.

아무것도 없는 빈 공간. 이정표조차 없어서 어디로 가야 할지 모르지만 카릴은 성큼성큼 앞으로 걸어갔다.

'생각해 보니 회귀한 이래로 처음인가. 전생과 같은 경험을 하는 것은.'

지금까지 모든 역사를 뒤집어놓았던 그였기에 이미 현생의 역사는 전생과 완전히 달라져 있었다. 하지만 도서관의 시험만큼은 그 이전과 똑같았다.

마치 이 시험은 바꿀 수 있는 역사가 아니라 앞으로 그가 겪어야 할 운명을 비춰주는 것이기 때문인 것 같았다.

카릴은 계속해서 걸어갔다. 제자리걸음을 하는 것이 아닌가 싶을 정도로 방향성을 잃어버린 지 오래.

"……."

시간이 얼마나 흘렀는지도 알 수 없었다. 조금씩 목이 말라오고 힘이 빠지기 시작했지만 계속해서 걸었다.

'1초에 한 걸음. 60만보다 넘었으니 대충…… 일주일쯤 되어가는 건가. 전생에는 열흘이었는데. 과연 이번은 얼마나 걸릴지…….'

하지만 그의 앞에 기다릴 시험 때문에라도 포기할 수 없었다. 고된 시련을 대비하기 위한 것이 아니었다. 오히려 시련 앞에 기다릴 누군가를 떠올리며 카릴은 발걸음에 더욱 힘을 주었다.

'그때는 죽을 만큼 힘들었는데……. 파렐을 오르는 것에 비하면 이건 우스울 정도야.'

카릴은 옅은 미소를 지었다.

"지금 생각해 보면 이건 시험도 시련도 아냐. 오히려 불멸회에 있어서 이거 하나만큼은 마음에 드는군."

사령술이라는 마법으로 죽음을 거절하고 어둠을 창조하며 저주술로 지옥을 연구한다. 신의 절대 영역이라 할 수 있는 죽음과 창조는 상반되지만 분명 같은 맥락에 있다.

"불멸회가 양대 마법회임에도 불구하고 여명회와 달리 폐쇄적인 이유가 바로 교단의 억압을 받기 때문이지."

반면 여명회는 오직 5대 속성의 마법을 연구하고 더 나아가 광휘력이라는 교단의 신성력에 한 갈래인 빛의 마법을 연구했다. 그 덕분에 교단에 전폭적인 지지를 받았으며 제국의 궁정 마법사에 카딘 루에르가 뽑힐 수 있었던 것도 이와 같은 맥락이었다.

"뭣 같은 신을 거절(拒絶)하는 자세 하나만으로도 불멸회가 세상에 남아야 할 이유는 충분하지."

카릴은 누군가에게 말을 하는 것처럼 차가운 웃음을 지으며 중얼거렸다.

대립(對立). 처음에 이 시험의 이름을 들었을 때 카릴은 이렇게 해석했었다. 신탁을 수행하는 자신이 믿는 신에게 감히 검을 들 수 있느냐라고 묻는 잔혹한 시련이라고. 실제로 그랬으니까. 그는 신탁의 10인을 이끄는 선봉장으로서 이 시험에 검을 드는 것조차 어려웠으니까.

하지만…….

저벅- 저벅- 저벅-

그건 전생의 자신에 한한 것이다. 카릴은 준비를 하듯 뽑은 검을 가볍게 원을 그리며 꺾었다. 다시금 이 자리에 오자 이 시험의 이름이 말하고자 하는 진짜 뜻을 알 것 같았다.

얼마나 걸었을까.

파앗-! 콰아아아앙……!!

그가 기다렸다는 듯 있는 힘껏 지면을 박차고 달렸다. 흐릿한 잔상이 어둠에 침식되듯 사라짐과 동시에 강렬한 폭음이 터져 나왔다.

"드디어……."

어둠 속에 저 멀리 자신을 기다리는 한 여인. 카릴은 지금까지 쌓인 짜증을 풀 듯 여인의 얼굴을 낚아채듯 있는 힘껏 밀었다. 카릴의 손에 의해 여인의 몸이 부웅- 하고 뜨면서 그대로 그녀의 머리가 바닥에 처박혔다.

콰아앙……!!

손가락 사이로 보이는 당혹스러운 눈빛.

"만났구나."

여린 여인의 얼굴이 보였다. 놀랍게도 교단의 성지인 헤임의 광장 중앙에 세워진 거대한 석상의 모습과 닮았다.

"내게 이 시험을 준 것에 감사한다."

푸욱-

카릴은 망설임 없이 바닥에 쓰러진 율라의 목에 검을 박아 넣었다.

"읍…… 우읍……!!"

카릴의 손바닥 아래에 깔린 가녀린 여인은 숨이 막히는 듯 그의 손목을 부여잡고 바둥거렸다.

치이이익…….

거친 숨소리가 공간을 가득 채웠다. 모르는 사람이 본다면 여인의 목에 검을 꽂아 넣은 카릴의 행동에 비명을 질러도 모자랄 것 없는 잔혹한 광경이 아닐 수 없었다. 하지만 그는 그럼에도 분이 풀리지 않은 듯 바닥에 박힌 얼음 발톱을 비틀어 후벼 파듯 검을 쑤셔 넣었다.

"컥…… 커럭……!!"

뚫린 목으로 붉은 피가 흘러나왔다. 기침을 할 때마다 그녀의 입안에서 역시 피가 부글거리듯 터졌다.

"신도 피를 흘리는가? 본적이 없는데 모르지. 이 시험은 할 수 없는 도전이 아니라 원하는 것을 보여주는 것이니까."

"너……."

율라는 뭔가를 말하려고 했다. 하지만 카릴은 그녀의 말 따위 듣고 싶지 않은 듯 있는 힘껏 검을 찍었다.

"신을 죽일 수 있는가. 그때는 못 했지만 지금은 달라."

반쯤 너덜너덜해진 얼굴로 율라는 카릴을 바라보며 기묘한 웃음을 지었다.

"……네 삶에 후회를 하지 않는가?"

"어렵군."

카릴은 검을 거두었다. 차가워진 얼굴로 말했다.

“도서관의 시험은 난해하기로 유명하지.”

시험이 나타내는 뜻도 난해하고 이름 역시 중의적이며 과거, 현재, 미래 중 어느 때를 가리키고 상징하는지 알 수 없다. 하지만 분명한 것은 시험의 도전자의 삶에 분명한 영향력을 끼치고 확실하게 의미를 가진다는 점이다.

결국 이렇게 앞에 나타난 율라는 언제고 만날 수밖에 없는 붉은 끈으로 연결되어 있는 것이라는 의미였다.

‘전생의 너와 지금의 네가 과연 다를까. 율라, 지금 내 앞에 있는 너는 내 삶에 어떤 부분에 영향을 주는 것인가.’

카릴은 뽑아낸 검의 날을 옆으로 세웠다.

“도전의 서가 사실은 인간이 만든 것이 아니라 신의 종족인 네피림이 만든 것이라는 말이 있지. 처음에는 그냥 내려오는 전설에 살이 덧붙여진 것이라 생각했는데…….”

카릴은 반쯤 얼굴이 뭉개지고 목이 관통된 채 천천히 몸을 세우며 자신을 바라보는 그녀의 멱살을 다시 잡아당겼다.

“컥…… 커컥.”

“어쩌면 정말 인간이 만든 것이 아닐 수도 있겠어. 내게 널 죽일 기회를 주니 말이야.”

퍽……!! 촤아아악--!!

그는 율라의 복부를 있는 힘껏 걷어찬 뒤 공중에 튕겨져 떠오른 그녀의 목을 그대로 얼음 발톱으로 내려쳤다.

“단지 네피림의 작품을 이렇게 검게 물들인 불멸회의 수완엔 감사해야겠지만."

차가운 죽음의 냉기 뿜어내는 검날이 닿는 순간 새하얀 서리와 함께 신의 목이 잘려 나갔다.

퉁…… 투퉁…….

절단면이 얼어붙어 피 한 방울 흘러내리지 않았다.

"이 시험을 다시 함에 오히려 감사해야겠지."

바닥에 떨어진 목이 몇 번 튕기며 굴렀다.

"……."

카릴은 후련한 표정으로 얼어붙은 율라의 머리를 있는 힘껏 밟았다. 유리가 깨지듯 산산조각이 나며 그녀의 파편들이 사방으로 번졌다.

그 순간 주위를 잠식했던 어둠이 사라졌다. 자신을 바라보는 나인 다르혼의 시선이 느껴졌다. 도전의 서의 주인으로서 그리고 시험의 주최자로서 그는 카릴을 엿보았을 것이다.

"너……."

완벽하지는 않지만 도전자에게 어째서 이런 시험이 주어지는지 어렴풋하게나마 알 수 있는 것이 책 주인의 특권이었기 때문이다.

"보기보다 더 미친놈이군?"

나인 다르혼은 굳은 얼굴로 카릴을 바라봤다.

"잘도 신의 머리를 짓밟더군."

그는 카릴이 회귀를 했다는 것까지는 눈치채지 못한 듯싶었다. 다행인지 불행인지 카릴이 율라의 목을 벨 때 했던 말은 꼭 그의 회귀를 뜻하는 것은 아니었으니까. 하지만 오랜 세월을 살아온 그는 뭔가 이질감을 느낀 듯싶었다.

"교단에 불만이라도 있는 건가."

"불멸회도 마찬가지 아닌가? 여명회와 불멸회가 대립할 수밖에 없는 게 목적이 다르기 때문이니까."

"큭큭……."

나인 다르혼은 카릴을 향해 말했다.

"이제 보니……. 신의 영역에 도전하고 싶은 거냐."

"창조? 관심 없어. 그런 건 당신이나 해."

카릴은 얼음 발톱을 한 번 크게 휘둘렀다. 검날에 묻은 것도 없는데 마치 피를 털어 내는 시늉을 하는 것 같았다.

"시체에서 영체를 불러내는 건 딱 한 번으로 족해."

"뭐냐, 관심이 있긴 한가 보지?"

카릴의 말에 나인 다르혼은 피식 웃었다. 하지만 카릴은 여전히 담담한 표정으로 아직 바닥에 쓰러져 있는 두 사람을 훑어보더니 그에게 말했다.

"마침 조용하니……. 이야기를 좀 더 할 수 있겠군."

"기다리던 바다. 내 예상대로 역시 네가 제일 먼저 시험을 통과할 줄 알았어."

"공허의 티끌. 예전에 비슷한 것을 본 적이 있다. 태초에 신이 세계를 창조하고 공간이 확장되며 지금의 계(界)가 완성되었다."

카릴은 얼음 발톱을 수평으로 들었다. 그다음 단계를 밟듯 위아래로 검을 움직였다.

"인간이 사는 인간계를 비롯해서 신의 종족인 네피림이 사는 천계, 가장 밑바닥의 악마계, 그 위의 마계. 이렇게 4개의 계가 창조되었다."

"……."

"엘프와 드워프도 창세기엔 따로 차원이 분리되었다고는 하지만……. 그건 확인된 이야기가 아니고."

"내게 동화라도 읽어줄 셈이냐? 그런 건 저기 밖의 아이들도 아는 내용이다."

나인 다르혼은 카릴의 말에 옅은 하품을 하며 대답했다. 카릴은 그런 그의 반응에 입꼬리를 올렸다.

"그런 과정 속에서 필연적으로 균열이 만들어졌다. 그리고 균열에 쌓인 찌꺼기가 바로 타락이라 불리는 생명체."

"……."

조금 전 놀리는 듯한 모습은 사라지고 나인 다르혼은 굳은 표정으로 카릴을 바라봤다.

"신은 그것을 소멸시키려 했으나 소멸되지 아니하고 오히려 응축된 균열의 힘은 각계의 속성을 흡수하며 강대한 힘을 가지게 되었다."

"……정령왕(精靈王)."

카릴은 그의 대답에 역시나 하는 얼굴로 고개를 끄덕였다.

"네가 공허의 티끌을 잡기 위해 만든 마력 그물에 정령력을 포함 시킨 것도 그 때문이겠지. 티끌의 재료에 정령의 힘도 들어갔으니까. 안 그래?"

"……."

"하지만 정령왕과 달리 애초에 타락이라 불리는 균열의 찌꺼기들이 가지고 있는 속성이 있다. 신에 반하는 힘. 율라는 그 힘이 두려워 봉인했지."

카릴은 확인을 하듯 고개를 끄덕였다.

"암흑력(暗黑力)."

"네가…… 그런 걸 어떻게 알고 있지?"

카릴은 나인 다르혼의 말에 옅은 웃음을 지으며 자신의 관자놀이를 톡톡 두들겼다.

"7인의 원로회의 수장. 알른 자비우스. 그가 남긴 지식의 보고가 이곳에 있으니까."

"……?!"

놀란 얼굴로 자신을 바라보는 그를 향해 카릴은 낮게 말했다.

"뭐, 믿든 안 믿든 그건 네 마음이야. 하지만 내 말이 틀리진 않을 거다. 이제는 소멸된 힘이라 여겨진 암흑력을 넌 그 힘을 정령에게서 찾았다는 것."

"무슨 말을……."

"정령계는 거의 소실되어 이제 인간계와 연결되는 차원문이 없지만 그렇다고 정령 자체가 사라진 것은 아니다."

카릴은 한 걸음 더 가까이 다가갔다.

"우리가 알고 있는 불, 물, 바람, 번개 그리고 땅. 5대 속성이 아닌 균열 그 자체의 힘이 응축되어 탄생한 두 명의 정령왕이 있다. 그 힘이야말로 이 세계를 구성하고 구축하는 것이지."

"……."

"신의 힘과 같으니 그것은 창조와 소멸의 기준점이 된다."

저벅- 저벅- 저벅-

그는 이제 걸음을 옮겼다.

"균열은 결국 신의 뒷면 같은 존재. 그렇기에 세계는 2개의 힘이 공존할 수 있게 된다."

어느새 손을 뻗으면 닿을 정도로 가까운 거리에 나인 다르혼이 있었다.

"빛과 어둠."

"……무슨 말인지 모르겠군."

나인 다르혼은 고개를 돌렸지만 카릴은 계속해서 나직하게 읊조렸다.

"빛은 소멸이오, 어둠은 창조다. 균열의 존재를 창조하기 위해서는 어둠의 힘이 필요하지. 오직 신만이 가지고 있는 것. 하지만 신 이외에 어둠을 창조할 수 있는 존재가 있다."

카릴은 얼음 발톱을 들어 그의 목에 겨누었다.

"어둠의 누아트."

"……."

차가운 냉기가 두 사람 사이에 흘렀다.

"나인 다르혼. 어떻게 네가 신이 봉인한 2대 광야(光夜)를 가지고 있는 거지?"

꿀꺽-

자신도 모르게 마른 침을 삼킨 나인 다르혼의 목젖이 움직이는 소리가 선명하게 들렸다.

"나도 그 힘이 필요해."

카릴은 피식 웃으며 뽑았던 검을 다시 거두었다.

"공허의 티끌은 타락과 같은 균열. 그리고 정령 역시 마찬가지지. 네가 만든 마력 그물이 발동한 이유를 알려줄까."

그는 나인 다르혼을 향해 천천히 입꼬리를 올리며 말했다.

"내가 가진 정령의 힘에 그물이 반응한 것이다. 내가 폭염왕의 힘을 가지고 있거든."

카릴이 손등을 들어 그에게 보였다. 박혀 있는 아인 트리거의 붉은 보석이 홀 안에 번뜩였다.

그 순간 굳어졌던 그의 얼굴이 경악으로 가득 찼다.

"……!!"

"네 연구를 도와주겠다. 그리고 지금의 나라면 어둠을 다루는 방법도 찾을 수 있겠지. 그렇게 되면 네가 생각하는 궁극의 사령술도 완성 시킬 수 있을 것이다."

나인 다르혼은 여전히 카릴의 손등에 박힌 폭염왕의 정수에서 눈을 떼지 못했다.

"하지만 너 혼자서는 불가능해. 오히려 그 힘에 짓눌려 안티홈을 폐허로 만들게 될 거다. 너도 그렇게 생각할걸? 돌아다니는 공허의 티끌조차 처리하지 못하는 상황이니."

나인 다르혼은 굳어진 채 아무런 대답도 하지 못했다. 카릴이 하는 한 마디 한 마디가 모두 맞기 때문이었다.

"……."

안티홈 주변을 돌아다니는 공허의 티끌. 그건 나인 다르혼이 실수로 만들어 낸 미완의 타락이었다. 하지만 그것을 소멸시킬 방법을 찾지 못해 이런 상황까지 오고 말았다.

"내가 공허의 티끌을 파괴해 주겠다. 그 정도는 내게는 별로 어렵지 않은 일이야."

"허……."

나인 다르혼은 아무렇지 않게 얘기하는 그의 모습에서 자신도 모르게 헛웃음을 짓고 말았다.

하지만 그보다 더한 타락들도 수십, 수백, 아니, 셀 수도 없을 정도로 많이 베었던 카릴이었다. 그리고 앞으로 또 수많은 타락을 지겹도록 베고 또 베야 한다. 제대로 완성도 되지 않은 티끌 정도야 눈을 감고도 잡을 수 있었다.

"어때?"

하지만 모든 일에는 공짜는 없는 법. 나인 다르혼의 최고 골칫거리를 해결해 준다면 합당한 대가를 받아 마땅하다.

"마광산에서 속성석을 채취하는 과정에서 버려지는 돌이

하나 있다. 조암석이라는 돌은 사용처를 몰라 다른 마광산에서도 모두 버려지지. 하지만 너는 알겠지. 그 검은 돌이 쓰레기가 아니라는 걸."

"설마……."

카릴은 그런 그의 마음을 안다는 듯 검을 거두고 가볍게 어깨를 두들기고는 허리를 숙였다.

"카디홈 마광산에 대한 얘기를 들었는지 모르겠군. 내 소유의 마광산이다. 아직은 아니지만 그곳에서 8각석까지 채취가 가능하다. 그 말은 8각 조암석 역시 존재한다는 말이지. 그것을 네게 제공해 주겠다. 네 연구에 필요한 암흑력을 보안할 수 있을 거야. 하지만……."

낮은 목소리로 귓가에 속삭였다.

"어둠의 정령왕. 그건 네게 무리다."

입꼬리를 살며시 끌어 올리며 나인 다르혼을 향해 말했다.

"다룰 수 없으면 그냥 내놔."

▶Chapter 4◀

"이씨……! &#$^%*@……!!"

차마 입에 담을 수 없는 욕지거리와 함께 있는 힘껏 창을 휘두르던 세리카가 '헉-!!' 하는 외침과 동시에 눈을 떴다.

"이제 끝났나?"

"그놈들 어딨어?"

"물어보기 전에 이 창부터 좀 치우지?"

세리카는 그제야 카릴이 팔을 들어 그의 목을 겨누고 있는 자신의 창날을 손가락으로 잡고 있다는 걸 깨달았다.

"아……! 미, 미안."

"무슨 환영을 봤기에 이 난리야?"

"그냥. 그다지 보고 싶지 않은 놈들이었어."

그녀는 입이 쓴 듯 입맛을 다셨다.

"그렇군."

카릴은 그녀의 도전의 서에 나왔던 자들이 누군지 단번에 예상할 수 있었다. 과거 신탁의 10인으로서 그녀와 함께했을 때 술을 마시면 항상 했던 아버지의 얘기를 카릴은 잘 알고 있었기 때문이다.

"후우……."

그녀는 이마에 맺힌 땀을 닦아냈다. 기껏해야 열 살도 안 되었던 어린 시절에 참혹하게 죽은 아버지였다. 퇴역 용병이었던 그녀의 아버지는 과거에 있었던 생활에서 적을 두었던 자들이 많았는지 일선에 물러나 여생을 보내기 위해 찾았던 작은 마을에서 살해당했다. 아버지가 죽는 광경을 두 눈으로 목격했던 그녀였으니 정신적인 충격은 실로 말할 수 없을 정도일 것이다.

"만남 김에 죽지 않을 만큼 괴롭히고 있었는데. 왜 갑자기 깨어난 거지. 그 새끼……. 죽어버린 건가."

"……뭐?"

"팔다리부터 꿰뚫어 버린 다음에 쇄골에서부터 갈비뼈 하나하나 창날로 부수고 마지막으로 창을 목에 꽂아서 떠들어대던 입을 날려 버리려고 했는데."

세리카는 입맛을 다시면서 말했다.

"갑자기 깨버렸네."

"……."

카릴은 조금 전 자신의 목을 노렸던 그녀의 창을 떠올리며 말했다.

“역시 네 성격이면 가볍게 통과할 거라 생각했어.”

“뭐지? 칭찬으로 안 들리는데.”

“칭찬이야.”

그녀는 어쩐지 찝찝하다는 표정으로 입술을 씰룩였다.

“저치는 제법 고생하는 것 같은데.”

바닥에 쓰러져 끙끙대는 미하일을 보며 세리카가 말했다.

“시험을 중단할까? 도전의 서에서 시작되는 시험은 솔직히 정신이 붕괴되지 않고 버티는 것만으로도 안티홈의 자격을 얻기엔 충분하다.”

“얼마나 흘렀지?”

“한나절.”

세리카는 나인 다르혼의 말에 ‘그것밖에? 조금 더 괴롭힐 수 있는데……’라고 작은 목소리로 아쉬운 듯 중얼거렸다.

그런 그녀를 보며 어이가 없다는 듯 카릴은 헛웃음을 치면서 말했다.

“내버려 둬. 도전의 서도 통과하지 못한다면 아무리 재능이 있다 하더라도 정신적으로 강해지지 못해. 경지에 오르기 위해서는 냉철해질 필요가 있어.”

시험의 결과에서도 알 수 있듯이 전생 영웅이었던 세리카 로렌은 확실히 달랐다. 그뿐만 아니라 대마도사인 세르가 역시 비범하긴 마찬가지였다. 반면, 이명과 달리 정신적으로 유약한 송곳의 이스라필은 같은 신탁의 10인임에도 다른 두 사람에 비해 두각을 나타내지 못했다.

'물론 그 역시 그 사건 이후에 결국 네크로맨서의 길을 걷긴 했지만…….'

끔찍하든 두렵든 정신적인 고통을 이겨 낼 수 있을 만큼의 강인함이 있어야 한다. 세리카의 강함을 알기에 이 시험을 카릴이 그다지 걱정하지 않았던 이유기도 했다.

'하지만 미하일은 다르다. 재능이 있다 하더라도 전생에는 오히려 그 재능을 쓰지 못하고 썩힌 경우니까. 정신적 성장을 아직 확인하지 못했어.'

카릴이 그를 이곳에 데리고 온 이유는 단순히 그가 마법사이기 때문만이 아니었다.

'이 시험을 통과하는 것만으로도 그는 성장할 수 있는 발판을 만드는 거니까.'

"얼마가 걸려도 그의 시험을 해제하지 마."

"그러다 정신 붕괴가 와도 난 모른다?"

"고작 이런 허접한 시험에 져 버린다면 애초에 나와 함께할 수 없지."

카릴은 세리카를 가리키며 나인 다르혼에게 말했다.

"열다섯 여자애도 통과한 시험인데."

"누가 할 소릴."

그녀는 카릴의 말에 어이가 없다는 듯 콧방귀를 꼈다.

"당신도 이런 면에서는 꽤나 냉정하네. 확실히 썩 유쾌한 경험은 아니었는데."

"실패할 거라고 생각 안 하니까. 미하일이라면 시간이 걸리더라도 분명 통과한다. 그리고 끝나고 나면 너도 조심하는 게 좋을 거야. 단번에 네 성장을 뛰어넘을 테니까."

"하……. 저 인간이?"

"착해 빠져 보여도 할 때는 하는 놈이야. 널 포격에서 구해 줬잖아."

카릴의 말에 세리카는 살짝 인상을 찡그렸다.

"겨우 한 번 가지고……."

"그 한 번이 없었다면 여기에 넌 없었겠지. 창으로 날아오는 포탄을 막을 순 없으니까."

그는 살짝 어깨를 으쓱했다.

"뭐, 난 다르지만."

재수 없다는 세리카의 시선이 확연하게 느껴졌지만 카릴은 오히려 그것을 즐기듯 말했다. 오히려 독려하는 것보다 승부욕을 자극하는 것이 그녀를 움직이게 하는 방법이라는 것을 잘 알고 있는 카릴이었기에 미하일을 대하는 태도와 그녀를 대하는 태도가 완전히 달랐다. 미하일과 그는 군신관계가 명확하지만 세리카는 오히려 놀리듯 친구를 대하는 것처럼 행동했다.

"기다려. 내가 곧 둘 다 뛰어넘어 줄 테니까."

생각대로 세리카는 의욕을 불태우며 카릴에게 말했다.

"뭐, 좋다. 저자는 그렇다 쳐도 이제 어떻게 할 생각이지?"

나인 다르혼은 기다리기 지쳤다는 듯 카릴의 대답을 기다렸다.

'아주 제 방인 양 떠들어대는군. 이 일을 정말 해결할 수 없다면…… 네놈부터 가만두지 않겠다.'

그에게 있어서 공허의 티끌을 정리하는 것이 가장 큰 급선무이거니와 그 일이 해결되는 순간 더 이상 저들을 볼 이유가 없었다.

"그전에 보여줘야지. 사람을 부리기 전에 말이야."

"뭘?"

"왜 이래? 거래를 하려면 확실하게 해야지. 실물을 보여주는 게 기본 아냐? 두아트의 봉인을 먼저 꺼내봐."

"……."

그런 그의 생각을 이미 알고 있다는 듯 카릴은 콧방귀를 뀌었다.

탁-

살짝 입술을 깨물며 뭐라 말을 하려던 나인 다르혼이 결국 낮은 한숨을 내쉬며 손가락을 튕겼다.

드르르르르…….

그러자 서재의 한쪽이 열리면서 그 안에 작은 상자 하나가 나타났다. 상자를 열자 작은 책 한 권이 있었다.

"악몽(惡夢)의 서라고 한다."

나인 다르혼은 목소리를 내리깔며 말했다.

"흠."

카릴은 '도전의 서' 때와는 달리 피처럼 붉은 인장이 찍혀 봉인되어 있는 책을 살펴보며 나지막한 목소리로 말했다.

"열지 마라. 뭐, 어차피 열지도 못하겠지만."

"왜?"

"7클래스의 최상급 봉인 마법을 걸어놨으니까. 게다가 이 방 자체가 마력을 흡수하고 있어서 대마법사의 반열에 오른 놈들이 와도 그건 못 열지."

나인 다르혼은 턱을 괴면서 말했다.

"게다가 만에 하나 봉인이 풀린다면 걷잡을 수 없는 일이 벌어질 거다. 순간적으로 일대가 어둠에 집어삼켜질 테니."

"천하의 불멸회 수장도 어둠이 두렵나 보지?"

"흥……. 겪어보지 못한 네놈은 모를 거다. 그건 단순한 어둠이 아니야."

두려움이 느껴졌다. 카릴은 피식 웃었다. 지금 누구보다 어둠을 질리도록 경험했던 사람 앞에서 고작 한 번, 그것도 제대로 되지도 않은 것을 경험하고 그런 말을 하니 우스울 수밖에 없었다.

"자, 이제 공허의 티끌을 사냥하는 방법에 대해서 의논을 할 때로군. 안 그래? 자신만만하게 얘기했으니 바로 처리를 할 수 있겠지?"

나인 다르혼은 기대에 찬 눈빛으로 카릴에게 말했다.

"그럼. 뭐, 어려운 일도 아니니까. 그런데 바로는 아니야. 티끌의 처리는 내가 아니라 저 둘이 할 거다."

"……지금 이게 뭔 개소리지?"

카릴의 대답에 나인 다르혼은 어이가 없다는 듯 그를 바라봤다.

"기껏해야 이제 막 마법사의 반열에 오른 애송이 둘로 뭘 할 수 있겠느냔 말이야!!"

세리카는 나인 다르혼의 외침에 손가락으로 자신을 가리키며 어이가 없다는 듯 눈빛을 보냈다.

"게다가 한 놈은 아직도 도전에서 벗어나지 못해 끙끙 앓고 있는데! 공허의 티끌이 저런 애송이들이 사냥할 수 있는 녀석이었으면 진즉에 내가 처리했을 거다."

"아니. 넌 못 해."

"……뭐?"

카릴의 단호한 대답에 나인 다르혼의 얼굴이 구겨졌다.

"너나 저 둘이나 똑같아. 내 도움이 있어야 한다는 전제가 깔리지 않으면 말이야."

그때였다. 카릴이 악몽의 서에 찍혀 있는 인장을 잡아떼려는 듯 손을 가져갔다.

"무슨 짓을……!!"

나인 다르혼은 도리어 어처구니없다는 표정으로 해볼 테면 해보라는 듯 카릴을 바라봤다.

차르륵…….

카릴은 천천히 손목에 잠겨 있는 팔찌를 풀었다.

"……!!"

나인 다르혼의 그 표정은 고작 몇 초를 가지 못했다. 거만한 얼굴은 경악으로 가득찼고 오히려 그가 짓눌릴 듯한 마력의 압박에 고개가 숙여질 정도였다.

화르르륵……!!

[네가 용마력을 가지고 있다는 걸 내가 깜빡했군.]

순간, 탐욕의 팔찌를 풀자 카릴의 팔을 따라 붉은 화염이 나선을 그리며 솟구쳐 올랐다. 불꽃은 서서히 모양을 갖추기 시작했다. 라미느의 형상이었다.

[건물 내부의 봉인식을 해제한 게 아니라 아예 마력의 양으로 밀어붙여 버리다니……. 이런 무식한 방법이 통할 줄이야. 자칫 잘못했으면 오히려 마력 역류가 일어 즉사였다.]

"알아. 하지만 나름의 계산 하에 나온 거야. 혈맥이 아직 뚫리지 않아 높은 마법을 쓸 수는 없지만 적어도 계산법은 머릿속에 있으니까."

카릴은 라미느의 말에 피식 웃었다. 알른 자비우스가 그에게 남겨 놓은 원로회의 방대한 지식은 사실 안티홈 대도서관에 있는 마법서들에 비할 바가 아니었다.

하지만 그건 카릴만이 알고 있는 것. 그뿐만 아니라 알른 자비우스가 사령술사가 아니었기에 흑마법에 관련된 지식이 부족하다는 것과 일일이 그가 사람들을 가르치는 것엔 한계가 있기에 마법회의 힘이 필요해 이곳을 찾은 것이다.

"하지만 이 봉인을 풀기 위해선 라미느, 네 도움이 필요할 듯싶군. 나로서는 역부족이야."

[네 녀석이 역부족이라는 말을 하니 이보다 어울리지 않는 말이 있을까.]

"……."

폭염왕의 모습을 두 눈으로 목격하자 나인 다르혼은 이제 어안이 벙벙한 모습으로 둘을 번갈아 보느라 정신이 없었다.

"이곳에 두아트가 봉인되어 있다고 하는군. 인장의 봉인 마법이야. 저치가 한 거라서 직접 풀면 된다지만 책을 열면 있는 진짜 어둠을 소멸시키려면 네 힘이 필요하다."

[알겠다. 이렇게 용마력을 계속해서 유지하는 것도 네게는 무리가 될 테니……. 필요할 때에 나를 불러라.]

"얘기가 통하는군."

라미느는 바깥 공기를 마시듯 크게 방을 한 바퀴 휘젓듯 날고서 다시 카릴의 아인 트리거 안으로 흡수되듯 사라졌다.

"후우……."

그가 사라짐과 동시에 카릴은 탐욕의 팔찌를 다시 손목에 채웠다.

"공허의 티끌 같은 건 별로 어려운 일도 아냐. 너와 난 그것보다 더 중요한 일이 있잖아."

카릴은 악몽의 서를 가볍게 들어 올리며 나인 다르혼에게 말했다.

"설마……. 정말로 그 책의 봉인을 풀 생각인가?"

"그럼 그쪽이 할래?"

"……."

나인 다르혼은 그렇게 말하면서도 자신의 물음이 바보 같다는 걸 느꼈다.

눈앞에 있는 소년이 가진 마력. 다른 것도 아닌 용마력이었다. 대마법사의 반열에 오른 자신들도 이루지 못할 엄청나게 방대한 마력. 카릴이 아니라면 대륙에서 저 책의 봉인은 누구도 풀 수 없을 것이다.

"피라미를 잡는데 수장들이 직접 움직여야 쓰겠나. 못 미더울 수 있겠지만 조금만 키우면 저 둘로도 문제없을 거야."

"키우다니……?"

나인 다르혼을 바라보며 카릴이 씨익 웃었다.

"당연히 마력이지. 지금도 가능하지만 기술적인 측면이 부족해. 특히 저 녀석. 5대 속성 중에서도 찾기 어려운 풍계열의 마법사임에도 불구하고 1클래스의 생활 마법인 온풍 마법도 쓸 줄 모른다니까."

카릴이 아직도 끙끙대고 있는 미하일을 가리켰다. 그의 말에 나인 다르혼은 지금 무슨 소리를 하는 건지 이해가 안 간다는 듯 그를 바라봤다.

"내 지식은 방대하지만 검술이 아닌 마법에 관해서는 나 역시 좋은 스승은 되지 못해. 하지만 여기에 수백 명의 마법사를 배출한 아주 좋은 스승이 있잖아?"

"하…… 너."

카릴의 말에 나인 다르혼은 이해한 듯 헛웃음을 지었다.

"책장에 꽂혀 있는 마법서들을 그냥 쌓아만 두면 뭐해? 먼지나 쌓일 뿐이지."

마치 맛있는 음식을 보며 입맛을 다시면서.

"그러니까 쟤들한테 좀 풀라는 말이야."

카릴은 웃으며 손가락으로 아래층을 가리키며 말했다.

"대도서관의 지식을."

"아버님."

티렌은 영지로 떠날 준비를 하는 크웰을 찾았다.

"왔느냐."

며칠 사이에 수척해진 얼굴. 크웰의 안색을 살피며 티렌은 낮은 한숨을 내쉬었다.

"고심이 많으시겠습니다. 카릴, 그 아이가 그런 식으로 돌아올 줄은 정말 몰랐습니다. 그런 난리를 피울 줄이야……."

"믿기지 않은 일이지."

"네, 정령왕의 힘도 그렇지만 무엇보다 트윈 아머에서의 패퇴가 카릴 때문이라니요. 도대체 무슨 생각으로 그런……. 자칫했으면 맥거번가의 존속이 위태로워졌을지 모릅니다."

티렌은 혀를 찼다.

"그 아이는 폐하와 연이 닿아 있었으니까. 어쩌면 이것도 폐하의 명일지 모르지."

"그러기엔 두 사람이 호의적으로 보이진 않았습니다."

크웰은 그의 말에 고개를 끄덕였다.

제국은 이제 황제, 1황자와 2황자파로 극명하게 갈렸다고 할 수 있다. 대외적으로는 지금 모두가 황제를 따르지만 틈이 생긴다면 언제나 황좌는 바뀔 수 있는 법. 세 명의 팽팽한 줄다리기 상황에서 카릴의 등장은 모두에게 경종을 울리는 일이었다.

"하지만 결과적으로는 도움이 되었습니다. 당분간 루온 황자님 쪽은 다시 세력을 안정시키느라 바쁠 테니."

"말을 조심하거라. 이곳은 황궁이야."

크웰의 말에 티렌은 조심스럽게 고개를 끄덕였다.

"형님은요?"

"타투르에 간다 하였다."

"네?"

생각지 못한 크웰의 대답에 티렌은 자신도 모르게 놀란 듯 소리쳤다.

"이런 때에 카릴을 다시 만나는 건……."

"썩 좋은 결정은 아니지. 하지만 무슨 일인지 지금이 아니면 안 된다고 고집을 피우더라."

"그런 분이 아니신데……."

"스스로 결정을 할 나이지. 때로는 그게 실수가 될 수 있어도 말이야."

누구보다 귀족 사회에 대해서 잘 알고 있는 마르트였다. 크웰은 그가 처음으로 자신의 의견을 제대로 피력했다는 생각이 들었다.

"폐하께서 아버지를 부른 일과 관련이 있는 것입니까?"

티렌의 물음에 크웰은 고개를 저었다.

"아니. 마르트의 독단이다. 그보다 제이크의 건강이 좋지 않다는 얘기가 들려 걱정이로구나."

맥거번가의 다섯째. 카릴과 1살 차이인 그는 다른 형제들에 비해 무척이나 유약한 아이였다. 수도원에 버려졌던 그를 크웰이 데리고 온 지 수년이 지났지만 여전히 말수가 적고 몸도 약해 주로 방에서 지냈다. 그렇기 때문에 저택을 소란스럽게 만들었던 카릴이 왔던 그 이후에도 제이크와 카릴이 얼굴을 마주한 적은 몇 번 되지 않았다.

"다섯째의 건강이 걱정되는 것은 당연하나 아버지께서 저택으로 돌아가시는 게 폐하와 관련이 있는 것은 아닌지요."

크웰은 조금 전 마르트에 대한 질문은 바로 대답을 했지만 이번 물음에서는 쉽사리 말문을 열지 못했다.

"폐하께서 맥거번가(家)의 일은 가문 안에서 해결을 하라고 하시더군."

"카릴을…… 끊어 내라는 말씀이십니까."

티렌은 이해가 가지 않았다. 비록 카릴이 그를 도발하긴 했으나 타투르가 독립 국가가 된 지금 맥거번가인 그를 이용하면 3강 체제를 무너뜨릴 수 있는 열쇠를 제국이 거머쥘 수 있는 절호의 기회였기 때문이다.

"폐하께서는 내게 카릴에 관련하여 아무런 요구도 하지 않았다. 다만……. 제이크를 황궁으로 불러들이라 하셨다."

"네?!"

"그 아이의 건강이 우려되니 내게 직접 아이를 데리고 오라고 하셨다."

"제이크를 황궁으로 불러들이시겠다는 말씀이십니까?"

크웰은 티렌의 말에 무겁게 고개를 저었다.

"헤임으로 간다."

"……그건 억지입니다!!"

티렌의 외침에 크웰은 나지막하게 고개를 끄덕였다.

"그래, 억지지. 그런데 어쩌겠느냐. 제이크의 건강이 좋지 않다는 것은 이미 귀족들이라면 모두가 알고 있는 사실……. 폐하께서 직접 하신 말씀이시니 따르지 않을 수가 없구나."

"헤임은 교단의 성지지 않습니까. 허락된 자가 아니면 들어가지도 못합니다. 어떤 의미에선 황궁보다 더 외부와 단절된

곳입니다."

치료가 아니라 인질로 잡아두겠다는 황제의 의도를 모를 리가 없었다. 자신의 감정을 잘 표출하지 않는 티렌이었지만 이번 언성을 높였다. 황제의 요구는 너무나도 가혹했다.

'고블린 섬멸 이후 나와 란돌을 수도에 둔 이유도 아버지를 견제하기 위함이란 걸 안다.'

하지만 올리번의 수완 덕분에 두 사람은 모두 2황자파의 사람인 궁정 마법사와 려기사단에 소속될 수 있었다. 그때와 같은 불찰을 겪지 않겠다는 듯 황제는 이번에는 대놓고 제이크를 요구한 것이다.

'교단은…… 오직 폐하에게만 힘을 실어준다. 제이크가 헤임으로 가게 되면 되찾을 방도는…….'

황제의 명을 따르든지 아니면 올리번이 황위에 오르든지 하는 두 가지 방법뿐. 후자의 방법이 가장 이상적이겠지만 자칫 잘못하면 그전에 제이크의 목숨이 위험할지 모른다.

'제국의 황위 계승은 정상적으로 이뤄진 적이 없으니까.'

현 황제 역시 자신의 자리를 내어주기보다는 빼앗기지 않기 위해 이토록 고군분투하고 있으니 말이다.

황좌(皇座)의 저주. 결국 피를 보지 않는 한 그 자리를 얻을 수 없었다.

'황제는 아버지를 통해 카릴과 올리번 황자님 그리고 우리 맥거번가(家)까지 동시에 견제할 생각이야.'

손뼉을 칠 만큼 비상한 생각이 아닐 수 없었다. 하지만 그 계략의 목표가 된다면 결코 달가운 일이 아니었다.

"발단은 아마……. 카릴이 가지고 있었던 병 때문이겠지. 그게 무엇인지부터 알아야 할 거야."

티렌은 크웰의 말에 고개를 끄덕였다.

태양홀에서 카릴이 모든 대신이 있는 가운데 타투르의 독립을 알렸다.

'노예와 이민족들의 땅.'

아직은 제국 안에서 비밀을 지키려 했으나 소문은 날개보다 빨라 이미 각지의 노예들이 타투르를 향해 탈주하는 일들이 빈번히 일어나고 있는 상황이었다.

'평상시의 폐하라면 그날 태양홀에서 카릴의 목을 베었어도 시원찮은 일이었다.'

하지만 그러지 못했다. 천하의 정복왕이 가신들이 모두 있는 곳에서 유유히 카릴을 돌아가게 그냥 두었다.

약점, 그곳에 있던 모든 사람은 단번에 알아차렸다.

카릴 맥거번이 황제의 약점을 쥐고 있다.

그렇기 때문에 당장에라도 카릴의 목을 취하고 싶었을 황제는 이렇다 할 명령을 내리지 못했고 반대로 신하들은 높은 벽으로만 느껴졌던 황제를 황좌에서 끌어내리기 위해 카릴이 필요했기에 타투르를 치지 못했다.

'어찌 보면 폐하보다 카릴 그 녀석이 더 대단하군.'

황제는 최악의 상황 속에서 크웰을 이용하는 최선의 방책을 생각해 낸 것이라면 카릴은 제국의 모든 이의 발목을 잡음과 동시에 피해 하나 없이 타투르를, 아니, 수천…… 수만 이민족의 목숨을 지켜냈으니 말이다.

그 누구도 하지 못한 일이었다. 어쩌면 위업이라 부를 수 있을 만큼 대단한 일.

'그래, 카릴. 넌 대단하다.'

꽈악-

하지만 티렌은 자신도 모르게 주먹을 쥐었다.

'아주 대단한 적이야.'

지켜낸 수만 명 중 맥거번 가는 단 한 명도 없었으니까.

'가문을 버리고 더 많은 사람을 살린다? 난 그런 위인(偉人)이 될 수 없다. 내겐 버려진 나를 거둬준 가문이 더 소중하니까.'

티렌은 고개를 들어 크엘을 바라봤다.

'그렇다면 나는 가문을 지키겠다.'

그는 다짐을 한 듯 자신의 아버지에게 나지막하게 말했다.

"아버지. 카딘 루에르 경의 배려로 3황자님의 장례식 때 저도 태양홀에 참석할 수 있었습니다."

"그랬지."

"그때 기억하십니까? 태양홀에서 루온 황자님이 카릴이 가면을 벗었을 때 했던 말."

"으음……."

크웰은 티렌의 말에 기억을 더듬는 듯 턱을 쓸어내렸다. 하지만 워낙에 정신없었던 상황이라 하나하나 모두 기억하는 것은 어려운 일이었다.

"눈동자의 색이 '갈색이 아니다'라고 했습니다."

하지만 놀랍게도 티렌은 그 모든 것을 잊지 않고 기억하고 있었다. 모두가 대수롭지 않게 넘어갔던 그 한 마디를 티렌은 놓치지 않았던 것이다.

"제국인이라 생각했기에 그런 말을 했던 것 아니겠느냐."

"그럴 수도 있습니다. 하지만 루온 황자님의 반응엔 이질감이 있었습니다. 게다가 그분은 트윈 아머에서 카릴을 만났을 터."

티렌은 조심스럽게 말했다.

"어쩌면 카릴이 그때는 가면을 쓰지 않았던 것일지도 모릅니다. 아시지 않습니까. 이민족은 눈동자를 바꿀 수 없다는 것. 붉은색 눈동자는 라미느의 힘이라 할지라도 다른 색은 불가하죠. 하나……."

크웰이 그를 바라봤다.

"마법으로는 가능한 일입니다."

"설마……. 네 말은 카릴이 마력을 가졌다는 말이냐."

티렌의 말에 크웰은 걱정 어린 목소리로 물었다.

"모르겠습니다. 스승님도 확인하지 못한 일이니 솔직히 불가능에 가깝겠죠."

7클래스의 대마법사인 카딘 루에르도 카릴이 마력을 가졌다고 말하지 않았다. 그가 불가능하면 그 누구도 확인할 수 없는 일이었다.

"티렌, 너는 아직도 아조르의 마법 경연 일을 마음속에 염두에 두고 있는 게냐."

크웰의 말에 티렌은 살짝 어깨를 으쓱하며 말했다. 이제는 모두가 잊어버린 일이었기 때문이다.

"루온 황자님께 직접 물어보는 것이 가장 좋은 방법이나…… 지금 상황에서는 불가능한 일. 아지프 경도 마찬가지고요."

"……."

"폭염왕의 힘을 얻은 아이입니다. 언제나 저희의 상상을 뛰어넘는 녀석이죠. 물론, 제 억측일 수도 있습니다. 아무래도 저도 고집을 피울 나이인가 봅니다."

그는 크웰이 했던 말을 인용하며 쓴웃음을 지었다.

"하지만 녀석이 정말 마력을 얻었다면……. 어쩌면 그게 독이 될지도 모릅니다."

"그게 무슨 말이냐."

"어떻게 마력을 얻었는지는 알 수 없으나 카릴이 폐하의 약점을 쥐었듯 저희가 그 녀석의 약점을 쥘 수 있을지도 모릅니다."

티렌은 잠시 숨을 토해냈다.

"그 녀석이 왜 가면을 쓰고 다녔겠습니까. 제국인인 척하기 위함입니다. 왜? 놈은 타투르만으로 만족할 위인이 아니니까요. 언젠가…… 삼국을 먹고 그 이빨을 제국에 드리울 겁니다."

"……."

"아버지, 제게 생각이 있습니다."

크웰이 그를 바라봤다.

"녀석에게 삼국에 놈의 실체를 알리겠다 말하십시오. 그리고 그리되지 않길 바란다면 헤임에서 제이크를 구하라 하는 겁니다. 제국인인 척하는 이민족. 그건 녀석에게 치명적인 일이 될 겁니다."

티렌은 차갑게 말했다.

"어차피 놈은 제국에 척을 진 상황. 삼국의 힘이 필요한 이 시기에 자신의 정체를 숨기기 위해서라도 제이크를 구할 것입니다."

"……그다음은?"

"녀석이 헤임에 온다는 걸 폐하께 미리 보고하는 겁니다. 놈의 목을 취할 수 있도록. 제아무리 날고 긴다 하더라도 교단의 힘과 제국의 힘이라면 가능……."

짝—!!

그때였다. 티렌은 뺨에서 느껴지는 아찔한 통증과 함께 자신의 시야가 획 하고 젖혀진 것을 뒤늦게 깨달았다.

"……."

어안이 벙벙한 얼굴로 그가 크웰을 바라봤다. 뺨이 후끈거렸다.

"그만."

크웰은 그런 그를 바라보며 고개를 저었다.

"티렌, 넌 지금 폐하와 똑같은 행동을 하려고 하고 있다. 카릴은 네 동생이야. 그 아이를 협박하려 하는 거냐! 놈이라니, 목을 취한다느니. 그게 할 말이더냐! 맥거번가의 여섯째를 어찌 그런 식으로 부르느냐. 인의가 있는 게야!"

하지만 그의 말에 오히려 티렌은 인상을 찡그렸다.

"어째서 아버지께선 카릴을 편애하시는 겁니까. 피는 이어지지 않았으나 모두가 똑같다. 항상 아버지께서 하시던 말씀이지 않습니까."

입가에 맺힌 핏물을 닦으며 그는 매섭게 말했다.

"그놈이 하는 짓이 정말 평등한 형제로서 할 일입니까? 아니요. 오히려 그놈이야말로 가문을 멸문시키는 것이겠죠!!"

"그건……."

"아니면 북부에서 무슨 일이라도 있으신 겁니까. 북부원정 때 교도 용병단을 만났다는 얘기를 들었습니다. 그 이후부터 아버지의 안색이 좋지 않습니다."

티렌은 걱정스러운 듯 물었지만 오히려 그 말에 크웰의 안색이 더 좋지 않아졌다. 다급한 목소리로 크웰이 티렌의 어깨를 잡으며 되물었다.

"그 얘기를 누가 더 알고 있느냐. 청기사단들은 입단속을 시켰는데."

"……네?"

예상치 못하게 놀라는 크웰의 모습에 오히려 티렌이 당황스러운 얼굴로 되물었다.

"그게……. 비밀이었습니까? 큭!!"

크웰의 물음에 티렌은 그가 잡은 어깨에 통증을 느끼며 인상을 찡그렸다.

"고, 고든 파비안에게 들었습니다. 남부로 향할 때 비공정에서 그가 얘기해 줬습니다만……. 벼, 별로 중요한 일은 아닌 듯 스치듯 얘기해서."

그의 얼굴을 본 크웰이 황급히 잡은 손을 풀었다.

"……아, 아니다. 그 말대로야. 별일 아니야."

"……."

'뭐지? 거짓말을 하실 분이 아닌데 왜……. 아버지께서 가신들을 입단속 시킬 정도면 뭔가 일이 있었다는 게 분명해. 내가 모르는 북부에 감춰진 일이…….'

그는 아무 말 하지 않았지만 이미 크웰의 상태를 예리하게 알아차렸다. 단 한 번 붙잡혔을 뿐인데 크웰의 손자국이 선명하게 찍혀 있었다.

"이 일은 은밀하게 해야 합니다. 저희가 카릴과 접촉한다는 건 폐하도 몰라야 하니까요."

"이럴 줄 알았으면 마르트가 타투르에 갈 때 그 애에게 얘기를 할 걸 그랬구나."

티렌은 크웰의 말에 고개를 저었다.

"형님의 행보는 이미 폐하의 귀에 보고되었을 겁니다. 차라리 마르트 형님이 영지로 돌아오면 제이크의 호송을 형님께 맡겨 함께 헤임으로 가게 하십시오. 타투르에 다녀온 형님은 황제의 의심을 받게 될 테니 차라리 헤임으로 가는 게 의심을 피하는 길입니다. 또한 제이크를 돌볼 수도 있고요."

"그럼 타투르는 어찌할 생각이냐."

"남부에 폐하의 눈을 피해 자유롭게 움직일 수 있는 사람이 한 명 있지 않습니까."

"설마……."

티렌은 눈치챈 듯 아차 싶은 표정을 짓는 크웰을 바라보며 고개를 끄덕였다.

"넷째."

그는 목소리에 힘을 주어 말했다.

"란돌을 쓰는 겁니다."

"지금 내게 저 둘을 가르치라고?"

나인 다르혼은 어이가 없다는 듯 되물었다.

"그동안 너는 손을 놓고 있을 거고?"

"손을 놓는 건 아니지. 악몽의 서를 해부할 거다. 누구보다 어려운 일을 하는 거라고. 고맙게 생각해."

"가르치고 싶어도 깨어나지도 못한 놈을 어떻게?"

그는 쓰러져 있는 미하일을 가리키며 말했다.

"곧 깨어난다. 조금만 기다려."

"……말은 잘하는군."

"그리고 공허의 티끌을 잡아봐야 어차피 악몽의 서를 제어할 수 없으면 또다시 균열이 일어나게 될 거야. 너는 7클래스 봉인 마법을 걸어 뒀다고 하지만 두아트는 신이 직접 봉인한 존재다. 정령왕을 잡아두는데 고작 인간의 마법으로 가능할 거라 보나?"

카릴의 말에 나인 다르혼은 입술을 깨물었다.

"잡지 못해서라기는 하지만 공허의 티끌을 그냥 둔 것도 악몽의 서를 그대로 유지한 것도 잘한 일이야. 안 그랬으면 지금까지 살아 있지도 못했을걸."

굴욕이 아닐 수 없었다. 한마디 한마디가 송곳처럼 파고들었지만 모두 맞는 말에 나인 다르혼은 부정을 할 수 없었다.

오랜 세월을 살아온 대마법사인 그가 이런 꼬마에게 핀잔을 듣다니…….

"솔직히 다르혼가에 흐르는 흡혈귀의 피 때문에 혹시라도 카이에 에시르의 동료가 아닐까 하는 기대도 했었는데……."

"카이에 에시르? 설마……. 그 시건방진 용 사냥꾼을 말하는 거냐."

"실제로 본 것처럼 말하는군. 너 정말 카이에 에시르의 남겨진 동료 중 한 명인가?"

"그럴 리가."

나인 다르혼은 카릴의 말에 코웃음을 쳤다.

"아니면 설마 마도 시대 때부터 살아왔다, 뭐 그런 말을 하려는 건 아니지?"

"좋을 대로 생각해라. 하지만 네가 찾는 녀석이 누군지는 짐작이 가는군. 그 둘 중의 하나가 사령술사였으니까."

"정체를 알아? 혹시 나머지 한 명도 알고 있나?"

카릴이 눈을 동그랗게 뜨며 말했다.

"알고 있지. 그 셋이 안티홈을 찾았던 적이 있었으니까."

"어째서?"

나인 다르혼은 그의 물음에 기다렸다는 듯 의기양양한 얼굴로 말했다.

"누가 그랬더라? 거래를 하려면 그에 합당한 대가를 치러야 한다고. 궁금하면 일단 공허의 티끌부터 처리해."

카릴은 그의 말에 어이가 없다는 듯 헛웃음을 쳤다.

"거래도 상대를 봐가면서 해야지. 말하기 싫으면 됐어. 우리 쪽에서 아쉬울 것 없으니까."

"……."

"참고로 그 티끌, 점차 분열돼서 수가 늘어날 거다. 게다가 잘못 공격했다가는 펑!"

카릴의 말에 나인 다르혼의 어깨가 움찔거렸다.

"일대에 폭발이 일어날 거니까 잘 생각해라. 여차하면 마을이 쑥대밭이 될 거니까."

나인 다르혼은 그의 말에 마른침을 꿀꺽 삼키고는 낮은 한숨을 내쉬었다.

"하아, 그래. 내가 졌다, 졌어. 어차피 네가 나 혼자서는 해결이 불가능한 걸 알고서 그러는 걸 테니."

카릴은 그의 말에 피식 웃었다.

"너 진짜 일국의 왕이 맞나? 근엄이라고는 찾아볼 수 없고 하는 짓이 완전히 도둑이로군."

"왕이 된 지 얼마 안 돼서 왕의 근엄 같은 건 잘 모르겠지만 내가 꽤나 많은 왕을 봤는데 제국의 황제도 근엄하지는 않아. 오히려 그자야말로 도둑 중의 도둑이지."

"말하는 거 하고는. 너…… 정말 열댓 살 아니지? 살 껍질 안에 드래곤이라든지 그런 게 숨어 있는 것 아냐? 애초에 용마력도 그렇고……."

"좋을 대로 생각해."

카릴이 조금 전 자신이 했던 말을 그대로 따라 하자 나인 다르혼은 살짝 눈썹을 찡그렸다.

"뭐, 카이에 에시르에 대한 것은 차차 알아가기로 하고. 네 말대로 이곳의 일부터 처리하지. 일단 이걸 얻은 곳부터 얘기해 봐."

카릴은 안티홈에 들어 올 때부터 가졌던 의문을 그에게 말했다. 폭염왕 라미느와 마찬가지로 전생에선 어둠의 두아트 역시 발견되지 않았었다. 하지만 라미느의 경우 그 힘의 정수가 염룡 리세리아의 레어에 있다는 것 정도는 알려진 일이었다. 반면 2대 광야는 그 존재 자체도 몰랐다. 이번 생에도 회색교장에서 알른 자비우스를 만나지 못했다면 몰랐을 일이었으니까.

'신탁을 이행하는 과정에서 이미 폐허가 되었던 안티홈을 생각하면 나인 다르혼은 전생에도 어둠의 두아트가 있던 악몽의 서를 얻었던 것이 분명해.'

하지만 그것을 제대로 사용하지 못하고 오히려 어둠에 먹히고 말았다.

'아마도 녀석은 신탁이 내려지고 파렐이 세상 밖으로 나왔을 때 깨달았겠지.'

자신이 창조한 티끌이 타락과 똑같았다는 것을.

'악몽의 서 역시 그와 같은 힘이라는 것이라 여겼기에 그는 영원히 안티홈 깊은 곳에 책을 봉인한 것이겠지.'

그 결과 전생에서는 두아트의 힘을 끄집어낼 수 없었다.

안타까운 일이 아닐 수 없었다. 물론, 타락의 힘을 가진 물건이 그의 손에 있다면 그 역시 나인 다르혼과 똑같이 했을 것이다.

'알른 자비우스를 만나지 못했더라면 말이지.'

빛과 어둠. 창조와 소멸이라는 신의 힘과 똑같은 힘을 가졌지만 완전히 다른 개체.

'그 힘을 봉인했어야 하는 것이 아니라 반대로 개방을 했더라면 신탁전쟁의 결과가 바뀌었을지도 모른다.'

하지만 나인 다르혼을 탓할 생각은 없다. 그 역시 세계를 지키기 위한 생각에서 나온 행동이었으니까.

"그걸 얻은 곳은 헤임이다."

"……?!"

순간 나인 다르혼의 말에 카릴은 자신의 귀를 의심했다.

"뭐라고?"

"흑마법을 쓰는 내가 교단과 연이 닿아 있다는 것이 이상하게 들리겠지. 당연한 반응이야."

나인 다르혼은 심드렁한 표정으로 고개를 끄덕였다.

"교단이 꼭 여명회와 관계가 있다고 생각하면 안 된다. 교단이나 마법회나 마력을 축복이라 여기는 것은 같으니까."

"하지만 불멸회는 아니지. 넌 지금 어둠의 힘으로 균열의 존재를 창조하려고 했잖아. 그건 말 그대로 신의 힘에 도전하는 것이야."

"동전의 양면 같은 거지. 한쪽이 옳다고 반대쪽이 틀린 건 아냐. 우리는 다른 의미로 신에게 다가가는 중이다."

"그래서 네 연구를 지원한 게 교단이다. 이 말이로군."

나인 다르혼은 카릴의 말에 고개를 끄덕였다. 하지만 찝찝한 표정을 풀지 않은 채로 카릴은 못마땅한 듯 말했다.

"말은 똑바로 해야지."

"뭐?"

"네게 그 악몽의 서를 준 건 교단이 아니라 헤임에서 만난 우든 클라우드잖아."

카릴의 말에 나인 다르혼은 짐짓 놀란 표정이었다.

"허……. 이것 참……. 별의별 걸 다 아는군. 도대체 어떻게 추측해야 그런 결과가 나오는 거야?"

"뭐, 나름 그쪽과도 연관이 있긴 해서."

교단과 가장 밀접한 관계가 있는 사람은 황제였다. 하지만 황제와 우든 클라우드는 적대까지라고 할 수는 없지만 어쨌든 공국이 껴있기에 껄끄러운 상대. 만약 교단이 불멸회에게 그런 주요한 물건을 건넸다면 여명회 출신인 궁정 마법사가 가만히 있을 리가 없었다.

'교단도 나름대로 수완이 있긴 하네. 황제 몰래 우든 클라우드와 접촉하고 있으니. 아닌가? 애초에 우든 클라우드가 먼저 교단에 뿌리내리고 있다고 보는 게 맞을지도.'

공국의 공작가(家) 역사 속에 우든 클라우드와 교단이 엮여 있다는 것을 아는 몇 안 되는 사람 중 한 명이 바로 자신이었으니까. 하지만 카릴은 새삼 모르겠다는 표정으로 투덜대듯 말했다.

"그런데 그놈들은 도대체 뭐 하는 놈들이야? 대륙 전역에 손을 뻗지 않은 곳이 없군. 공국의 전쟁도 그 녀석들이 주도하고 있는데 교단까지?"

사실 교단이 우든 클라우드와 연관이 되어 있다는 것은 이미 알고 있는 사실이었다. 게다가 공국이 멸망하고 난 뒤에 그들은 교단이라는 형태인 블루 로어라는 지독한 광신집단을 만들 거라는 미래까지도.

"나도 네게 얘기해 줄 것은 없다. 단지 교단의 주교가 내게 제안을 했을 뿐이지."

"흐음……."

'그놈들이 2대 광야의 힘을 숨긴 거로군. 두아트를 봉인하기에 최적의 장소가 바로 불멸회이기도 하고 나인 다르혼이 관심을 가질 수밖에 없는 힘이니……. 혹여 무슨 일이 생겨도 불멸회에 죄를 뒤집어씌울 수 있다.'

약은 녀석들.

'그렇다면……. 어둠의 두아트 말고 빛의 라시스의 행방도 녀석들이 알지도 모른다.'

카릴은 라시스를 얻기 위해서는 교단을 족쳐야 할지 아니면 우든 클라우드를 다시 조사해야 할지 결정해야 한다는 생각이 들었다.

"골치 아프군."

어느 곳을 들쑤실까에 대한 고민이 아니었다. 그는 전생에서 회귀 이후 모든 계획이 자신의 생각대로 움직여 가고 있다고 느꼈지만 딱 하나 아직도 제대로 된 꼬리조차 잡지 못한 것이 바로 우든 클라우드였다.

'캄마에게 맡겨놓기는 했지만……. 큰 수확을 얻지 못할 수도 있겠어. 교단은 제국의 황제와도 관계가 깊다. 즉, 우든 클라우드는 대륙에서 유일하게 공국과 제국을 모두 아우르는 놈들이야. 생각보다 더 위험하겠어.'

설마 캄마가 죽거나 할 거라고는 생각하지 않지만 그의 욕심이 혹여 너무 깊게 관여하게 만들까 걱정이 되었다.

'칼 맥도 함께 있으니 괜찮겠지.'

카릴은 어차피 지금 없는 사람을 걱정해 봐야 의미 없다는 것을 알기에 고개를 저으며 생각을 떨쳐냈다.

"그자들과 네가 무슨 관계인지는 모르지만 정말 나도 모른다. 우든 클라우드와 접촉한 것은 이번이 처음이니까."

"널 책망하려는 게 아냐. 그냥 궁금해서 물어본 거지. 혹시라도 뭔가 이상한 점이라든지 기억나는 것이 있다면 말해주면 좋겠는데."

우든 클라우드는 어차피 대륙에 뿌리 깊게 퍼져 있었다. 지금 뭔가를 얻는다고 해도 그들을 처리할 수 있을지는 모르는 일이었다.

"뭐, 굳이 기억나는 거라면…… 한 가지."

"뭐지?"

"내게 이 책을 가져다준 아이의 모습이 특이하더군. 어린 소녀였는데 눈이 오드 아이(Odd Eye)였어."

나인 다르혼의 말에 카릴은 실망스러운 듯 낮은 한숨을 내쉬었다.

"그게 뭐가 특이해? 제국과 이민족의 피가 함께 섞였나 보지. 그런 사람은 타투르에도 흔해."

"그런 혼종이야 너보다 내가 더 많이 봐왔다. 그런 걸로 내가 특이해하겠어?"

"……그럼?"

"한쪽 눈이 은빛이었다."

"은빛이라면…… 엘프?"

그의 말에 카릴의 눈썹이 씰룩였다. 하지만 이내 곧 평정심을 찾은 듯 낮은 한숨과 함께 말했다.

"확실히 엘프는 이제 멸종되었다고 알려져 있지. 하지만 완전히 사라졌는지는 확인되지 않았어. 어쨌든 과거에 살았던 종족. 그 피가 이어질 수도 있지."

카릴은 전생에 나르 디 마우그가 자신에게 했던 엘프국에 대한 이야기는 하지 않았다. 자르카 호치에게는 아직 남아 있을 수 있는 엘프국에 대한 이야기를 했지만 굳이 인간인 그에게 할 필요는 없었으니까.

"그리고 다른 한쪽은 금빛이었고."

"……."

하지만 그의 말이 끝남과 동시에 카릴의 얼굴이 완전히 굳어졌다. 어떠한 변명이나 이유도 생각이 나지 않는 듯 카릴은 자신도 모르게 마른침을 삼켰다.

"너라면 그게 무엇을 의미하는지 알겠지? 금빛이 가지는 의미. 그건 지상에 살아가는 종족의 피가 아니라는 걸."

"……네피림."

"그래. 신의 은총을 받은 두 종족. 지상의 엘프와 하늘의 네피림. 그 둘의 피를 몸 안에 가진 혼종이란 뜻이다."

나인 다르혼은 처음으로 굳어진 카릴의 얼굴에 만족스럽다는 듯 말했다.

"너도 그런 표정을 지을 수 있군. 어지간히 놀랐나 보지? 하긴, 돌려 말하자면…… 인간이 아니라는 뜻이니까."

"누군지는 아나?"

"글쎄. 단지 책을 줄 때 자신의 소개를 하긴 했었다."

나인 다르혼은 나지막한 목소리로 말했다.

"라엘이라고."

꽈악-!!

그 순간, 카릴은 자신도 모르게 악몽의 서를 잡고 있던 손에 힘을 주었다.

"라엘이라……. 그 이름을 드디어 듣게 되는군."

입술을 씰룩이며 그는 자신도 모르게 입꼬리를 올렸다.

"네피림. 그 찢어 죽여도 시원찮은 피를 이어받았다 이거군. 어쩐지. 그렇지 않으면 그런 미친 짓을 할 리가 없지."

라엘이 누구던가. 그 누구도 진짜 모습을 본 적이 없고 베일에 싸인 우든 클라우드의 최후의 배후이자 블루 로어 교단의 교주이자 카릴이 그토록 찾고자 하는 존재였다.

"……? 꼭 아는 것처럼 말한다?"

"나인 다르혼. 그건 별거 아닌 정보가 아니야."

그가 어린 소녀라는 사실과 함께 이종족의 아이라는 것을 알게 된 것만으로 어마어마한 수확이 아닐 수 없었다.

"쿨럭……!! 쿨럭!!"

그때였다. 쓰러져 있던 미하일이 창백한 얼굴로 기침을 하며 깨어났다.

"미하일!!"

옆에 있던 세리카가 황급히 그를 부축했다.

"네 말대로군. 하루 동안이나 도전의 서 안에서 정신이 붕괴되지 않고 시험을 통과하다니."

"물론."

카릴은 고개를 끄덕였다.

"잡담은 이쯤에서 끝내야겠군. 나인 다르혼, 저 녀석도 결국 자신을 관철시켰다. 이제 네 차례다."

그러고는 목소리에 힘을 주었다.

"나 역시 내 일을 끝낼 테니까."

부욱--!!

그 순간 카릴은 있는 힘껏 악몽의 서의 봉인을 찢었다.

촤아아아악--!!

나인 다르혼이 뭐라고 하기도 전에 악몽의 서의 봉인은 뜯겨져 나갔다. 7클래스의 봉인 마법이 아무런 제약도 없이 마치 편지 봉투를 찢듯 뜯겨 나가 버리고 만 것이다.

"이 미친놈!!"

"놀라지 마. 내가 너의 봉인을 풀 수 있을 만큼 뛰어난 마법사는 아니니까. 선택은 그가 하겠지."

순식간에 어둠이 찾아 들었다. 카릴은 '도전의 서' 때에도 자신을 잠식했던 것이 어둠이기 때문일까. 아니면 그 이전부터 사냥해 왔던 타락이 가지는 속성이었기 때문일까. 그는 마치 지겹다는 듯 한숨을 내쉬었다.

"흠, 녀석도 우릴 만날 의향은 있나 보군."

"여, 여긴……."

나인 다르혼은 떨리는 목소리로 주위를 두리번거렸다.

"그런데 어쩌지. 나 혼자서 해결하려고 했는데……. 아무래도 두아트는 너까지 자신의 공간에 초대할 마음인가 봐."

카릴은 씨익 웃으면서 그의 어깨를 쿡쿡 찌르고는 말했다.

"여기서 나가면 두 녀석을 가르치는 일은 해야 한다. 원래대로라면 네가 그 둘을 맡는 동안 내가 이 일을 해결하려고 했던 거니까."

"태평한 소릴……."

그는 어이가 없다는 듯 헛웃음을 지으면서 말했다.

"지금 우린 정령왕이 만든 결계 안으로 들어와 버린 것이다. 다시 나올 수 있을지 영원히 갇힐지 알 수 없는 상황에 결계

밖 애송이들을 가르치는 게 대수야?"
"어. 무척이나 중요해. 인류의 운명이 걸린 일이거든. 그러니 성심성의껏 가르쳐 줘. 이 일보단 쉬운 일이잖아?"
"……뭐?"
카릴은 나인 다르혼의 표정을 즐기듯 피식 웃었다.
"언젠가 내 말을 이해할 날이 올 거다. 수십, 아니, 수백 년을 살아도 다 아는 건 아니니까. 안 그래?"
"도무지 종잡을 수가 없는 놈이군……."
나인 다르혼은 결국 포기했다는 듯 고개를 저으며 중얼거렸다.
"너무 걱정하지 마. 내가 당신의 봉인을 풀지도 않았는데 봉인을 찢을 수 있다는 건 결국 두아트가 나와의 만남을 허락했다는 의미니까. 그가 마음먹었으면 언제든 봉인을 뚫고 스스로 나올 수 있었다는 말이야."
"……."
"게다가 그쪽까지 자신의 공간에 들어오게 했다는 건 적어도 대화의 여지가 있다는 것 아니겠어?"
카릴의 말에 나인 다르혼은 쓴웃음을 지었다.
"낙천적인 생각이군. 반대일 수도 있잖아? 자신에게 위협이 될 수 있는 둘을 완벽하게 죽이기 위해서."
"아하."
카릴은 고개를 끄덕였다.

"그땐 정령왕이고 뭐고 족쳐야지."

"……."

"안 그래?"

"네 헛소리도 계속 들으니 이제는 진담처럼……."

나인 다르혼은 카릴의 말에 헛웃음을 지으면서 말을 했다. 하지만 그의 말은 끝까지 이어지지 못했다. 마지막으로 한 카릴의 물음이 자신에게 한 것이 아님을 깨달았기 때문이다.

그는 카릴이 바라보고 있는 쪽으로 고개를 천천히 돌렸다.

"……!!"

그 순간 어깨를 짓누르는 듯한 엄청난 압박이 나인 다르혼을 덮쳤다.

"컥, 커컥!"

그는 황급히 마력을 끌어올렸다. 반투명한 둥근 막이 생성되면서 그의 몸을 감쌌다.

"치사하게 혼자만 하는 거야?"

카릴은 심드렁하게 말했다.

"네 목숨은 네가 알아서 해."

"뭐, 그러지."

검었던 공간이 순식간에 전쟁터를 방불케 할 정도로 푸른 불길에 휩싸여 활활 타오르기 시작했다. 진짜 불길이 아닌 환영이라는 것을 알면서도 두 사람은 오히려 이 광경이 인간이 만든 전쟁터보다 더 끔찍한 것이라는 걸 직감했다.

'이건…….'

하지만 시체도 없고 적도 없었다. 그러나 죽음의 냄새만큼은 강하게 공간을 가득 채우고 있었다.

카릴은 앞을 바라봤다. 그곳엔 마치 붕대로 온몸을 감싼 미라처럼 서 있는 한 남자가 있었다.

"마치 황천(黃泉)에서 건너온 듯한 음습함이군……. 마음에 드는데? 이 정도는 돼야 신의 뒷목에 검을 꽂아 넣을 자격이 있지."

그를 바라보며 카릴은 입꼬리를 올렸다. 피부를 찌르는 듯한 찌릿찌릿한 느낌은 그 어떤 힘도 아닌 단순히 그가 내뿜는 순수한 기세였다. 우두커니 서 있는 그의 양팔에는 자마다르(Jamadhar)와 유사한 검날이 달린 무구가 있었다. 손등에 튀어나온 커다란 검날 양옆으로 작은 날이 두 개 더 돋아나 있었다. 전신을 감싼 붕대가 나풀거렸다. 그 사이로 보이는 자줏빛 안광이 번뜩이자 카릴은 자신도 모르게 본능적으로 얼음 발톱의 손잡이에 손을 가져갔다.

"확실히……. 너 때와는 다르군. 안 그래? 라미느."

카릴이 탐욕의 팔찌를 거칠게 풀었다. 그러자 그의 눈동자가 마치 타오르는 화염을 머금은 것처럼 붉게 변했다.

화르르르륵……!!

아인 트리거가 박혀 있는 팔에 붉은 불꽃이 일렁이며 그 끝에 옅은 폭염왕의 형상이 나타났다 사라지며 카릴의 몸 안으로 흡수되었다.

"후우……."

그가 낮은 숨을 토해내자 검은 연기가 흘러나왔다. 두아트가 만들어 낸 어둠을 밀어내듯 카릴의 전신에서 흘러나오는 붉은 기운이 일렁였다.

[낯익은 풍경이군.]

"그래?"

카릴의 등 뒤로 화염 거인의 형상이 흐릿하게 나타났다.

[두아트. 너는 아직 신령대전(神靈大戰)을 잊지 못하고 있는가. 그때 우리는 패배했다.]

라미느의 말에도 불구하고 두아트의 목소리는 들리지 않았다. 대신 자줏빛 눈동자 안에 있는 검은자위가 가느다랗게 세워지며 그를 노려봤다.

"전장의 숨결이 느껴짐에도 불구하고 시체가 없는 이유를 알겠군. 이 풍경이 신과 정령, 싸움의 결말이로군."

[라미느.]

음침하고 무거운 목소리가 울렸다.

[인간에게 붙은 거냐.]

붕대 사이로 입이 움직일 때마다 바느질이 되어 있는 것처럼 위아래가 꿰매어진 끈이 강하게 두아트의 입술을 잡아당겼다.

콰아아아앙……!! 콰강……!!

두아트의 말이 끝남과 동시에 사방으로 불꽃이 튀었다.

"인사치고는 거친데."

양팔에 달린 자마다르를 엑스 자로 교차해 검을 긋기 바로 직전 카릴이 그 사이로 얼음 발톱을 찔러 넣으며 공격을 막았다.

"아무래도 네 말이 맞나 보다, 나인 다르혼."

"무슨 소릴……."

나인 다르혼은 카릴의 말에 인상을 구겼다.

"녀석은 우리를 같이 죽일 생각인가 봐."

"지금 그런 말을 태평하게 하는 거냐!"

가까스로 실드를 펼쳐 서 있는 것만으로도 버거운데 보호 마법도 없이 허리를 꼿꼿이 세우고 아무렇지 않게 말하고 있었다.

'도대체 어떻게 된 인간이야? 이런 상황에서도 표정 하나 변하지 않다니.'

그는 대마법사의 반열에 오르고 더 이상 높은 경지는 없다는 생각에 균열을 연구했었다.

하지만 오만이었다. 인간이 도달할 수 있는 최고의 영역. 눈앞의 소년을 보고 있자니 자신은 그 경지의 끝자락에도 도달하지 못한 것이 틀림없었다.

"그럼 좀 돕던지? 당신의 한계가 설마 쭈그리고 앉아서 남의 싸움을 구경하는 것이 끝은 아닐 텐데?"

"……큭!!"

카릴의 말에 나인 다르혼은 살짝 입술을 깨물었다. 강맹한 공격과 힘의 집중이 라미느를 상징하는 것이라면 누아트는 그와는 반대로 빠르고 날카로웠다.

캉!! 카아앙-!! 카카카칵--!!

카릴이 얼음 발톱을 비틀어 아래에서 위로 올려쳤다. 그러자 두아트의 자마다르가 튕겨 나가며 그의 양팔이 만세를 하듯 위로 뻗쳤다.

콰앙……!!

틈을 놓치지 않고 주춤하는 두아트를 향해 카릴이 있는 힘껏 검을 내려쳤다.

무게를 실은 일격. 양손으로 검을 쥔 카릴의 팔에 힘줄이 선명하게 도드라졌다.

무색기검(無色氣劍) 변형 5식, 2번째 외뿔 자세(Unicorn Posture).

연속적으로 5식의 검격과 함께 일점 공격의 외뿔 자세가 동시에 펼쳐졌다. 사방으로 뿌려지는 검 소나기 사이로 숨겨진 일점이 두아트의 목을 향해 정확하게 뿜어졌다.

촤아아악-!!

얼굴을 가리고 있던 붕대가 검날에 잘려 나가며 허공에 떠올랐다.

'조금 얕았나.'

카릴은 살짝 인상을 찡그렸다. 손맛이 있긴 했지만 붕대 안쪽 본체에 타격을 준 것은 아니었다. 빠르게 검을 회수하며 그는 있을지 모를 공격을 방어하기 위해 검을 세로로 쥐었다.

3번째 긴 울음 자세(Long Weeping Posture).

검날 뒤로 그는 조심스럽게 앞을 바라봤다. 하지만 조금 전

물밀듯이 쏟아지던 검격과는 달리 의외로 두아트는 멍하니 서서 카릴을 바라보고 있었다.

"……?"

영문을 알지 못하는 것은 그 역시 매한가지였다.

일말의 침묵이 흐르고 카릴은 방어 자세를 풀며 두아트를 바라봤다.

[처음인 거지.]

"뭐가?"

[두아트는 다른 정령왕들과 달리 어둠 속에서 살아 있는 암살자다. 그런데 자신의 공격을 피하고 반격을 준 인간을 만났으니까.]

라미느의 말에 카릴은 어처구니가 없다는 듯 콧방귀를 뀌었다.

"그건 나도 마찬가지거든?"

그 역시 회귀 이후 공격이 실패한 적은 처음이었다.

"자존심이 구겨진 건……."

파앗-!!

"나야."

카릴은 순식간에 거리를 좁혔다. 눈으로 좇을 수 없는 엄청난 속도에 그저 라미느의 불꽃만이 길게 잔상처럼 남아 그의 움직임을 그렸다.

순식간에 카릴과 두아트가 붙었다. 엄청난 공방이 이어지며 어둠 속에서 날카로운 검날이 번뜩였다.

"맙소사……. 저게 사람이야?"

나인 다르혼은 고작 1초도 안 되는 찰나 속에서 지면에서 공중으로 다시 공중에서 아래로 오고 가는 수백 합 검격의 울림에 어이가 없다는 듯 자신도 모르게 중얼거렸다.

"……거짓말이 아니었어."

정말 저 정도라면 정령왕을 베어버릴 수 있을지도 모른다는 생각이 들었다.

빠득-

그는 자신도 모르게 이를 갈았다. 카릴의 말이 사실이었다. 이대로 가만히 지켜보고만 있는 것은 대마법사라는 칭호를 가진 자로서는 수치였다.

무엇을 해야 할까. 지금까지 누구보다 어둠과 균열에 대한 연구에 생을 바쳐 온 사람이 바로 자신이지 않은가.

'……!!'

그 순간 뭔가 떠오른 듯 나인 다르혼의 눈동자가 커졌다.

쉬이이익……!!

공기를 가르는 소리가 전장에 울렸다. 카릴은 어둠 속에서 아슬아슬하게 두아트의 검을 피했다. 하지만 검의 움직임은 거기서 끝나지 않고 계속해서 그를 향해 쇄도해 들어갔다. 붕대로 단단하게 고정되었던 팔이 마치 뼈가 없는 것처럼 비정상적으로 꺾였다.

좌상단에서 급격하게 방향을 틀어 뒤를 노리는 자마다르.

카앙-!! 캉! 캉!!

카릴이 본능적으로 얼음 발톱을 등 뒤로 돌리며 두아트의 공격을 막았다.

푸욱.

그 순간 반대쪽 팔에 있던 또 한 자루의 자마다르가 카릴의 쇄골 아래에 정확하게 박혔다.

[……]

두아트의 차가운 자줏빛 안광이 빛나며 카릴의 어깨를 밟고 있던 발에 힘을 주었다.

콰아아아앙--!!

카릴의 몸이 튕겨 나가듯 수백 미터를 밀려 저 멀리까지 굴러갔다. 여기저기에서 죽어버린 정령의 영체들이 만들어 내는 푸른 불길이 카릴이 지나간 자리에 위태롭게 흔들렸다.

[라미느. 신령대전을 잊지 못 했냐고 묻는 거냐. 당연한 것 아니냐. 그 패배가 바로 인간 때문이라는 걸 누구보다 네가 잘 알 텐데.]

침묵하던 두아트는 처음으로 으르렁거리듯 말했다.

[인간에게 빌붙은 말로를 보게 될 것이다. 이 변절자(變節者).]

[글쎄. 너 그 말 후회하게 될걸.]

하지만 잡아먹을 듯한 그의 말에도 불구하고 라미느는 차분한 어조로 대답했다.

[쟤 인간 아냐.]

부스스스…….

쓰러져 있던 카릴이 천천히 몸을 일으켰다.

"……더럽게 아프네."

바닥에 떨어진 얼음 발톱을 쥐고서 카릴이 뒷목을 주무르며 천천히 앞으로 걸어왔다.

라미느의 입꼬리가 올라갔다.

[괴물이지.]

▸Chapter 5◂

"후우……."

아슬락은 불안한 눈빛으로 대도서관을 바라봤다. 카릴 일행이 들어가고 난 뒤부터 그는 어쩐지 마음을 진정시킬 수가 없었다.

어쩔 수 없는 일이다. 안티홈에서 태어나 그리 길진 않지만, 평생 지금까지 불멸회만이 최고라 생각했던 그였으니까.

하지만 지금 그 믿음이 완전히 깨져 버리고 말았다.

'베네딕 님이 그렇게 사정없이 두들겨 맞다니……. 도대체 그 사람은 얼마나 강한 걸까.'

물론 실력에 비해 베네딕이 허풍스럽고 과장된 남자라는 것을 알지만 어쨌든 그 역시 불멸회에 입회한 마법사였다. 그뿐만 아니라 그의 주변에 있던 사람들까지 완전히 묵사발을 만들어놓았으니 말이다.

'지금 저 안에 무슨 일이 일어나고 있을지……'

아슬락은 너무 아쉬웠다. 한 달만 지나면 불멸회에 입회할 수 있게 되는 시기가 온다. 그때 카릴이 왔더라면 지금 저 안에서 무슨 일이 일어나고 있는지 알 수 있었을 텐데.

'아니지. 아니야.'

하지만 그는 이내 곧 정신을 차리려는 듯 고개를 저었다. 불멸회의 마법사들도 저렇게 되는 판국에 자신이 할 수 있는 일이 뭐가 있겠는가. 아직 제대로 쓸 수 있는 마법도 없는데 말이다.

꽈악-

아슬락은 쥐고 있던 나무 막대에 힘을 주었다. 현실을 알고 있어도 자신도 모르게 자꾸만 카릴이 보여준 압도적인 힘이 떠오르는 기분이었다.

지금까지 믿었던 마법 이외의 힘.

꿀꺽.

그는 자신도 모르게 그 힘에 매료되었다는 것을 뒤늦게 깨달았다. 고작 한 번밖에 보지 않은 것인데도 말이다.

'미쳤지. 미쳤어……'

그렇게 생각하면서도 그는 한 번만 더 카릴이 싸우는 모습을 보고 싶다는 생각이 들었다. 조금 전처럼 장난이 아닌 진심을 다해 싸우는 모습 말이다.

콰아아아아아앙--!!

그때였다. 도서관 꼭대기에서 강렬한 폭음과 함께 시커먼 연기가 솟구쳐 올랐다.

"꺄악!!"

"뭐, 뭐야?!"

"갑자기 무슨 일이지?"

도서관 주위 마을 사람들은 폭발해 버린 건물 천장을 바라보며 깜짝 놀란 듯 비명을 질렀다.

쾅! 콰쾅……!! 쿠웅! 쿵! 쿵! 쿵!!

부서진 벽돌들이 사방으로 튀며 떨어졌다. 자잘한 가루에서부터 거대한 낙석까지 그 크기도 다양했지만 그만큼 위험도 컸다. 모두가 대도서관의 자재들이었다. 우박처럼 떨어지는 부서진 벽돌들이 건물에 처박히면서 여기저기 건물들이 무게를 이기지 못하고 무너져 내렸다.

"저, 저곳은……!!"

"수장님이 계신 곳 아냐?!"

"뭐??"

안티홈 외각의 거주지에 있던 마을 사람들은 대도서관의 최상층 꼭대기가 완전히 붕괴된 것을 보며 두려운 목소리로 소리쳤다.

콰캉……!! 콰가가강……!!

마치 굴뚝에서 연기가 뿜어져 나오는 것처럼 부서진 천장 위로 검은 안개가 하늘을 뒤덮기 시작했다.

쿠으으으으으으으으으……!!

안개는 점차 나선형으로 소용돌이치더니 조금 전과는 비교도 할 수 없을 정도로 거대한 용트림이 하늘에서 울려 퍼졌다.

"……!!"

상공을 바라보던 아슬락의 눈동자가 커졌다. 조금 전 했던 그의 바람은 생각보다 빠르게 실현되었다. 안개 속에 격돌하는 카릴이 그의 시야에 들어왔다.

두근…… 두근…….

그는 요동치는 심장을 부여잡고 부서진 건물 뒤로 숨었다.

'저, 저게 뭐야?!'

여기저기 비명 소리가 들렸고 사람들은 때아닌 소동에 혼란에 빠졌다. 모두가 도망치고 있는 이 상황에서 왜인지 모르겠지만 아슬락은 반대로 눈을 반짝이며 검은 괴물을 상대로 검을 휘두르는 카릴을 바라봤다.

파직-! 파즈즈즉--!!

낙뢰가 사정없이 떨어지기 시작했다. 검은 구름 아래로 떨어지는 벼락은 일반적인 것이 아닌 자줏빛이었다.

불규칙하게 떨어지는 번개 다발. 마력을 감지할 수 있는 아슬락은 그 번개에서 어쩐지 안티홈의 골칫거리인 공허의 티끌과 같은 느낌이 드는 것 같았다.

'하지만…….'

안티홈 자체를 뒤덮을 만큼 거대한 크기의 먹구름을 바라보면서 만약 저게 정말로 공허의 티끌과 똑같은 것이라면 끔찍할 것이라는 생각이 들었다.

'저 크기의 공허라면 수장님도 막을 수 없을 거야…….'

아슬락은 안티홈의 경비를 서면서 딱 한 번 공허의 티끌을 본 적이 있었다. 자신보다 머리 두 개 정도 더 큰 키에 덩치는 오크 정도였다. 하지만 그것을 마주하는 것만으로도 오금이 저려 아무것도 하지 못했다.

그런데 그것에 수십, 수백 배의 크기라면……?

쾅……!! 콰쾅……!! 콰가가강……!

하지만 그 끔찍한 공허 안에 있는 사람은 분명 카릴이었다. 아슬락은 몇 번이나 눈을 비비고 바라봤지만 그였다.

그것도…….

[미…… 미친놈.]

먹구름 안에서 외침이 들렸다. 아슬락의 눈에는 거리낌 없이 어둠의 정령을 사정없이 두들겨 패고 있는 카릴의 모습이 선명하게 꽂혔다.

[인간이 책의 봉인을 강제로 풀었다고……?]

두아트는 믿을 수 없다는 듯 카릴을 바라보며 말했다.

[말했잖아. 저놈은 괴물이라고.]

라미느는 그런 그의 놀라움을 충분히 이해하는 듯, 라미느의 형상이 마치 웃는 것처럼 흔들렸다.

"흐음."

카릴은 주위를 둘러봤다. 전쟁터를 방불케 했던 어둠이 사라지고 안티홈의 전경이 내려다보이자 그는 맑은 공기를 들이마시려는 듯 크게 호흡했다.

"확실히 안에 틀어박혀 있는 것보다 나오니 좋지 않아?"

그의 입꼬리가 슬쩍 올라갔다.

[크아아아아아아--!!]

거대한 외침과 함께 두아트의 양팔의 자마다르가 날카롭게 돋아났다.

콰직……!!

지진이라도 일어난 것처럼 지축이 흔들렸다. 순간, 카릴의 머리 위로 두아트의 그림자가 나타났다. 자마다르의 양날이 그를 노렸다. 공중에서 몸을 던지듯 바닥을 향해 떨어지는 카릴이 앞구르기를 하며 아슬아슬하게 땅에 착지했다.

서걱! 서그극……!

목표를 잃은 검격이 그대로 아래에 떨어지면서 카릴이 서 있는 양옆 바닥에 마치 할퀸 것처럼 두 줄로 깊게 하였다.

팟-!

카릴은 아랑곳하지 않고 바닥을 차며 달렸다.

"……!!"

너무나 빠른 속도에 잔상조차 남지 않아 그에게서 눈을 떼지 않았던 아슬락조차 그의 모습을 찾지 못해 두리번거리기 시작했다.

"으아아아아!!"

저 멀리서 카릴의 외침이 들렸고 그제야 아슬락은 그의 모습을 찾을 수 있었다.

촥……! 촤작……!

마치 평지를 달리듯 수직으로 공중을 박차고 질주한 카릴이 연속적으로 블링크(Blink) 마법을 시전하면서 마치 순간이동을 하는 것처럼 수십 번 두아트의 주위를 날았다.

[쥐새끼 같은 놈!]

두아트의 으르렁거리는 듯한 외침과 함께 길게 늘어진 자마다르의 날이 번뜩였다. 수십 다발의 검날이 카릴을 향해 쏟아졌다.

콰직!!

카릴의 순간이동을 뛰어넘는 엄청난 검격의 다발들이 직격하자 그의 몸이 대각선으로 튕겨져 나갔다.

콰아아아앙……!!

사람들의 시선이 하늘에서 떨어지는 카릴을 쫓았다. 순식간에 그는 우거진 수풀을 뚫고 주거지 중앙에 세워진 3층짜리 회관에 처박혔다. 회관은 그 충격을 이기지 못하고 카릴을 삼키듯 그대로 와르르 무너졌다.

"맙소사……."

"저 사람 누구지?"

"괘, 괜찮을까? 죽은 거 아냐?"

카릴의 정체를 알지 못하는 마을 사람들은 무너진 건물을 바라보며 걱정스러운 듯 말했다.

츠으으으으…….

공중에 있던 두아트가 서서히 지면 아래로 내려왔다. 가늠할 수 없는 강대한 어둠의 힘에 아슬락은 오금이 저리는 기분이었다. 건물 뒤에 숨어 있음에도 불구하고 그대로 주저앉아 버릴 것 같은 느낌에 그는 무너진 회관을 바라봤다.

'저런…… 괴물과 싸우고 있었단 말이야?'

정령왕의 존재를 알지 못하는 그였지만 막연하게 느껴지는 절대자(絶對者)의 위용만큼은 확실하게 느낄 수 있었다.

[크하하하!!]

승리의 포효처럼 두아트는 가슴을 내밀고 양팔을 아래로 뻗으며 소리쳤다.

쿠캉!

그때였다.

"……?!"

쿠콰쾅! 쾅--!!

무너진 회관에서 육중한 뭔가가 포탄처럼 날아와 두아트를 노렸다. 그는 황급히 자마다르를 들어 자신을 덮치는 파편을 잘랐다.

[고작 이따위…….]

커다란 석벽을 두 동강 내버리며 자신 있게 소리치려는 두아트의 말은 끝까지 이어지지 못했다.

쿠아앙! 쿠앙!

자신을 향해 쏟아지는 수많은 파편. 두아트가 자마다르을 있는 힘껏 그었지만 조금 전과 달리 파편이 완벽하게 잘리지 않았다. 검날이 박혀 그의 몸이 휘청거렸다.

가까스로 반대쪽 검으로 나머지 파편을 튕겨냈지만 이미 자신을 향해 쏟아지는 잔해들은 셀 수 없을 정도였다.

쾅! 콰쾅! 콰과과광……!!

중심을 잃는 순간 부서진 파편들이 두아트의 머리와 어깨, 허리와 다리 등 전신에 적중했다.

[크……?! 크윽!]

치명상을 입지는 않았지만 위아래로 미친 듯이 쏟아지는 파편들에 그의 몸이 점차 뒤로 밀려나기 시작했다.

"후읍!"

카릴은 천천히 앞으로 걸어가며 계속 파편을 던졌다.

"저게…… 사람이야?"

"말도 안 돼……."

사람들은 파편의 크기는 상관없이 집히는 대로 미친 듯이 던지며 서서히 거리를 좁히는 카릴과 옴짝달싹 못 하는 두아트를 바라보며 좌우로 고개를 옮기느라 바빴다.

탁-

카릴이 바닥에 떨어진 파편을 쥐고서 있는 힘껏 던진 순간 날아가는 파편과 함께 그의 몸도 튀어나갔다. 아니, 오히려 파편보다 더 빠르게.

"흐아아아!!"

카릴이 아그넬과 얼음 발톱을 든 양팔을 사정없이 휘두르기 시작했다. 두아트의 자마다르와 함께 4개의 무기가 동시에 충돌하며 어둠 속에서 번뜩이는 빛망울들이 터져 나왔다. 검날이 서로 맞닿은 부분에서 떨어지는 수많은 불꽃이 주변이 환하게 느껴질 정도였다.

콰아앙--!!

"헉!!"

건물에 숨어 그들을 지켜보던 아슬락이 숨을 토해내며 그대로 주저앉고 말았다.

푸욱!

두아트의 왼쪽 손에 있던 자마다르 한쪽이 카릴의 공격에 튕겨 아슬락이 숨어 있던 건물 외벽을 꿰뚫었다.

"……."

주저앉은 채로 아슬락은 자신의 사타구니 바로 앞에 박힌 검을 바라봤다.

"조심해야겠어. 이러다가 전생에 일어났던 안티훔의 폐허를 내가 만들게 될지도 모르겠네."

카릴은 주위를 둘러봤다. 폭발은 크지 않았지만 두아트의 암흑력이 흩어지자 그 주변이 검게 물들기 시작했다. 전생에 안티훔이 검은 폐허가 되었던 이유가 바로 이 때문이지 않을까 하는 생각이 들었다. 그러고는 남은 자마다르를 얼음 발톱으로 서서히 밀어내고 아그넬을 두아트의 목에 겨누었다.

"조금 전에 한 말은 그냥 흘려들을 수 없을 것 같은데. 신령대전을 패배한 이유가 인간 때문이라니?"

카릴은 아그넬의 날을 옆으로 눕혀 그의 목을 툭툭 두들겼다.

칙…… 치이익……!

폭염왕의 기운을 머금고 있는 검날이 닿을 때마다 두아트의 목덜미에서 지지듯 시커먼 연기를 내뿜었다.

[크?!]

천천히 허리를 숙이며 카릴이 말했다.

"자, 이제 대화 좀 해볼까?"

"신령전쟁에 인간이 가담했다니. 라미느, 넌 그런 말 하지 않았잖아."

[애초에 신과 정령이 전쟁을 벌였다는 것조차 너희는 모르고 있을 텐데.]

카릴은 라미느의 말에 살짝 어깨를 으쓱했다.

"뭐, 인간의 역사에서 정령의 기록이 남아 있는 것 얼마 안 되니까. 그래도 2대 광야를 비롯해서 5대 정령왕이 신에 의해 봉인당했다는 것에서 설마 너희가 호락호락 당하고만 있을 거라곤 생각 안 했어."

[어차피 지나간 과거다.]

"하지만 그 패배에 있어서 인간이 관여한 줄은 몰랐지. 아무래도 내가 모르는 게 많은 것 같은데……."

우드득-

카릴은 좌우로 목을 꺾었다. 조금 전 두아트에 의해 부서졌던 쇄골에는 여전히 붉은 피가 맺혀 있었다.

"퉷!"

핏덩이를 뱉어내고는 그가 입술을 닦으면서 말했다.

"그냥 지나간 과거가 아니지. 과거라도 인간이 행한 일이니까. 그 패배가 정령계가 소실된 이유인 건가."

[아니라고는 말 못 하겠군.]

"왜 그런 중요한 얘기를 하지 않은 거야?"

[해서 바뀌는 게 뭐가 있는데?]

라미느의 불꽃이 일렁거렸다. 그 흔들리는 불꽃이 마치 그의 마음을 대변해 주는 것 같았다.

"있지."

카릴은 회복 마법을 걸어 조금 전 두아트에게 당한 상처를 치유하려고 했다. 하지만 그의 손에서 흘러나오는 회복의 빛은 공기처럼 내려앉은 어둠에 가려 제힘을 내지 못했다.

"그건 중요한 일이야. 패배의 이유가 어째서 인간인지는 모르겠지만 그 인간들과 난 다르거든."

아무래도 두아트의 암흑력이 카릴의 마력을 발산하는 것을 억누르고 있는 듯싶었다.

"쯧."

몇 번 더 시도하다가 카릴은 결국 포기한 듯 손을 저었다.

"내 밑에 있다면 이번엔 성공한다."

[무슨 헛소리를 지껄이는 것인지 모르겠군. 정령왕이 인간의 밑으로? 미치겠군. 라미느, 너는 인간의 세 치 혀에 결국 놀아난 것이냐.]

두아트는 카릴을 노려봤다. 조금 전 얼음 발톱에 의해 얼굴을 감싼 붕대가 잘려 나간 덕분에 그의 표정이 조금 전보다 선명하게 보였다.

[내가? 아닌데.]

라미느는 그의 말에 어깨를 으쓱했다. 기분 탓인지 모르지만 조금 전보다 화염 거인의 형상이 더 또렷해진 것 같았다.

[수천 년을 봐왔으면서 너는 내가 인간의 말에 현혹될 거라고 생각하나?]

[……]

[난 인간이 나불대는 말이 아니라 힘에 굴복한 거다.]

콰아아앙--!! 콰가강--!!

그때였다. 두아트의 몸이 조금 전 카릴이 튕겨 나간 것보다 훨씬 더 멀리 밀려났다.

양손을 11자로 들어 올려 간신히 막은 공격. 가까스로 얼음 발톱을 막은 자마다르가 부들부들 떨렸다. 하지만 그럼에도 카릴의 공격은 아직 끝나지 않았다.

[이건……]

어둠이 가득 찬 공간을 찢어발기듯 카릴의 전신에서 흘러나오는 기운이 점차 두아트의 암흑력을 걷어내기 시작했다. 피어올랐던 영체의 검은 불꽃이 카릴이 만들어 낸 라미느의 화염에 삼켜졌다.

[용마력……?!]

라미느는 카릴의 심장에서 흘러나오는 뜨거운 마력을 느끼며 기분 좋은 듯 말했다.

[이제야 기억나? 그것도 널 막았던 염룡의 마력이다.]

화르르륵……!!

카릴은 쥐고 있던 아그넬에 힘을 주었다. 그러고는 그 안으로 라미느의 화염을 집중시키자 단검의 주위로 생성된 화염 칼날이 얼음 발톱의 길이만큼이나 길어졌다. 마력으로 만들어진 검날은 점차 단단하게 변해 마치 아그넬을 처음부터 붉은 검신으로 만들어진 장검처럼 보이게 했다.

파캉-!!

두 검날을 교차하며 서로를 베자 날카로운 소리가 울렸다.

[……]

하지만 그런 카릴의 모습을 보면서도 두아트는 손등을 위로 자마다르의 날을 돌렸다.

털컥-!!

그가 손을 뻗자 바닥에 박혀 있던 자마다르가 다시 날아와 그의 빈손에 장착되었다.

쐐애액……!

양팔에 달린 날에서 검은 기운이 뿜어져 나오며 길어졌던 그의 검날 양쪽에 가시돌기가 날카로운 송곳처럼 돋아났다.

[조심해라. 그의 검에 닿은 상처는 회복 마법으로는 낫지 않으니까.]

"……빨리도 말해주네."

카릴은 욱신거리는 쇄골을 만지면서 라미느에게 핀잔을 주었다.

콰아아아아앙--!!

누가 먼저라 할 것 없이 두아트와 카릴이 있는 힘껏 서로를 향해 튕겨져 나갔다. 두 사람 사이에 있던 거대한 압박이 격돌과 함께 유리 조각처럼 깨어지는 느낌이었다.

"……!!"

그저 소리에 불과했지만 아슬락은 두 손으로 귀를 틀어막고는 마치 폭탄이라도 맞은 것처럼 웅크렸다.

일 격, 이 격, 삼 격…….

카릴은 공격을 멈추지 않고 지면을 박차고 튀어 올라 두아트의 뒤로 돌아 검을 쇄도했다. 호흡소자 범춘 채 한 수 한 수의 검을 내지를 때마다 춤을 추듯 바람을 갈랐다.

[큭……!!]

두아트는 지금 자신이 인간에게 밀리고 있다는 것을 인정하지 않을 수 없었다. 카릴의 검에 부딪힐 때마다 그의 팔이 힘없이 튕겨 나갔다. 염룡의 마력은 엄청났지만 그 하나만으로 자신을 이렇게 몰아붙일 수 있다고는 생각하지 않았다.

[그 검…….]

두아트는 아그넬을 바라보며 빠득-! 하고 이를 갈았다. 붕대에 가려 입술이 보이지 않았지만 이가 갈리는 소리만큼은 선명하게 들렸다.

부우웅……!!

카릴의 검이 허공을 갈랐다. 검날에 닿는 공기 자체가 폭죽이 터지듯 산화되며 검이 움직일 때마다 시커먼 연기가 펑펑! 하는 굉음과 함께 터졌다.

4번째 여울 자세 (Riffle Posture).

억겁의 시간 동안 공을 들여 만든 검의 다섯 자세 중 그 네 번째.

카릴의 육체가 완성되어 갈수록 그의 검술 역시 서서히 정상에 도달해 갔다. 여울에 흐르는 물은 굽이치고 빠르게 흐른다. 그 물살처럼 카릴의 검격은 쉴 틈을 주지 않고 두아트를 노렸다.

[포기해. 너도 기억할 텐데. 신령전쟁 때 네 암흑력을 유일하게 뜯어 먹어버렸던 리세리아다. 비록 인간이라 할지라도 염룡

의 의지를 가지고 있는 자야. 상성이 좋지 않아.]

[그건 염룡이기에 가능한 것이지. 인간이 내뿜는 화염? 그건 내게 아무것도 아냐!]

두아트는 소리치며 검을 베었다.

'부족해.'

놀랍게도 이런 엄청난 공방 속에서도 카릴은 자신의 검이 제대로 두아트에게 꽂히지 못하고 있다는 것을 깨달았다. 분명 자신이 그를 몰아세우고 있었지만 종이 한 장 차이로 아슬아슬하게 두아트는 카릴의 공격을 회피하고 있었다.

[고집불통이군.]

[네놈……! 신의 편에 선 드래곤에게 빌붙어 숨은 주제에……. 주둥이는 살아 있구나! 라미느!!]

두아트는 그의 말에 포효를 하듯 내질렀다.

쾅! 쾅! 콰앙-!! 콰가강--!!

그의 어깨 위로 수십 개의 검은 구체들이 튀어나오더니 일제히 폭발했다. 그 여파로 주위의 공기가 일순간 사라지며 빨려들어 갈 듯 카릴을 잡아당겼다.

[신과 인간……!! 나는 잊지 않는다!!]

쇠를 긁는 듯한 거친 그의 목소리가 귀를 찢을 듯 들렸다.

새카만 연기 속에서 양 갈래로 자줏빛의 붉은 광선이 카릴을 향해 쏟아졌다.

쿵……!! 쿠우웅……!!

공중에서 광선을 피하며 몸을 꺾은 카릴이 미끄러지듯 지면 위로 떨어졌다.

"하아, 하아……."

충격을 흡수하려는 듯 두 자루의 검을 바닥에 꽂아 넣자 검신을 따라 두아트의 암흑력이 사방으로 퍼졌다.

[크아악……!!]

공중으로 뛰어오른 두아트가 양팔을 있는 힘껏 벌리자 그의 등 뒤로 거대한 4쌍의 검은 날개가 튀어나왔다.

"……와, 갈수록 더하네? 라미느, 너 때와는 다르잖아."

입가에 붉은 핏물이 주르륵 흘렀다. 카릴은 손등으로 그것을 닦으며 두아트를 보며 헛웃음을 지었다.

[나는 리세리아의 레어에 봉인되어 있었으니까. 봉인의 대가로 인해 그 순간 네가 가진 염룡의 힘이 나보다 상위에 있었으니 말이야.]

라미느는 투덜대듯 말했다.

[네 정령력만 강했다면 나도 저 정도는 할 수 있다.]

"나한테 진 게 염룡의 마력 때문만이야?"

카릴은 얼음 발톱을 어깨에 얹으면서 물었다.

[……말을 말지.]

라미느의 대답에 그는 피식 웃었다.

[잊지 마라. 시간이 없다는 거. 용마력과 나의 힘을 동시에 쓰는 것은 아무리 너라도 부담이 될 수밖에 없는 일.]

수아아아악--!!

초승달처럼 암흑 속에서 유선형의 궤도로 자마다르가 번뜩였다. 공중에 떠 있던 두아트가 눈 깜빡할 사이에 카릴의 앞에 나타나 그의 목을 향해 검을 그었다.

"……!!"

차가운 죽음의 기운이 그를 엄습했다. 평범한 사람이었다면 그 순간 몸을 뒤로 뺐을 것이다. 하지만 억겁의 시간 동안 수많은 괴물을 사냥하고 파렐을 오르면서 그는 살아남기보다는 이기기 위한 방법에 더 집중했다. 그리고 만들어 낸 결론이 바로 이것이다.

카릴은 자신의 목을 노리는 자마다르의 검격 안으로 오히려 한 발자국 더 빠르게 들어갔다.

푸욱-

아그넬이 두아트의 옆구리에 박혔다.

화르르륵……!!

그와 동시에 검날에서 뿜어져 나오는 화염이 그를 덮쳤다.

"제길……!!"

하지만 두아트의 옆구리를 찌른 아그넬의 화염은 붕대 사이로 흘러내리는 암흑력에 서서히 사그라지기 시작했다.

"쿨럭."

카릴이 있는 힘껏 마력을 집중시키자 그의 심장이 미친 듯이 요동쳤다. 마력혈의 마력은 뜨겁게 달궈졌지만, 아직 완벽하게 뚫리지 않은 혈맥으로 무리하게 용마력을 끌어 올리자 그 힘을 육체가 버티지 못한 것이었다.

[괴물? 약하고 추악한 인간일 뿐이지.]

두아트는 자신의 몸에 박힌 카릴의 검을 바라보며 한없이 차가운 목소리로 말했다.

"인간을 왜 그렇게 싫어하냐? 네놈도 신에게 대적했다면서. 인간이 너희에게 한 잘못이 뭔지부터 좀 들어보자."

카릴은 그런 그를 향해 쓴웃음을 지었다.

[언제나 이런 식이지. 너희들은 막무가내고 질서가 없으며 자신이 원하는 대로 요구할 뿐.]

두아트는 천천히 검을 들었다.

우득-!!

그가 있는 힘껏 팔꿈치로 팔목을 찍어 누르자 뼈가 꺾이는 둔탁한 소리가 들렸다.

"큭?!"

카릴이 고통에 얼굴을 구겼다. 그 틈을 놓치지 않고 두아트의 자마다르가 그의 급소를 노렸다.

[조심해!!]

라미느의 외침이 들렸지만 공격을 피하기엔 늦었다.

펑!! 퍼엉!! 펑! 펑!!

그때 카릴을 노리던 자마다르가 튕겨져 나가며 두아트의 몸이 비틀거렸다. 나인 다르혼에게서 낙뢰가 쏟아지자 그는 조금 전과는 달리 황급히 몸을 피했다.

"빛……?"

일순간 새하얗게 변해 버린 시야 뒤편에서 카릴이 나지막하게 중얼거렸다.

[애송아, 검만 쥐다 보니 머리가 굳은 거냐. 왜 비전력을 쓰지 않는 거지?]

"……!!"

환청일까?

[폭염왕의 힘이 네가 가진 가장 강한 힘이라는 것은 맞으나 때로는 가장 강한 힘만이 답은 아니다.]

카릴은 자신의 귀를 의심했다. 황급히 주위를 둘러봤지만 아무것도 없었다.

[주어진 시간이 별로 없다. 기억해라. 내가 네게 가르쳐 준 비전력의 성질이 무엇인지.]

믿을 수 없었다. 어둠 속에서 들린 목소리는 다름 아닌 알른 자비우스였으니까.

[드래곤의 힘도 정령의 힘도 위대하지만 때로는 인간이 만든 힘이 그 모든 것을 뒤엎을 수도 있는 법이다.]

"빛과 어둠……."

카릴은 마치 대답하듯 무의식적으로 중얼거렸다. 나인 다르혼이 쏟아낸 낙뢰가 그 해납이었다. 어째서 어둠을 이기기 위한 빛을 만들기 위해 자신은 라미느의 불꽃을 썼을까. 그 자신이 순수한 빛의 힘을 가지고 있는데. 비전력 안에는 어둠만이 있는 것이 아니었으니까.

파즉…… 파즈즉……!

그 순간 아그넬을 감쌌던 화염이 사라지면서 우윳빛의 오러 블레이드가 생성되었다.

치지직……!

그 순간 화염을 삼켰던 두아트의 어둠 위로 타들어 가는 듯한 시커먼 연기가 솟구치기 시작했다.

[크아아아아아……!!]

두아트의 비명 소리가 안티홈에 울렸다. 카릴은 더욱더 검에 힘을 주어 그의 옆구리에 검날을 박아 넣었다.

"인간이 막무가내라는 건 인정해. 그러니 네게 막무가내로 한 번만 더 날 믿어보라고 말하는 거야. 어때?"

[네놈……!! 용마력도 모자라 어떻게 이 힘을……?!]

경악스러운 두아트의 외침에 카릴은 힘겹게 웃었다.

"말했잖아. 나는 과거의 그들과 다르다."

카릴은 그의 어깨를 감쌌다. 아그넬을 쥔 손을 비틀며 그가 박힌 검을 휘저었다.

"난 오히려 반가운데. 솔직히 우리의 만남을 기뻐해야 할 일 아냐?"

상대방에게 검을 꽂고 할 말은 아니었지만 이 정도가 아니면 그와 대화를 나눌 수 없을 것 같았다.

"율라(Yula)."

카릴은 검을 더욱 밀어 넣으며 그에게 말했다.

"결국은 너나 나나 신을 뭣 같이 생각하는 건 똑같다는 거 잖아?"

두아트는 그 순간 고통도 잊어버린 듯 카릴을 바라봤다.

"미쳤군!! 정말 어둠의 정령왕을 제압하다니……! 이게 다 내가 틈을 만들어준 덕분이라는 걸 알지? 안 그랬으면……."

"조용."

나인 다르혼은 들뜬 목소리로 소리치며 달려왔지만 카릴이 손을 들어 그의 말을 막았다. 승리의 기쁨도 잠시 화끈거리는 기분에 나인 다르혼은 입술을 씰룩였다.

"뭐, 뭐야?"

"라미느. 내 안에 있는 너라면 들을 수 있지 않았을까? 조금 전 두아트와의 일전에서 네 목소리 말고 다른 자의 목소리가 들린 거…… 맞아?"

카릴은 쓰러진 두아트보다 그것에 더 신경을 쓰는 듯 떨리는 목소리로 물었다.

[맞다. 비전력에 대해서 얘기한 것은 내가 아니다.]

"알른……!!"

나인 다르혼은 그의 이름을 부르며 벌떡 일어난 카릴을 바라보며 고개를 갸웃거렸다. 주위에는 아무도 없었다.

"바보 같긴……."

그저 환청에 불과한 것일 수도 있다. 이내 현실로 돌아온 듯 카릴은 평정심을 잃은 조금 전 자신의 행동을 후회했다.

쿵-!!

그는 바닥을 하고 밟으며 입술을 깨물었다.

'알른……? 설마 알른 자비우스?'

나인 다르혼은 자신의 서재에서 그가 7인의 원로회를 언급했던 것을 기억했다.

'설마 정말로 그들과 연관이 있나?'

용마력도 놀라운 판국에 어둠의 정령왕을 제압하는 데 사용한 힘은 비전력이었다. 문헌으로만 전해지는 알른 자비우스의 독문 마법. 하지만 아무도 성공한 사람이 없어서 그저 전설로만 전해지는 것이라고 생각했었다.

'아냐, 말도 안 돼. 천 년 전 대마법사와 어떻게……. 카릴 맥거번……. 도대체 네놈의 정체가 뭐야?'

나인 다르혼은 자신도 모르게 몸을 부르르 떨었다. 깊이를 알 수 없는 그의 정체는 알수록 놀라움의 연속이었으니까.

'두아트를 이길 정도니……. 공허의 티끌이 쉽다는 건 허풍이 아니었군.'

그는 점차 어둠이 사라짐을 느꼈다. 악몽의 서의 봉인이 깨지고 난 뒤에 가득 채웠던 두아트의 기운이 서서히 옅어지고 있는 것이었다.

[네가 어째서……]

전신을 감싸고 있던 붕대가 풀어지자 두아트의 형체는 마치 진흙 인형마냥 흐물거렸다.

"나락 바위에 봉인되어 있던 네 힘 덕분에 나는 비전력을 쓸 수 있게 되었다. 즉 너의 반은 이미 내게 있다는 뜻이지."

[그 봉인을 네가 깨뜨렸나?]

두아트의 물음에 카릴은 어깨를 으쓱했다.

"혼자서는 불가능한 일이었다. 뭐…… 지금은 혼자지만."

카릴은 알른 자비우스와 비전 골렘에 대한 이야기를 굳이 두아트에게 할 필요는 없다고 생각했다.

[그런가…….]

어쩐 일인지 두아트는 카릴의 애매모호한 대답에 더 이상 질문을 던지지 않았다.

[그렇게 된 거였어.]

대신 자신의 영체를 두 팔로 감싸듯 끌어안으며 나지막한 목소리로 중얼거렸다.

[드디어 내 계약자를 찾았군.]

콰아아악……!!

그 순간 두아트의 영체가 여러 갈래로 나뉘면서 카릴의 몸 안으로 흡수되듯 사라졌다.

"……!?"

갑작스러운 그의 변화에 카릴조차도 놀란 듯 자신의 가슴을 어루만졌다.

"지금……. 두아트가 네 몸 안으로 들어간 것 맞지? 설마 당신과 계약을 한 건가?"

"글쎄. 나도 놀랄 일이야. 조금 더 대화가 필요할 거라고 생각했는데. 죽일 듯이 치고받고 싸운 것 치고는 너무 쉽게 허락을 한 것 같은데……."

"허……."

나인 다르혼 역시 지금 상황에 놀란 얼굴로 입을 뻐끔거리며 카릴을 바라봤다.

"뭐, 정령이란 존재는 워낙 변덕스러우니까. 패배를 인정한 것일지 모르지. 이제 네 차례로군. 약속 지키도록 해. 돌아가면 그 둘을 가르치기로."

"그 정도는 어려운 일이 아니지. 그런데……. 정말 네가 비전력까지 가지고 있을 줄이야."

카릴은 나인 다르혼의 말에 옅은 미소를 지었다.

"나는 그동안 착각하고 있었다. 빛과 어둠이란 태초의 힘이 균열에서 만들어졌다는 것을 알기에 오직 신과 정령의 소유물이라고 말이야."

"그런데?

"네가 쓴 낙뢰에서 깨달았지. 그 힘의 원류는 비록 신일지 몰라도 인간 역시 마법이라는 자신만의 방법으로 그 힘을 창조했다는 걸."

파즉…… 파즈즉……!!

카릴이 손바닥을 펼쳐 마력을 응축시키자 비전력이 둥근 구체의 형태로 만들어졌다. 두 가지의 속성이 합쳐지면서 보랏빛의 광채를 내뿜는 마력을 바라보며 그는 생각했다.

'지금까지 비전력을 그 하나의 개체로 단정 짓고 있었어. 빛과 어둠의 힘을 합쳐야 비전력의 완성이라고 생각했지 그 안에서 두 속성을 분리해 낼 생각은 못 했다.'

카릴은 일순간 들렸던 알른 자비우스의 목소리를 떠올리며 나지막하게 한숨을 내쉬었다.

'그를 만나게 되면 또 한 소리 듣겠군. 나도 아직 멀었군…….'

검술에는 천재적인 재능을 가진 그였지만 생전 처음 써보는 마법에 관해서는 아무래도 약할 수밖에 없었다. 알른 자비우스의 방대한 지식이 머릿속에 있으나 그 역시 완전하게 개방된 것이 아니었고 거의 대부분의 지식은 원론적이었으니 그것을 검술에 접목시키는 것은 자신의 몫이었다.

'마법의 가장 중요한 것은 발상이다. 비전력 역시 그로 인해서 태어난 것이니까. 그런 편협한 머리로 뭘 하겠느냐?'

마치 알른의 꾸짖음이 들리는 것 같았다.

'검술 하나에도 수십, 수백 가지의 유파가 있고 마법에도 속성에 따라 수천 가지의 마법이 나온다. 그런데 너는 그 둘을 함께

쓸 수 있지. 그럼 도대체 얼마나 많은 일을 해낼 수 있겠느냐?'

카릴은 자신도 모르게 피식 웃으면서 고개를 들었다.

"……?"

그 순간 그의 얼굴이 굳어졌다.

[그랜드 마스터? 아서라 이놈아. 네 녀석은 아직 자기 자신의 힘도 제대로 발휘하지 못하고 있으니.]

"……알른?"

카릴은 자신의 귀를 의심했다.

[내 지식을 물려받고도 아직도 5클래스? 게다가 그 방대한 마력을 가지고도 쓰는 것은 고작 보조 마법이 전부에다 기껏 생각해 낸 발상이라곤 아케인 블레이드라니…….]

그리고 이제는 자신의 눈을 의심했다.

[정신 똑바로 안 차릴 거냐.]

"……아, 알른 자비우스!!"

[귀청 떨어지겠다, 이놈아. 사자(死者)라 할지라도 똑같이 듣고 똑같이 말한다고.]

카릴은 일그러진 얼굴로 눈앞에 남자를 바라봤다.

"어, 어떻게……?"

[네놈이 날 명계에서 불러오기 위해 안티홈에 찾아온 것 아니냐. 그런 녀석이 지금 내게 묻는 게냐.]

"그렇긴 하지만……."

영혼 계약을 통해 자신의 몸에 기생해서 살아갔던 그때와 달리 온전한 육체를 가지고 지금 카릴의 앞에 서 있었다.

[나도 이런 식은 생각 못 했다. 기껏해야 또 네 몸에 기생을 한 영혼으로 부활할 줄 알았는데 말이야.]

"당신의 얼굴을 현실에서 마주할 줄이야……."

[클클클, 상상이나 했겠나.]

알른은 카릴의 대답에 웃었다. 하지만 온전한 육체는 아니었다. 그는 사령술과 같은 시체도 사자의 영혼도 아닌, 말로 설명하기 어려웠지만, 영(靈)과 육(肉)의 중간에 걸친 상태처럼 보였다. 처음과는 달리 그의 얼굴에는 알 수 없는 고대어가 각인되어 있는 붕대가 감겨 있었다.

[다행히 명계에 있지도 않았고 소멸되기 직전에 영체 그 자체로 네 몸 안에 봉인이 되어 있었지. 네가 용마력을 가졌다는 게 내게도 천운이었다. 나의 비전력을 받아들여 그 힘을 양분으로 내 영혼이 사라지지 않을 수 있었거든.]

"하……. 그렇다면 가기 전에 똑바로 설명했어야지!"

카릴은 마치 어리광을 피우듯 소리쳤다. 어쩌면 그에게 있어서 처음으로 마음을 열었던 존재가 바로 알른이었으니까. 이 세계에서 유일하게 자신의 회귀를 알고서도 그를 믿어준 자이지 않던가.

그에게 느끼는 감정은 남다를 수밖에 없었다.

[다시 보자고 하지 않았더냐. 그리고 이만큼 해줬으면 됐지.

이 이상은 네가 알아서 해야지. 이놈아.]

"그런데 어떻게 갑자기……?"

[두아트의 힘이다.]

알른은 얼굴을 비롯해서 자신의 육신을 감싸고 있는 붕대가 거추장스러운 듯 만지작거리며 말했다.

[그에 의해서 다시 형체를 유지할 수 있게 되었지. 게다가 이제는 네 몸 안이 아니라 이렇게 밖에도 있을 수 있지. 물론, 네 정령력이 필요하지만.]

"아……!!"

카릴은 조금 전 자신의 몸 안으로 두아트의 힘이 흡수되었던 것을 떠올렸다.

[암흑력이 가진 어둠은 이름과 달리 창조의 힘이니까. 죽음이란 균열에 가장 가까운 것이니 그와 나의 상성이 아주 잘 맞지.]

"내게 흡수되었던 그것이군."

[맞아.]

"그럼 이제 내 비전력이 한층 더 강해졌다는 건가? 당신을 부활시킬 정도라면 정령왕이 가진 암흑력은 확실히 어마어마하군."

[무슨 소리냐. 두아트의 힘은 너는 못써.]

"……그게 무슨 말이야?"

알른 자비우스는 마치 놀리듯 얄밉게 웃으며 말했다.

[그는 나와 계약을 했다. 내 육신을 구축해 주는 대신 나는 그의 힘을 세상 밖으로 내보이게 되겠지. 아서라. 네가 두아트

의 힘을 쓰기엔 일러.]

"비전력의 속성은 결국 빛과 어둠이잖아. 당신의 말처럼 강해질 수 있는 가장 확실한 방법인데?"

[일단 대마법사의 반열에나 오르고 얘기해라. 혈맥도 제대로 뚫지 못한 주제에 무슨……. 그리고 말 잘했네. 비전력은 네 말대로 빛과 어둠의 힘. 두 힘이 균형을 이뤄야 비전(Arcane)이 완성되는데 어둠만 강해져서 어떻게 할 건데?]

"……."

[오히려 강대해진 힘이 균형을 잃게 되면 비전력이 폭발할 수도 있다. 가뜩이나 엄청난 마력을 가진 네가 문제라도 일으키면……. 저 애송이가 한 짓과는 비교도 안 될걸.]

알른 자비우스는 옆에 서 있던 나인 다르혼을 가리키며 말했다. 그는 카릴의 몸 안에 봉인되어 있었지만 완전히 사라진 것은 아니기에 그가 지금까지 해왔던 일을 모두 알고 있었다.

[그래도 이 세계에도 머리가 굴러가는 놈이 있긴 하군. 나와 같은 타락을 연구했다니 말이야. 그런데 고작 실패작에다가 공허의 티끌이라는 거창한 이름이나 붙이고 있고. 웃긴 놈일세.]

카릴이 그의 말에 뒤에 서 있는 나인 다르혼을 바라봤다.

"어쨌든 그가 해온 연구를 바탕으로 두아트의 힘으로 당신을 부활시키려고 했는데……. 굳이 귀찮은 일을 하지 않아도 되었으니 좋은 일이야."

[흥, 내 지식을 물려받고도 아직 5클래스에 머물고 있는 네

놈이나 타락의 찌꺼기도 제대로 다루지 못해 네놈에게 부탁하는 애송이가 나를?]

알른은 두 사람을 가리키며 껄껄 웃었다.

나인 다르혼은 그 모습에 어안이 벙벙한 표정을 감출 수 없었다. 자신과 카릴을 이런 식으로 대할 수 있는 사람이 과연 대륙에 누가 있을까. 하지만 더 놀라운 건 애송이란 말을 들으면서도 아무렇지 않아 하는 카릴의 반응이었다.

[그러니 내가 직접 알아서 나오는 게 낫지. 두아트가 먼저 내게 제안을 하더군. 나로서는 환영이었지.]

"그랬군……."

카릴은 그제야 사라지기 직전 두아트가 했던 말을 이해할 수 있었다. 계약자란 말은 알른을 가리키는 것이었다.

[어쨌든 당분간 암흑의 정수는 내게 머물러 있을 것이다. 네겐 이미 화염의 정수가 있기도 하고 말이야.]

"그러지."

[하지만 비전력을 쓰는 데엔 문제없을 게다. 오히려 나을걸. 나락 바위의 반쪽까지 모두 합쳐져 두아트는 이제 온전하게 되었으니 순정의 힘을 네게 줄 수 있으니 말이야.]

카릴은 조금 전 비전력을 만들어냈을 때 확실히 편하다는 느낌을 받았다.

[그리고 이제부터 너는 비전력을 쓸 때 빛의 힘에 집중해라. 어둠의 힘은 내가 알아서 네게 맞출 테니까.]

비전력을 쓰기 위해서는 두 가지의 일을 동시에 하는 것과 같았다. 그런데 이제 그 일 중 하나를 알른이 맡아서 해주게 되었으니 비록 비전력 자체가 강해진 것은 아니지만 전보다 훨씬 더 그 힘을 운용하는 데 집중할 수 있게 되었다.

카릴에게 맞춰 암흑력을 운용한다는 것은 결코 쉬운 일이 아니었으나 알른 자비우스는 천 년 전 이미 대마법사라는 칭호를 뛰어넘은 태초의 마법사였으니 그가 얼마나 대단한지는 일반적인 잣대로 평가할 수 없는 일이었다.

[이봐, 애송이. 망토 좀 빌리자.]

"네? 아, 네……!"

나인 다르혼은 알른 자비우스의 말에 황급히 자신이 입고 있던 망토를 벗었다.

[제법 소질이 있는 놈이군. 다르혼가(家)의 핏줄은 대대로 흑마법에 뛰어났으니 말이야. 잘하면 내 제자로 받아줄 수도 있으니 열심히 해봐.]

나인 다르혼은 지금 자신의 눈을 믿을 수가 없었다.

'이게 꿈이야 생시야…….'

천 년 전 대마법사, 아니, 대마법사라는 수식어로는 부족할 태초의 마법사인 알른 자비우스가 지금 자신에게 말을 걸고 있었으니 말이다.

[어쨌든 애송아.]

건네준 검은색의 로브를 걸치고 얼굴을 가리자 이제야 정말로 천 년 전 위대한 마법사임을 실감할 수 있었다.

스윽-

알른이 카릴을 향해 손을 내밀었다. 붕대가 둘둘 감겨 있고 그 안에 보이는 육체는 비록 인간의 것도 영혼의 것도 아닌 검은색에 가까운 자줏빛이었지만 그런 건 아무런 상관이 없었다.

그는 나지막하게 말했다.

[다시 만나 반갑다.]

카앙-!! 캉……! 캉……!!

차가운 사막의 밤공기 사이로 검 부딪히는 소리가 들렸다.

"하압!!"

란돌의 외침과 함께 그의 해방된 불꽃이 뜨거운 열기를 내뿜었다.

"오호……."

"전보다 마력이 더 늘었는데."

"제국인은 싫지만 확실히 가르치는 보람이 있어."

불꽃이 잔상을 남기며 화려한 검격이 연달아 이어지자 그것을 보는 세 명의 여인들이 낮은 감탄사를 연발했다. 여인들이 두른 망토 사이로 보이는 탄탄한 몸은 그녀들이 뛰어난 전사라는 것을 증명해 주고 있었다. 특이한 것이라면 세 사람 모두

철로 된 가면을 쓰고 있어 얼굴을 알아볼 수 없다는 점이었다.
여왕의 검이라 불리는 디곤의 세 자매. 그동안 밀리아나가 자리를 비운 대신 란돌의 수련을 맡았던 스승들이었다.

콰드드득--!!

란돌이 밀리아나의 세검을 피하며 검을 밀어 넣었다. 어느새 그의 몸엔 야만족 특유의 리듬이 배어 처음 이곳에 왔을 때와는 완전히 다른 모습이었다.

"흡……!"

밀리아나가 반대쪽 검으로 란돌의 손등을 내려쳤다.

"큭!"

순간 마비가 되는 것 같은 기분에 란돌이 비틀거리며 그만 검을 놓고 말았다.

창그랑……!

해방된 불꽃이 바닥에 떨어지자 검날을 감싸던 화염도 사라져 버렸다.

"실력이 많이 늘었네."

그녀는 가볍게 숨을 토해내며 소감을 말했다.

"멀었습니다."

"아냐. 네가 쓴 검술이 디곤의 검술이기 때문에 내가 쉽게 파악할 수 있었던 거지. 간간이 제국 검술이 보이던데 그건 습관을 버리지 못한 게 아니라 네가 일부러 넣은 거지?"

"디곤의 검술만으로는 힘들 거라고 생각해서요. 뭐…… 결과는 이렇지만."

란돌은 아쉬운 듯 어깨를 으쓱하며 떨어진 검을 주웠다.

"근데……. 한 가지 물어볼 게 있는데."

"말씀하십시오."

"만약 이렇게 수련을 했는데도 절대로 이기지 못할 상대라면 어떻게 할 거야?"

밀리아나는 조심스레 란돌에게 물었다. 그녀의 물음에 란돌은 선불리 대답을 하지 못했다.

"역시…… 무리겠죠?"

"어?"

"여제께서 제 복수의 대상이 누군지 알고 있다는 건 예전부터 눈치챘었습니다."

밀리아나는 땀이 난 이마를 쓸어넘기며 쓴웃음을 지었다.

"뭐, 나도 처음에 널 건졌을 때는 정말 알지 못했었다. 이런 저런 일이 있었고 말이야."

그런 그가 지금 제국을 발칵 뒤집어놨지만 남부에만 있었던 란돌이 그런 소식을 알 리가 없었다.

"카릴…… 입니까?"

놀랍게도 그의 입에서 카릴의 이름이 나왔다. 밀리아나는 생각지 못한 그 말에 표정을 감추는 데 실패하고 말았다.

"어떻게 알았지?"

"저희 형제 중에 비상한 머리를 가진 분이 계십니다. 그분께서 의심했었습니다. 뭐, 있을 수 없는 일이라고 여겼지만…….”
“티렌이 말했나 보군.”
그녀는 란돌의 말에 얼굴을 붉혔다.
“아뇨. 확신은 없었습니다. 설마 했는데 맞나 보네요.”
“……바보 같은 실수를 저질러 버린 거군.”
밀리아나는 그의 대답에 낮은 한숨을 내쉬었다. 카릴이라는 이름만으로도 자신도 모르게 반응을 하고 만 것이다. 물어본 란돌조차도 확신을 가지고 한 것이 아닌데 말이다.
“뭐, 예상은 하고 있었으니까요. 그리고 안다 한들 지금의 제가 어찌해 볼 수도 없겠고……. 이미 카릴은 여제를 이기지 않았습니까.”
“맞아.”
란돌은 그녀의 말에 고개를 끄덕였다.
“둘째 형님은 귀족 출신이시지만 저는 평민 출신입니다. 사실 전 핏줄의 품격에 대해 크게 상관하지 않습니다. 형님도 여섯째도 모두 제겐 가족입니다.”
“그래서?”
밀리아나는 아크와 게일을 검집에 넣으면서 물었다.
“가족이 복수의 대상이 되어버렸는데 어쩔 거야.”
그녀는 차갑게 말했다.
“대답을 잘해야 할 거다. 이하에 따라서 다시 검을 뽑았을 때 네 목을 노릴 수도 있어.”

으름장을 놓는 그녀의 모습에 란돌은 피식 웃었다.

"하실 수 있겠습니까."

"이 녀석 보게? 소드 마스터 앞에서 건방지게 못 하는 말이 없네."

"실력이야 당연히 제가 여제를 막을 수 있겠습니까. 다만 아직까지도 절 수련 시켜주시는 걸 봐서는 카릴의 말이 있었던 게 아닐까 싶어서요."

밀리아나는 그의 말에 어깨를 으쓱했다.

"게다가 저 역시 살아남은 것이 아니라 그가 절 살려준 것이니까요. 왜 그랬을까요. 모르긴 몰라도 제가 이용가치가 있어서 아닐까요."

"맞아. 네 형이 왔을 때 널 돌려보낼까 싶었는데 카릴이 얘기하더군. 네가 하고자 하는 대로 놔두라고."

"대단하네요. 여제가 부탁을 들어줄 정도의 사이라니."

"맞아. 여러 가지로 대단하지."

"근데 아시죠? 걔 아직 성인이 아닙니다."

"……무, 무슨 소릴 하는 거야?"

너스레를 떠는 란돌의 모습에 오히려 밀리아나가 얼굴을 붉혔다.

"카릴의 이름을 듣는 것만으로도 이렇게 티가 나는데. 안 들키는 게 더 이상하죠."

"……현실에는 이상한 일이 많이 일어나."

쩝-

밀리아나는 입맛을 다시면서 낮은 목소리로 중얼거렸다.

"크큭."

그런 그녀의 반응에 란돌은 놀리듯 웃음을 터뜨렸다.

형제들이 보면 놀랄 일이었다. 저택에서는 입을 다물고 검 수련만 하던 그가 이런 농담을 할 수 있는 사람인 줄은 아무도 모를 것이다. 어쩌면 그 역시 출신이 평민이라 저택의 갑갑한 귀족의 삶보다 이런 자유로운 삶을 은연중에 편안하게 느끼는 것일지 모른다.

"황궁에서 지내면서 느꼈습니다. 귀족들의 모습을 보며 그들은 절대로 변할 수 없다는 걸. 아버지께서 2황자를 선택한 이유를 알겠더군요."

"……."

"평민으로 태어난 저는 귀족의 삶은 관심 없습니다. 다만……. 저 역시 아버지와 마찬가집니다. 절 거두어주신 아버지와 제국을 위해서라도 기사가 되어야 한다고 말이죠."

그는 검을 쥐었다.

"그런데 나락 바위에서 느꼈던 압도적인 위압. 지금도 기억합니다. 그리고 압니다. 제가 카릴의 발밑에도 도달하지 못했다는 걸."

"너노 제법 강해."

"하지만 평생을 가도 따라잡을 수 없겠죠."

"아마도. 그 녀석은 괴물이니까."

멋쩍은 듯 말하는 모습에 란돌은 옅은 웃음을 지었다.

"그런데도 왜 저는 제국으로 돌아가지 않고 여기에 있을까요. 폐하의 명까지 어기고 말이죠."

"……내게 질문을 하는 거야?"

란돌은 자조적인 웃음을 지었다.

"저도 모르겠습니다. 부단장님과 동료들의 죽음을 위해서라도 이길 수 없는 적이랑 싸워야 하니까."

그의 대답에 밀리아나는 한숨을 내쉬었다.

"이제야 조금은 알겠군. 카릴이 왜 네가 하고 싶은 대로 그냥 두라고 했는지 말이야."

"그게 무슨……."

"누구를 위해 산다 라는 말 말고 다른 말은 할 수 없어?"

"……네?"

"거두어준 아버지를 위해, 죽은 려 동료를 위해 그런 것 말고 널 위한 길이 뭔지를 생각해."

"……."

밀리아나의 말에 란돌은 마치 망치로 머리를 한 대 맞은 듯한 표정으로 아무런 대답을 하지 못했다. 지금껏 그의 삶은 오로지 타인에 의해 완성되었던 것이니까.

"만약 그 녀석이 납득시킬 만한 답을 준다면 어때?"

"네?"

"어차피 돌아가지 못한다면 차라리 새로운 왕을 모시는 건 어때?"

"그게 무슨 말씀인지……."

"남부에만 있어서 넌 모르겠지만 타투르에 새로운 왕이 탄생했거든."

란돌은 밀리아나의 말에 살짝 인상을 찡그리며 고개를 갸웃거렸다.

"우리는 그곳을 자유국이라 부르지."

"타투르가…… 국가가 되었다는 말씀이십니까?"

"맞아."

그녀는 살짝 입술을 훔치며 기대에 찬 눈빛으로 말했다.

"자유……."

란돌은 그녀의 말을 곱씹었다. 자신은 운이 좋았다. 전쟁고아에서 살아갈 방도를 잃었을 때 크웰을 만나게 되었으니까. 하지만 언제나 그를 얽매는 단어가 바로 그것이 아닐 수 없었다. 삶의 족쇄에서 간신히 구원받았으나 저택에 와서는 귀족이란 계급의 족쇄가 그를 억눌렀다.

단 하루도 자유롭게 산 적이 없던 것인지 모른다. 그 족쇄를 타파하기 위해 그가 생각해 낸 것이 어쩌면 타인을 위한 삶일지 모른다.

"카릴, 그자는 거침없고 무례해 보일시언정 누구보다 자신의 의지대로 사는 사람이니까."

란돌은 그녀의 말에 부정할 수 없었다. 그를 마지막으로 본 것은 몇 년 전 고블린 습격이 끝이지만 저택에 있었던 그의 모습은 여전히 강렬하게 뇌리에 남아 있었기 때문이다.

"그가 네게 남겼던 말이 있었지. 자신을 만나고 싶다면 타투르로 오라고 말이야. 이런 상황이 될 것을 알고 그런 말을 한 것인지 모르겠지만……. 이따금 그의 선견지명에 놀라지 않을 수 없어."

"설마……."

"그래, 네가 만나고자 하는 카릴은."

밀리아나는 란돌을 바라보며 기다렸던 말을 꺼내었다.

"타투르의 왕이다."

[클클……. 좋구나. 좋아! 잊고 지냈던 술맛을 느낄 수 있다니. 이거야말로 영생(永生)이로군. 나머지 여섯 놈이 날 부러워하겠어.]

알른 자비우스는 부서진 도서관의 석벽 위에 걸터앉아서는 술을 병째로 들이켰다.

어두운 밤 그의 육신 역시 검붉어 마치 유령처럼 보였지만 느껴지는 차가운 밤공기와 이승의 향기는 그에게 지금의 상태를 잊게 만들기 충분했다.

"기분 좋은가 보군."

[그럼. 네 녀석은 탑 안에서 괴물이라도 썰었겠지만 나는 아무도 없는 곳에서 홀로 있었으니 말이야. 게다가 밖으로 나와도 네 몸 안에서 벗어날 수 없었었고.]

알른은 카릴을 바라보며 껄껄 웃었다.

[천년을 지내오면 뭐하나. 나도 아직 멀었어. 육체를 가진다는 것만으로 이토록 들뜨다니 말이지.]

"당연한 일이지. 아무리 자율의지(自律意志)가 있다 하더라도 그것을 행할 육신이 없다면 무슨 소용이겠어. 나 역시 당신이 내게서 떨어져 나간 게 좋고. 이 순간을 즐기라고. 굳이 고상한 척할 필요 있겠어."

[크크크……. 그래, 네 말이 맞군.]

전생의 기억만큼이나 마을이 엉망이 되어버렸지만, 다행히 인명피해는 거의 없었다. 결과적으로는 불멸회의 마법사들뿐만 아니라 안티훔에 사는 주민들까지 구할 수 있었다.

"알른, 한 가지 물어볼 게 있다."

[뭐지?]

두아트와의 결전에서 들었던 한 가지 의문. 싸움은 끝났지만 카릴의 머릿속에 아직 남아 있었다.

"당신이라면 정령과 신의 전쟁을 알고 있겠지? 두아트가 그러더군. 그 전쟁의 패배가 인간 때문이라고."

꿀꺽- 꿀꺽-

카릴의 물음에 알른은 뭔가 다급한 듯 남아 있던 병을 단숨에 비웠다.

[그게 언제 적인데. 나도 잘 모른다. 역사에도 남아 있지 않은 마도 시대보다도 더 이전의 일인걸.]

말 그대로 신화시대(神話時代). 이따금 유적에서 발굴되는 보물들조차 대부분이 마도 시대의 물건이었다. 그보다 더 오래 전의 세상을 상상하는 건 비록 억겁의 세월을 탑 속에서 지냈던 카릴조차도 선뜻 가늠되지 않는 일이었다.

"아는 것만 말해. 라미느에게 물었지만 대답을 하지 않더군. 그때의 일이 정령계가 소실된 이유라는 건 알겠어."

카릴은 알른을 바라봤다.

"혹시……. 인간이 정령을 배반하기라도 했나?"

[…….]

거절을 해도 어떻게든 들으려고 하는 카릴을 알기에 알른은 결국 낮은 한숨을 내쉬며 말을 시작했다.

[신령전쟁에 대한 것은 모른다. 하지만 그 전쟁에 참가했던 인간들에 대해서는 조금 안다.]

"그게 뭔데?"

알른은 낮은 목소리로 이야기를 시작했다.

[어디서부터 말을 해야 할지……. 그래, 굳이 말하자면 블레이더를 창설한 이유부터 시작해야 할지 모르겠군.]

▸Chapter 6◂

"……블레이더? 갑자기 그게 왜 나와? 당신이 그때에 살지도 않았는데. 신화시대의 인간이 블레이더와도 관계가 있단 말이야?"

그의 첫 마디에 카릴이 살짝 인상을 구겼다.

[그래. 나를 포함하여 인간과 엘프 그리고 드워프까지. 여러 종족이 가장 강력한 무구를 만들기 위해 모여 만든 단체가 바로 블레이더(Blader)라는 건 너도 알 게다.]

카릴은 고개를 끄덕였다.

[하지만 이 이름을 먼저 쓴 자들이 있다. 아니지. 먼저고 자시고 순서는 의미 없지. 애초에 그들에게 명명(命名)된 이름이니까.]

알른은 다른 때와 달리 소심스럽게 그 이름을 말했다.

[신령전쟁에 참가했던 그들의 이름을 우리가 따온 것이라고

해야 맞겠지.]

"블레이더가…… 신화시대에도 존재했다고?"

[말했잖느냐. 신화시대에도가 아니라 원래 신화시대에 존재했던 자들이야말로 진짜 블레이더다. 우리와는 완전히 다른 존재들이지. 모인 이유도, 해야 할 사명도 말이야.]

"……."

그는 머쓱한 듯 말했다.

무엇이든 가장 앞서서 해왔었다. 비전술이라는 술법에서부터 타락의 연구까지. 그 어떤 마법사들도 하지 않았던 도전을 생전의 그는 자신의 업이라 생각하고 수행했다. 하지만 그런 태초의 마법사라 불렸던 위대한 자신이 만든 단체가 이미 존재했던 선구자들의 이름을 딴 것이 못내 부끄러운 듯 보였다. 그 말은 유일하게 그가 뛰어넘지 못한 자들이라는 의미기도 했으니까.

[뭐, 거창하게 말했지만 그들의 정체에 대해서는 정확하게 알려진 게 거의 없다. 솔직히 모두가 인간인지 혹은 우리처럼 유사 인간이 섞여 있는 것인지도 모르고.]

"으흠……."

[알려진 것이라곤 그저 그들이 열일곱의 사도(使徒)라는 것뿐. 그리고…….]

알른은 카릴을 바라봤다.

[신을 살해하기 위해 태어난 자들이었다는 것만이 전해질 뿐이지.]

"신을…… 살해해?"

그의 말에 카릴의 어깨가 가볍게 떨렸다.

천 년보다도 더 지난 과거. 언제인지 알 수도 없을 만큼 오래전, 자신과 같은 생각을 가졌던 사람들이 있었다는 것만으로도 카릴은 놀라울 따름이었다.

[내가 아는 건 여기까지다. 차라리 정령왕에게 묻는 게 나을지도 모르지.]

알른은 어깨를 으쓱했다.

"라미느에겐 이미 물어봤지. 하지만 알려주지 않더군."

카릴은 고개를 저었다. 두아트와의 결전 이후 신령전쟁에 대해서 가장 먼저 그에게 물었지만 라미느는 이렇다 할 대답을 주지 않았다.

[뭐……. 정령왕이 하는 일이니 이유가 있겠지. 어쨌든 신령전쟁 이후, 그들도 인간인지라 역사 속에서 누군가는 죽고 누군가는 채워지며 오랫동안 블레이더의 명맥이 이어졌다고 하더군.]

"으흠……."

[그 때문에 그 숫자는 항상 변했다. 마지막은 열일곱이었지만 처음에는 넷이었다 일곱이 되기도 했으니까. 하지만 두 명의 자리만큼은 언제나 변하지 않았다.]

"……그걸 어디서 들었지?"

알른은 카릴의 물음에 코웃음을 쳤다. 그러고는 바닥에 있던 새 술병의 마개를 따서 들이켜고는 말했다.

[썩 유쾌한 기억은 아니군. 7인의 원로회에 마법을 가르쳐 준 자가 드래곤이지 않느냐. 내가 알고 있는 이유야 간단하지. 언젠가 백금룡이 우리에게 얘기해 줬던 이야기니까.]

카릴은 그의 말에 고개를 끄덕였다.

“나르 디 마우그는 어쩌면 그들을 알고 있었다는 말일 수도 있겠군.”

[드래곤이니 아마도 그렇겠지. 지금 남아 있는 드래곤 중에 그가 가장 오랜 세월을 살았으니까.]

“녀석의 레어에 갈 이유가 하나 더 생겼네.”

[아직도 그에 대한 믿음이 그대로인가?]

“글쎄.”

알른 자비우스는 그의 대답에 고개를 저으면서 말했다.

[그 애매한 대답은 뭐냐? 네 녀석은 나락 바위 때부터 변한 게 없는 게냐.]

카릴은 그의 질책에 피식 웃었다.

“믿음은 애초에 과거에 끝났어. 다시 돌아온 지금에 내가 믿는 건 내 주먹뿐이지.”

[흠. 이제야 좀 낫군.]

“녀석이 신령전쟁에 참가했었는지는 모르겠지만 블레이더에 대한 정보를 안다면 발품을 팔지 않아도 되니 좋겠어. 어떻게든 알아내야지.”

그는 쥐었던 손을 몇 번 펼쳤다 모으며 주먹을 쥐었다.

[내 몫도 남겨둬라.]

알른은 술이 모자란 듯 입맛을 다셨다. 기억하고 싶지 않은 자를 떠올렸기 때문일지도 모른다.

[어쨌든……. 어째서 그 말만이 전해지는지는 모르겠다. 구성원의 숫자가 변하는 것이 무슨 의미를 가지는 것인지는 나도 잘 모르겠단 말이지.]

알른은 대수롭지 않은 듯 말했다. 하지만 그의 말을 듣고 있던 카릴의 얼굴이 살짝 굳어졌다.

"열일곱 명……."

애매모호한 그 숫자, 어디선가 들었던 것 같은 기분.

"열…… 일곱이라……."

카릴은 눈을 가늘게 뜨고서 살짝 입술을 깨물며 기억을 더듬었다.

"……!!"

뭔가 생각이 난 듯 그는 나지막한 목소리로 천천히 뭔가를 되뇌기 시작했다.

"열일곱 중 다섯은 공석이나 둘은 영원히 바뀌지 않는다. 어쩐지 이 말 하고 비슷하지 않아?"

[……?]

알른이 의아한 눈빛으로 그를 바라봤다.

"리세리아. 염룡의 레어에 분명 그런 말이 쓰여 있었다. 오직 사제만이 읽을 수 있는 고대어였지."

[그래?]

"교단의 사제가 그랬었는데……. 그 얘기는 신의 이야기라고 했었다. 태초의 신의 네 명의 자식이 있고 그들에게 있어 열일곱의 현신이 태어났다. 율라(Yula)는 그중 한 명이야."

[우연이라 하기엔 아귀가 너무 잘 맞는군. 블레이더의 숫자와 신의 숫자가 바뀌었던 것마저 똑같다니……. 흐음.]

알른은 카릴의 말에 흥미를 보였다. 그럴 것이 마도 시대엔 지금처럼 교단과 신의 힘이 절대적이지 않았기 때문이다.

화르륵--!!

[이상한 일은 아니다.]

그때였다. 카릴의 손등에서 화염이 피어오르며 라미느의 형상이 나타났다. 한 뼘 크기의 작은 모습이었다.

"라미느."

[신령전쟁 때 리세리아는 블레이더와 맹약을 맺었던 용이니까. 그들의 이야기가 써 있어도 문제 될 건 없지. 의아한 것은 네 말대로라면 그 이야기가 신의 이야기로 탈바꿈되어 교단에 이어져 왔다는 거지만.]

리세리아의 레어인 화룡의 둥지에 봉인되어 있던 라미느는 결계의 내용까지는 알지 못했다. 그뿐 아니라 흐른 시간만큼 어떻게 변질되어 이어져 왔는지도 알 수 없었다.

[뭐……. 염룡, 그는 결과적으론 인간을 버리고 신에 붙었지만 말이야. 신의 이야기로 이어져도 할 말은 없겠군.]

라미느의 말에 카릴은 염룡의 심장을 먹었을 당시의 기억을 떠올렸다.

그의 심장 때문일까. 카릴은 리세리아가 카이에 에시르에게 죽임을 당했던 그때의 일만큼은 마치 자신이 경험한 것처럼 선명하게 기억되었다.

“인간을 배신한 용이라……. 배신의 대가인지 그저 인간의 욕망으로 인한 것인지는 모르겠지만 결국 인간에게 죽임을 당했군.”

그는 쓴웃음을 지었다.

[본론으로 돌아가서 우리가 블레이더를 창설한 이유는 바로 그들의 무구를 뛰어넘는 것을 만들기 위함이었지.]

“……무구?”

알른은 카릴이 쓰고 있는 얼음 발톱을 가리키며 말했다.

[그래. 그들은 아주 특별한 무구를 썼다고 알려져 있다. 그 형태는 여러 가지라 검일 수도 창일 수도 있으며 때로는 갑옷일 수도 있고 마법일 수도 있다. 다만 열다섯 개의 무구를 가리켜 마스터 키(Master Key)라 불리며 불변의 두 명은 오직 자신만이 쓸 수 있는 무구가 따로 있었다는군.]

“……흐음. 그래?”

카릴은 알른의 말에 입맛을 다셨다.

“하긴 신에 대적할 인간들이 동네 대장간의 무기를 들고 싸웠을 리는 없고. 혹시 그 무구 중에 아직도 남아 있는 것들이 있지 않을까?”

신화시대에 전(前) 블레이더들이 썼던 열다섯 개의 유물이 과연 무엇일까 궁금했다.

블레이더의 5대 무구. 지금 자신이 쓰고 있는 얼음 발톱만 하더라도 현존하는 그 어떤 무구들보다 월등했다. 그런데 정령의 힘이 충만하고 마력이 대지를 감싸고 있는 시절에 만들어진 것이라면……?

[클클……. 네 녀석의 욕심은 진짜 끝을 알 수가 없구나.]

카릴은 쓴웃음을 지었다.

[굳이 찾으려 할 필요 없다. 너희들이 몰라서 그렇지 열다섯 개의 무구 중엔 이미 세상 밖에 나온 것들이 있다. 게다가 너 역시 가지고 있는걸.]

"……?!"

라미느의 말에 카릴은 깜짝 놀라지 않을 수 없었다.

"내가?"

[아인 트리거. 내 힘의 정수가 담긴 그 보석이 신화급 유물 중 하나거든. 그 당시에 나는 정령왕이자 블레이더의 한 명과 계약을 맺었었다.]

"허……."

카릴은 폭염왕이 인간에게 호의적인 이유가 조금은 이해가 되었다. 반면 두아트의 경우는 그 믿음에 대한 배신으로 인간을 불신하는 것일 테고.

[야만족의 여왕이 쓰는 두 자루의 검도 신화급 유물이다. 용

병단의 단장인 그 덩치의 해머도 말이야. 물론 그 둘 다 무구의 힘을 끌어내기 역부족이지만.]

"정말?"

그녀의 쌍검이 신화 속 무구라는 것도 놀랍지만 그 안에 숨겨진 힘이 도대체 어느 정도기에 소드 마스터의 반열에 오른 두 사람조차 무구의 힘을 모두 사용할 수 없다니……. 놀라운 일이 아닐 수 없었다.

[너 역시 마찬가지고.]

카릴은 어깨를 으쓱했다. 라미느가 언제나 그의 정령력이 부족하다고 투덜거렸던 말이 충분히 이해가 갔다.

"그럼……. 어째서 인간 때문에 신령전쟁에 패배한 것인지 말해줄 수 있어?"

[……]

카릴의 물음에 라미느는 침묵했다.

"쳇, 넘어가지 않네."

그전에 물었을 때도 똑같은 반응이었기에 카릴은 역시나 하는 표정이었다. 알른 역시 그것만큼은 알지 못한다는 듯 고개를 저었다.

"알려 줄 수 없는 이유라도 있는 건가. 그렇다면 이건 어때? 다른 블레이더의 무구는 상관없다. 그 불변의 두 명이 쓰던 유물노 이곳에 남아 있을까?"

[그럴 수도 있고. 아닐 수도 있고.]

"그게 무슨 뜻이야?"

라미느는 잠시 머뭇거리다가 결심을 한 듯 말했다.

[나도 모른다는 뜻이다. 이 세계의 무구가 아니거든.]

"……!!"

카릴의 반응에 눈치 빠른 알른 자비우스가 그의 어깨를 툭 치면서 말했다.

[눈빛이 변했군. 찾으러 갈 게냐.]

"기회가 된다면. 어디에 있는지도 모르고 이곳에 있긴 한 건지조차 모르잖아."

[하지만 네 눈빛은 다른걸. 내게는 그 말이 꼭 얻겠다는 뜻처럼 들리거든. 네 녀석은 얻고자 하는 것을 얻지 못한 적이 없지 않느냐.]

알른의 말에 카릴은 옅은 웃음을 지었다.

"인간에겐 탐욕도 때론 아주 큰 존재의 의의가 되거든."

[네 녀석이 탐욕스러운 인간이라고? 아서라. 다른 자에게 그렇게 보일 수 있어도 내 눈은 못 속여.]

카릴을 바라보며 알른은 껄껄 웃었다. 모습은 변했지만 그 안에 있는 존재는 여전히 카릴에게 마법을 가르쳐 준 스승이었으니까. 누구보다 그에 대해서 잘 알고 있는 사람이 바로 그였다.

[넌 네 목표에 필요하다 생각하는 것을 얻는 것일 뿐이지. 네 목표는 처음부터 끝까지 단 한 가지 아니냐.]

스릉-

카릴은 알른의 말을 들으며 얼음 발톱을 뽑았다.

"하긴……."

서서히 여명이 밝아오기 시작하는 새벽의 햇살에 차가운 검날이 번뜩였다.

"이걸론 좀 부족하지."

신의 숨통을 끊어내기엔.

부우웅……!!

그가 검을 가볍게 휘두르자 얼음 발톱이 마치 울음소리를 내는 것처럼 날카로운 파공성을 내뿜었다.

"무기를 바꿀 때도 되긴 했어."

"앞으로 너희가 있을 방이다."

"……이게 방이라고?"

"물론. 잘 수 있고 쉴 수 있고 먹을 공간도 있으니까."

두아트의 공간에서 돌아온 나인 다르혼은 망설임 없이 세리카와 미하일을 데리고 대도서관의 지하로 왔다. 끝이 없을 정도로 깊은 계단으로 수십 개의 층이 나누어져 있었으며 각 층에는 수많은 석문이 있었다. 그중에 하나를 열자 놀랍게도 그 안에는 두 사람이 겨우 들어갈 만큼 작은 방이 그들을 기다리고 있었다.

"너희는 운이 좋아. 불멸회는 흑마법을 쓰는 마법회다. 흑마법이 아닌 다른 마법은 가르치지 않아. 물론 대도서관 안에는 다른 속성의 마법서들도 있다. 여명회의 상아탑을 제외하면 제국이나 공국 그 어떤 보고도 우리만큼 많은 마법서를 가진 곳은 없지만."

나인 다르혼은 팔짱을 낀 채 두 사람에게 말했다.

"들어가고 나면 좁다는 생각은 안 들 거야. 도전의 서 때와 마찬가지로 각각의 정신 안에서 수련하게 될 테니까. 물론, 휴식과 식사는 보장된다. 그 이외는 무조건 수련이야."

"……."

미하일은 그의 말에 긴장된 듯 마른침을 삼켰다.

"아, 같은 공간에 넣어둔다고 쓸데없는 짓은 하지 말고. 정신 바짝 차려라."

"무, 무슨……!!"

그런 긴장감도 잠시, 나인 다르혼의 말에 그는 화들짝 얼굴을 붉히면서 소리쳤다.

"클클클. 소란스러운 녀석들이라니까."

지하에서 올라온 나인은 부서진 자신의 서재에 남아 있는 의자에 걸터앉으면서 말했다.

두아트와의 격전 이후 지붕이 완전히 날아간 도서관의 꼭대기는 완전히 폐허가 되어버렸다.

"네가 더 소란스럽다. 세간에 들리는 불멸회의 평판은 이보다 좀 더 진중하고 무거운데."

나인 다르혼은 카릴의 말에 피식 웃었다.

"나보다 더 대단한 마도사가 계시고 내가 해결하지 못한 일을 해결해 버린 꼬마가 있는데 내가 굳이 무게를 잡을 필요가 있겠어."

어쩐지 그는 조금 홀가분한 얼굴이었다. 그의 말대로 이 자리는 수장이 아닌 나인 다르혼이라는 한 사람으로 있을 수 있는 곳이기 때문이다.

휘이익…….

뚫린 천장과 벽에서 들어오는 차가운 바람마저 상쾌하게 느껴졌다.

[그럼. 애송이가 무게를 잡아봐야 겉멋만 든 거야, 쓸데없지. 저 녀석은 일국의 군주라고 아주 콧대만 높아졌어. 너, 내가 시킨 마법 훈련 제대로 안 했지?]

"오랜만의 재회인데 잔소리 좀 그만하지?"

[저 봐라, 저 봐.]

알른 자비우스는 나인 다르혼을 바라보며 동의를 구하듯 카릴을 향해 손가락질했다.

[대륙을 정벌하기에 앞서 더 중요한 일이 있잖느냐. 네 말대로 부하와 동료가 필요한 것은 맞다. 혼자서 모든 것을 할 수 없으니까. 하지만 네가 약해서는 아무것도 할 수 없다.]

"알고 있어."

카릴은 그의 말에 고개를 끄덕였다.

어찌 잊을 수 있겠는가. 전생에 동료들의 죽음은 결국 자신이 약했기 때문이니까.

[카릴. 우리의 만남이 조금 특이하긴 했지만 나는 가능성 없는 녀석은 거들떠보지도 않아. 거기, 네놈도 마찬가지고 말이야.]

조용히 알른 자비우스의 말을 듣고 있던 나인 다르혼이 자신도 모르게 꿀꺽하고 마른침을 삼켰다.

[수련은 꼬마들만이 아니라 너희 둘도 해야 할 게다.]

"알른, 그 전에 해야 할 일들이 있어. 공허의 티끌은 나중에 처리해도 문제가 되지 않지만 찾아야 할 사람이 또 한 명 있거든."

[그 250년 전 사령술사? 또 그 카이에 에시르인가 하는 녀석과 연관이 되어 있는 일이군.]

알른은 카릴의 말에 조금은 심드렁한 목소리로 대답했다. 처음 회색교장에서 두 사람이 만났을 때 자신과 카이에 에시르가 비교당했던 일이 떠올랐기 때문이었다.

[거기, 애송이. 네가 그치들을 알고 있다고 했지? 시간 없으니까 당장 다 불어라.]

"네? 아, 네……! 넵."

나인 다르혼은 알른의 말에 마치 마법회의 신입처럼 굳은 채로 대답했다. 천 년 전의 태초의 마법사라는 위용은 엄청난 것이지만 아마 그가 아닌 다른 대마법사들이었다면 알른을 대할 때 이 정도로 얼어붙진 않을 것이다.

이유는 속성의 차이였다. 태어날 때부터 가지는 본래의 속성과 달리 불멸회의 마법사들은 암흑력이라는 특수한 속성의 마법을 수련한다. 그것을 가리켜 속성변환(屬性變換)이라 한다. 태생적으로 가진 속성 위에 새로운 속성을 덧씌우는 불멸회만의 특수한 방식.

확실히 전통적인 마법사들의 방식은 아니었다. 오히려 동방국이 사용하는 마력 변형처럼 일종의 편법 같은 느낌이 강했다. 에리얼 우드에서 본 드래곤의 시체에서 얻은 상자의 잠금쇠를 풀 때 에이단은 대륙의 흑마술이 동방국의 비술을 기반으로 만들어진 것일지 모른다는 말을 했었다. 그런 의미에서 고대의 흑마술을 마법으로 진화시킨 불멸회의 흑마법 역시 동방국의 기술이 잠재 되어 있을 가능성이 높았다.

[흐음.]

그 정점에 선 것이 바로 어둠의 정령왕인 두아트였다.

알른 자비우스가 그의 힘을 가지고 있으니 나인 다르혼에게 있어서 알른은 신을 마주하고 있는 것과 비등한 느낌이라 해도 과언이 아닐 것이다.

[다르혼가(家)의 피가 있다 하더라도 250년이나 사는 것은 불가능한 일이고……. 네가 직접 본 적은 없겠군.]

"아, 네……. 그렇습니다. 불멸회의 전 수장이시자 저의 아버지인 니케 다르혼에게 들은 이야기입니다."

"잠깐, 아버지? 250년 전에 네 아버지가 살아 계셨단 말이야?"

카릴은 나인 다르혼의 말에 헛웃음을 지으며 되물었다.

"살아계셨지. 내 외모를 보면 알 수 있지 않아? 우리 가문의 피를 이어받은 직계는 오래 살지. 300년 가까이 사니까."

확실히 그는 70대의 노인이지만 외모를 보면 카릴과 비슷해 보일 정도였다. 물론, 카릴이 용의 심장으로 인해 동년배에 비해서 성장된 모습이라는 점도 있었지만 그걸 떠나서도 나인 다르혼은 갓 성인이 된 외모였다.

"허……. 그럼 도대체 몇 살 때 널 낳으신 거야?"

"글쎄. 140살쯤이시려나."

"……너희 가문이 오래 산다는 것은 이스라필에게 들어서 알고는 있었지만 그 정도일 줄이야."

"이스라필……?"

나인 다르혼은 기억을 더듬는 듯 고개를 갸웃거렸지만 딱히 생각이 나지 않는 듯한 반응이었다.

"아마 모를 거야. 나중에 찾게 되면 알려줘. 대도서관 어딘가 구석에 박혀 책이나 보고 있는 허여멀건 사람 한 명 있을 거야."

"으흠……."

"아마 필요 없을 테니 나중에 내가 데리고 가겠어."

그는 어째서 카릴이 불멸회의 수장인 자신도 기억 못 하는 사람을 알고 있는지 의아했지만 이제 그 정도의 궁금증은 사소한 것이 되어버렸다.

[네 아비가 카릴이 찾는 사령술사더냐.]

알른이 기다리다가 다시 한번 나인 다르혼에게 물었다.

"아닙니다. 다만 아버지께서 카이에 에시르가 염룡을 사냥하러 가기 전 이곳을 들렀다는 전언을 하신 적이 있어서 기억할 뿐입니다."

'그때로군.'

카릴은 염룡의 심장을 먹었을 때 봤던 리세리아의 기억을 떠올렸다.

'하지만 그 기억 속엔 다른 동료는 없었는데……?'

분명 카이에 에시르가 염룡을 사냥할 때는 혼자였다.

"그 둘은 용 사냥이 아닌 다른 목적을 가지고 있었다. 한 가지 마법을 찾고자 했다."

나인 다르혼은 답을 알고 있다는 듯 대답했다.

"그게 뭔데?"

"위대한 마법(Great Magic)."

"……."

카릴은 그 이름을 들은 적이 있다. 염룡의 레어에서 라미느를 처음 만났을 때 그가 했던 얘기였다.

'과거에 딱 한 명. 나와 같이 용마력을 지니고 정령의 힘을 쓰던 자가 도달한 힘을 가리켜 그리 불렀다 했었다.'

라미느는 분명 그리 말했나.

'그 마법이야말로 신조차 죽일 수 있는 마법이다.'

카릴은 기억을 떠올리며 낮게 한숨을 내쉬었다. 신탁의 10인으로서 그는 누구보다도 상식 밖의 일들을 많이 겪었다 여겼다. 하지만 알면 알수록 과거의 선구자들이 걸어온 길이 자신이 걷고 있는 길보다 더한 가시밭이었다는 걸 느꼈다.

자신이 그토록 열망하는 것. 신을 죽이고자 하는 행위가 이미 250년 전에도 행해지고 있었다는 것은 여러 가지로 의미를 가졌다.

[하지만 애송아. 네가 찾으려고 하는 것은 그 카이에 에시르인가 뭔가 하는 녀석의 동료잖느냐.]

"그렇지."

[그놈이 과연 7인의 원로회의 웰 바하르보다 뛰어난 사령술사인가? 굳이 아니라면 찾을 필요가 있을까?]

알른은 살짝 자부심이 섞인 목소리로 말했다.

그럴 수밖에. 7인의 원로회 모두가 각 분야에 정점에 섰던 자들이었으니까.

"웨…… 웰 바하르?!"

나인 다르혼은 그 이름을 외쳤다.

어찌 놀라지 않을 수 없겠는가. 알른이 태초의 마법사라면 웰 바하르 역시 태초의 사령술사였으니 말이다. 비록 불멸회가 사령술보다는 저주술과 흑마법에 중점을 두고는 있으나 웰 바하르라는 이름은 그들에게 있어 우러러보기도 벅찬 존재였다.

"글쎄. 그건 나도 모르지. 하지만 내가 원하는 건 그자의 뛰어남이 아니라 그자가 남겨놓은 보물이거든. 카이에 에시르가 남긴 유언을 보면 분명 그 둘도 뭔가를 숨겨놨을 가능성이 높아."

[흐음.]

전생에 교단에서 많은 유적을 발굴했지만 카이에 에시르의 동료와 관련된 물품들은 없었다. 애초에 아인헤리에 대한 것도 몰랐으니 그 셋은 정말로 평범하지 않은 자들이 아닐 수 없다.

"스승님, 사실 저도 많은 것을 알지는 못합니다. 다만 카릴의 말대로 카이에 에시르의 동료 중 한 명이 사령술사 인 것. 그리고 다른 한 명은 검을 쓰는 자라는 것입니다."

능청스럽게 알른을 스승이라 부르는 나인 다르혼이었다.

"……검?"

카릴은 그를 바라봤다.

"그래. 하지만 그 검사에 대한 정보는 아무것도 없어. 아버지께서 카이에 에시르의 동료인 사령술사를 기억하는 이유도 그저 우리와 같은 계통이기 때문이니까."

"흐음……. 단서가 될 만한 건?"

"아버지의 말로는 독특한 사령술을 쓰는 자라고 했었다."

"독특한 사령술?"

"대륙에는 없다, 아니, 없다기보다는 이제 사라진 술법이라고 해야지. 부활시킨 영혼을 골렘 안으로 집어넣는 인형술(人形術)이라 불리는 술법이다."

그건 카릴 역시 처음 들어보는 것이었다.

[허허, 그걸 쓰는 자가 250년 전에도 있었나? 마도 시대에도 거의 사라진 술법인데.]

알른은 살짝 놀란 듯 중얼거렸다.

"그래?"

[일단 귀찮으니까. 사령의 가장 큰 장점은 부서져도 마력이 있으면 바로 복구가 가능하다는 점인데 인형은 그렇지 않거든. 게다가 관절마다 특수한 줄을 달아 술사가 직접 조종을 해야 하기도 하고 말이야.]

"기억하기론 그 사령술사의 인형들은 자신의 의지를 가졌다고 합니다."

나인 다르혼의 말에 알른은 흥미로운 듯 되물었다.

[그래? 그 정도의 경지에 오른 인형술사가 그때도 있다니…….
이거, 나도 궁금해지는걸.]

"보통의 언데드들도 고위급 마법으로 부활시키면 의지를 가지고 있잖아?"

카릴은 얼음 발톱에 잠들어 있는 자르카 호치를 떠올렸다.

[그렇긴 하지만 명백히 다르다. 인형술의 가장 큰 장점이지.
인형과 술사를 이어주는 특수한 줄을 명운(命運)이라 칭하는데 술사의 능력에 따라 인형 안에 있는 영체는 생전의 힘을 온전하게 모두 발현할 수 있거든.]

대부분 사령술로 부활한 리치나 레이스(Wraith)의 경우 생전 능력의 절반도 발휘하기 어려웠다. 그런 의미에서 자르카 호치는 대단한 마력을 가진 엘프였다.

[또한 명운이 끊어지기 전까지는 무조건 술사의 명령에 복종한다. 뭐, 대신 보통의 사령술보다 계약을 하는 과정이 까다롭긴 하지만 말이야.]

"신기하군. 그런 술법이 있었다니."

카릴은 나인 다르혼을 바라보며 물었다.

"그게 누군지 알고 있어?"

안타깝게도 그는 고개를 저었다.

"하지만 가문은 안다."

[그래, 생각해 보니 마도 시대에도 인형술로 이름을 날렸던 가문이 하나 있긴 하지.]

그 순간 놀랍게도 두 사람의 목소리가 겹쳤다.

[로스차일드 가문이었지 아마?]

"로스차일드가(家)."

나인 다르혼과 알른 자비우스는 서로를 바라봤다.

[설마 그 가문이 아직도 있는 게냐? 일천 년이나 지났는데 명맥을 유지하고 있다니.]

먼저 말을 꺼냈던 알른이 더 놀란 듯 그를 향해 물었다.

"있어."

대답은 카릴에게서 들려왔다.

"세상 오래 살고 볼 일이군. 로스차일드 가문이 그런 능력을 가지고 있다니 말이야."

고작 열넷밖에 되지 않은 카릴이 그런 말을 하자 나인 다르혼은 어이가 없었지만 이미 나이는 중요한 게 아니었다.

“아는 게 있나?”

“응. 내 기억이 맞다면 공국에 있다는 게 문제지만.”

“확실해? 공국에 그런 가문이 있다면 내가 모를 리가 없을 텐데.”

“확실하다. 모르는 게 당연하기도 하고. 로스차일드 가문은 지금으로써는 멸문했으니까.”

“지금으로써는……?”

나인 다르혼은 눈치 빠르게 카릴의 말에 뭔가 이상함을 느꼈다.

‘케이 로스차일드.’

하지만 그런 그의 의문은 상관하지 않는 듯 카릴은 추억 속의 이름을 떠올렸다.

‘우연인지 운명인지 모르겠군. 신탁의 10인 중 한 명인 그녀가 인형술과 관련 있다, 라…….’

지금은 사라진 가문이다. 신탁이 있기 전에는 아무도 알지 못한 그녀의 존재. 제국이 대륙을 통일한 이후였기에 카릴은 신탁이 내려지고 10인을 찾는 과정에서 그녀가 몰락 귀족이라는 것을 알았다. 황제였던 올리번은 신탁을 완수하고 나면 그녀에게 로스차일드 가문을 다시 일으켜 주겠다 했다.

물론 그 모든 게 거짓말이었지만.

'특이한 여자였지. 하지만 딱히 인형술을 쓰는 걸 본 적은 없는데……. 술법이 이어지지 않은 건가.'

알 수 없는 일이었다. 분명한 건 그녀를 만나봐야 한다는 것뿐.

"상관없어. 어차피 제국 일이 끝나면 공국으로 갈 생각이었으니까. 그저 가야 할 이유가 하나 더 생겼을 뿐이야."

"설마……. 인형술이라도 배울 생각은 아니지?"

"가능하다면. 하지만 그보다는 그 술법을 쓸 수 있는 사령술사를 찾을 수 있다면 좋겠지."

"생각해 둔 사람이라도 있는 거냐."

"아직은. 하지만 나보다 그 가문의 피를 물려받은 사람이 뭐라도 더 낫지 않겠어?"

"꼭 번거롭게 찾아야 할까? 사령술이라면 불멸회에서도 배울 수 있는데."

카릴은 자신의 얼음 발톱을 들어 보이면서 말했다.

"있지."

[아아……. 아직 잠들어 있는 그 녀석인가.]

알른은 그런 그의 모습을 바라보며 피식 웃었다.

다만 영문을 알지 못하는 나인 다르혼만이 그저 물끄러미 그를 바라볼 뿐이었다.

'확실히 사령술로도 부활시킬 순 있다. 하지만 그렇게 되면 생전의 능력을 모두 쓸 수 없다.'

온전한 능력을 모두 쓰지 못함에도 불구하고 망령의 성을 구축한 리치. 과연 모든 능력을 발휘할 수 있다면 어떤 결과가 일어날까. 카릴은 상상을 하는 것만으로도 흥분되는 것 같았다.

'인형술로 자르카 호치를 부활시킨다.'

그는 천천히 고개를 끄덕였다.

[집중해라! 암흑력을 제대로 쓰기 위해선 일단 네 혈맥부터 뚫어야 해.]

쾅……!! 콰쾅……!!

폭음이 터져 나왔다. 어둠의 정령왕을 다시 봉인하느라 난리를 친 것이 엊그제 같은데 요란하게 울려 퍼지는 소리에 대도서관은 연일 시끄러웠다.

카앙-!

카릴이 검을 들어 아래에서 위로 올려쳤다. 자신을 향해 날아오는 수십 발의 자줏빛 화살들이 끊임없이 쏟아졌다. 알른 자비우스의 특기인 무영창 매직 애로우였다.

2클래스의 공격 마법에 불과하지만 비전술사인 그가 사용하면 그것은 화살 한 발 한 발이 5클래스, 아니, 6클래스의 마법이 가지는 살상력에 버금갈 정도였다.

과거 7인의 원로회의 사령술사인 웰 바하르의 머리통을 그대로 날려 버린 것이 바로 저 매직 애로우였지 않던가.

"크윽!"

매직 애로우를 튕겨내며 카릴은 검을 쥔 손이 아리는 느낌을 받았다. 중갑 기사의 육중한 해머를 올려친 것 같은 기분이었다.

꽈아악……!!

일정한 마력 이상을 끌어올리려고 하자 그의 손목에 채워진 탐욕의 팔찌가 마치 뼈를 부러뜨리려는 것처럼 강하게 조여졌다.

퍼엉!! 펑……! 펑! 펑!

약간의 흔들림. 그 찰나의 멈춤에 알른 자비우스의 마법 화살들이 카릴의 몸에 적중했다.

츠즈즈즉…….

시커먼 연기가 카릴을 덮었다. 엉망이 된 몰골로 서 있던 그였지만 무수한 마법 다발 속에서도 치명상은 피한 듯 검을 움켜잡았다.

[드디어 팔찌의 제약에 반항할 수 있게 된 모양이로구나.]

알른은 자신의 공격에도 서 있는 그를 바라보며 만족스러운 듯 말했다.

"흐아압!!"

카릴이 연기를 뚫고 알른을 향해 뛰었다.

퍼어엉……!!

[하지만 아직 한참 멀었어.]

공중에서 직격한 알른의 마법구들이 카릴의 옆구리에서 폭발했다. 그는 충격과 동시에 벽을 향해 튕겨 나갔다.

"후우. 새삼 당신이 강하다는 걸 느끼는군……."

부서진 벽에 기대어 카릴이 말했다. 지친 듯 그이 몸이 서서히 바닥으로 내려갔다. 얼음 발톱마저 옆으로 던져 버리고서 그는 차가운 바닥의 냉기가 좋은 듯 몸을 뉘었다.

[클클……. 네 녀석이 탐욕의 팔찌를 차고 있었기 때문이지. 강한 마력을 쓸수록 팔찌가 더 많은 마력을 흡수하려고 하니까.]

"이걸 차고도 이 정도까지 밀린 적은 없었어."

언젠가 나르 디 마우그가 농담처럼 자신에게 7인의 원로회가 드래곤이었을지도 모른다는 얘기를 했었다. 물론 그 말은 거짓말이었지만 알른 자비우스와의 대결에서 카릴은 정말 그가 드래곤이라 해도 믿겠다는 생각이 들었다.

"나도 마도 시대에 태어났었더라면 하는 아쉬움이 드네. 그 시대의 마법사는 이 정도 수준이란 말인가."

[아니지. 내가 탁월한 거지.]

알른은 카릴의 말에 자랑스레 웃었다.

[확실히 지금보다 그때가 마법이 더 융성하고 정령의 기운도 강했지만 결국 사라진 시대다. 그때 신탁이 내려졌다고 특별히 달라지진 않았을 게야.]

그는 녹초가 되어 바닥에 너부러진 채 거친 숨을 몰아쉬는 카릴에게 말했다.

어느새 그가 안티홈에 머문 지 2주가 지났다. 카릴은 그의 부활과 사령술사의 흔적이라는 목적을 달성한 지금 당장에라도 움직이고 싶었지만 알른은 오히려 이곳에서 카릴을 단련시키는 시간을 가지기로 했다. 처음에는 불만이었지만 막상 알른과의 대련 이후 카릴은 지금까지의 생각을 달리하게 되었다.

드래곤이 인정한 마법사. 비전술사 알른 자비우스는 지금 이 세상에서 그 누구와도 비교할 수 없을 정도로 완벽한 스승이자 수련 상대였다.

[조급해하지 마라. 어차피 지금 네 실력으로는 백금룡의 레어에 갔다가 혹여 그가 다른 마음을 먹는다면 살아 돌아오지 못할 수도 있다.]

"그 정도야?"

카릴은 살짝 인상을 찡그렸다.

[그럼. 네 녀석은 백금룡의 비호를 받았을 뿐 그와 싸워본 적은 없지 않느냐.]

"당신은 싸워본 적이 있다는 말이야?"

[잊었느냐. 회색교장에 날 가둔 녀석이 바로 백금룡이라고 했었잖아.]

"네? 스, 스승님을 가둔 게……?"

뒤에 있던 나인 다르혼이 깜짝 놀라며 소리쳤다.

[네 녀석은 빨리 마력 순환이나 해라. 속성 변환 같은 변칙으로는 절대로 8클래스에 도달하지 못한다.]

"아, 알겠습니다."

알른의 핀잔에 그는 머리를 머쓱한 듯 대답했다.

제국인들이 태어나 마력을 느끼기 시작할 시기인 1클래스 단계에서 하는 가장 기초 중의 기초. 마력혈에서 흘러나오는 마력을 혈맥을 통해 전신에 퍼뜨리는 수련법은 마법사의 반열에 오르고 나서는 대부분 하지 않는 일이었다.

"……."

나인 다르혼은 좀이 쑤신 듯 엉덩이를 들썩였다. 솔직히 고작 그런 기초 수련으로 9번째 혈맥을 뚫을 수 있다는 말에 아직까지는 반신반의할 수밖에 없었으니까.

"솔직히 소드 마스터와 싸웠을 때도 이 정도로 힘들진 않았어. 당신……. 새삼 느끼지만 정말 대단하군."

[클클, 이제야 이 몸의 위대함을 알았느냐. 하지만 그런 나도 백금룡과의 싸움은 꺼려진다.]

"그 정도인가……."

카릴은 살짝 입술을 깨물었다. 생각해 보면 알른의 말이 맞다. 전생에 이따금 나르 디 마우그와 검술 대련을 한 적은 있었지만 대부분 자신의 수준을 알아보기 위한 정도였다.

아버지와의 비교, 소드 마스터들과의 비교, 대마법사들과의 비교……. 이민족인 자신은 마력을 가진 그들을 목표로 그들을 뛰어넘기 위해 검을 휘둘렀으니까.

'정작 녀석을 내 목표로 둔 적은 없었구나.'

전심전력을 다한 나르 디 마우그를 본 적이 없었다.

[탐욕의 팔찌에 의존하면 안 된다. 그걸 푸는 순간 폭발적인 힘을 낼 수는 있지만 그만큼 네 몸을 망가뜨리니까.]

알른이 카릴의 곁으로 걸어왔다. 그의 전신을 휘감고 있는 붕대가 걸음을 옮길 때마다 바스락거리는 소리를 냈다.

[내 생각에 카이에 에시르가 아인헤리에 그 팔찌를 남긴 이유는 목숨을 부지하기 위한 도구이기도 하지만 한편으로는 수련의 장비로 쓰라는 의미이기도 할 것 같다.]

"그렇군."

카릴은 팔을 들어 차고 있던 팔찌를 바라봤다. 확실히 알른의 말대로 그는 위험한 순간에는 항상 팔찌를 풀었다. 자신의 온전한 마력을 쓸 수 있기 때문.

하지만 역설적으로 온전한 마력을 자신의 육체가 감당하지 못하고 있다는 의미이기도 했다.

[밑 빠진 독에 물을 부어 채우려면 어떻게 해야 하겠느냐. 빠지는 속도보다 더 많은 물을 부어야겠지.]

알른은 탐욕의 팔찌를 가리켰다.

[지금 네 몸이 그렇다. 마력을 흡수하는 팔찌를 찬 상태로 혈맥을 뚫기 위한 수련을 해서 더 많은 마력이 필요하게 되고

그것을 받아들이기 위해 네 몸은 여타의 마법사들과 달리 혈맥의 크기 자체를 확장시킬 것이다.]

"……."

[그 상태에서 6클래스에 도달하게 된다면? 같은 혈맥의 수라도 너는 동급의 마법사들보다 훨씬 더 많은 마력을 운용할 수 있게 되겠지.]

그는 옆에 서 있던 나인 다르혼을 바라봤다.

[저 녀석이 7클래스랬나? 만약 이 수련을 성공하게 되면 운용할 수 있는 마력의 절대량이 완전히 달라진다. 6클래스인 네가 저치와 동급의 양을 쓸 수 있게 될 게야.]

턱을 한 번 쓸어넘기며 알른은 계속해서 말을 이어갔다.

[일단 한 단계다. 그것만 목표로 해라. 6클래스에 도달하게 되면 많은 것이 바뀌게 될 테니까.]

"그럴까? 사실 마력의 양이 중요한 것은 아니잖아. 물론 마력의 양이 뒷받침해 줘야 고위급 마법을 쓸 수 있는 것은 맞지만 나는……."

여전히 마음을 잡지 못한 듯 카릴은 알른에게 되물었다.

[안다. 네 주력은 어쨌든 검이라는 걸. 그럼에도 혈맥을 뚫고 마력을 늘려야 할 이유는 너도 잘 알 텐데?]

카릴은 고개를 끄덕였다.

"마력의 양과 순도에 따라서 마나 블레이드의 위력이 달라지니까. 그러기 위해서 육체를 단련시켜야 하고."

[맞는 말이지만 뭔가 부족한가 보군. 좋아. 의욕을 올리기 위해 6클래스에 도달해야 할 이유를 하나 덧붙여 주마.]

"음?"

알른은 의미심장한 웃음을 지었다.

[지금 네게 전수해 준 지식의 보고. 6클래스가 되면 그중에 한쪽의 잠금을 풀 수 있다.]

"……."

기대에 부풀게 하는 그의 모습과는 다르게 카릴은 그의 말에 실망스러운 듯 혀를 찼다.

"뭐야. 그 정도는 나도 알고 있다고. 당신 말대로 지식의 보고는 이미 내게 전수했잖아. 자기 머릿속에 있는 걸 끄집어낼 수 없다는 건 썩 기분 좋은 일은 아니지."

[크큭……. 고작 그런 거라면 말을 안 했지.]

"뭐?"

[우리가 처음 만났을 때를 기억해 봐라. 내가 네게 준 게 있지 않느냐.]

카릴이 그의 말에 눈을 가늘게 떴다.

두 사람이 만난 곳은 회색교장. 그곳에서 얻은 것이라고는 얼음 발톱과…….

"설마. 그 상자?"

[그래. 나도 몰랐다. 그 안에 물의 정령왕인 해일의 여왕, 에테랄이 봉인된 단서가 담겨 있을 줄은 말이야. 그 상자를 열

방법이 내 지식의 보고에 들어 있다.]

"……!!"

카릴은 그의 말에 놀란 표정을 감출 수 없었다.

"그게 정말이야? 그럼 당신이 알려주면 되는 것 아냐?"

[녀석아. 마법이란 단순히 방법을 알려준다고 할 수 있는 게 아냐. 너의 기술로 숙지를 해야 하지.]

알른은 피식 웃었다.

[그뿐만 아니라 네가 6클래스에 도달했을 때 가능하다는 의미는 대마법사급의 마력을 네가 운용할 수 있을 때에 상자를 열 수 있다는 뜻이다. 지금은 불가능해.]

"아쉽군."

[걱정 마라. 언제부터 네가 남에게 의존했다고 그러냐. 정령왕과 계약하고 나서 욕심이 생긴 건 알지만 말이야.]

그는 누워 있는 카릴을 일으켜 세웠다.

[자, 그러니 네가 백금룡을 찾아가고 싶은 것도 알고 빨리 제국의 문제를 해결하고 싶은 것도 알지만……. 이렇게 다른 것을 신경 쓰지 않고 훈련을 할 수 있는 너만의 시간을 또 언제 갖겠느냐.]

알른은 바닥에 세운 지팡이에 두 팔을 얹고서 카릴을 향해 말했다.

[네 녀석은 명실공히 이제 대륙 최강자 중의 한 명이지만 그렇다고 모두를 이긴다는 보장은 없다. 대륙의 생명체도 못 이

기는데 그 위를 노릴 수 있겠나.]

카릴은 쓴웃음을 지었다.

"당신 말이 맞군."

그때였다.

"수…… 수장님!!"

사서가 다급한 목소리와 함께 계단을 올라왔다.

"무슨 일이지?"

여전히 엉망인 얼굴로 그는 거친 숨을 내쉬며 나인 다르혼에게 말했다.

"안티홈 외각에서 공허의 티끌이……. 포착되었습니다."

"드디어……."

보고를 받은 그가 카릴을 바라봤다.

"둘은?"

그의 물음에 나인 다르혼은 입꼬리를 슬며시 올렸다.

"제법 기본은 갖춰졌다."

"좋아. 알른, 잠시 훈련을 멈춰야겠어. 골칫거리부터 처리하는 게 우선이니까."

[그래.]

카릴은 고개를 끄덕이고는 계단을 향해 걸어갔다.

"뭐 해?"

"……?"

"너도 같이 가야지."

"아! 물론, 그렇지. 거래의 내용이니 말이야. 너희가 제대로 사냥을 하는지 확인해야지."

나인 다르혼은 카릴의 말에 드디어 지겨운 마력 순환을 끝낼 수 있다는 생각에 황급히 자리에서 일어났다.

"아니. 너도 걔들과 같이 싸울 거다. 이참에 사냥법을 익혀두는 게 좋을 거야. 나중에 고생하지 않으려면 말이야."

"나중에?"

나인 다르혼은 카릴의 말에 무슨 소리냐는 표정으로 그를 바라봤다.

"그리고 놈들에게 그런 거창한 이름을 붙일 필요 없어. 더 어울리는 이름이 있으니까."

카릴은 그런 그를 보며 피식 웃었다.

"타락(墮落)."

그는 나선의 계단을 내려가며 굳은 얼굴로 말했다.

"그 이름이면 충분해."

▶Chapter 7◀

"무…… 물……."

툴썩-

카릴은 피골이 상접한 얼굴로 복도를 걸어 나오던 미하일이 자신의 앞에서 쓰러지는 것을 보며 황당한 얼굴로 입맛을 다셨다.

"후…… 후우……."

그의 뒤에 서 있는 세리카 역시 들고 있는 창을 지팡이 삼아 비틀거리며 방을 나왔다.

"……이 상태로 싸울 수 있기나 하겠어?"

곱상하게 생기긴 했지만, 교도 용병단에서 구르던 가닥이 있는 미하일이었다. 남부의 척박한 환경 속에서도 잘만 버텼던 그가 이 지경이 되었다는 건 도대체 어떤 훈련을 한 건지 상상조차 가지 않았다.

"너……. 내가 언젠가 죽여 버릴 거야."

세리카는 으르렁거리듯 나인 다르혼을 바라봤다.

"클클. 처음에는 4클래스급의 필수 마법만 단시간에 가르치려고 했는데……. 이 녀석이 일주일도 안 되서 마스터 해버리는 게 아니겠어? 고작 창을 쓰는 녀석이 말이야."

나인 다르혼은 그런 그녀의 모습에도 주눅 들지 않고 카릴에게 말했다. 아무리 날고 기는 슈프림(Supreme)이 될 그녀라 하더라도 아직은 4클래스의 초짜에 불과했다. 그런 그녀가 대마법사인 나인 다르혼에게 위협이 될 리가 없었다.

"그런데 더 웃긴 건 이놈이지."

나인 다르혼은 바닥에 엎어져 있는 미하일의 등을 쿡쿡 손가락으로 찌르면서 말했다.

"보조 마법은 제대로 쓰지도 못하면서 칼날 바람을 익혔더군. 3클래스 마법이지만 살상력이 대단한 마법이지. 그래서 조금 강도를 높였는데……."

"으윽……."

미하일은 그가 찌를 때마다 움찔거렸다.

"4클래스 주제에 5클래스의 바람 낫을 익혀 버리더란 말이지. 무의식중에 순간적으로 마법을 증폭시키는 방법은 또 어떻게 알았는지. 나 참."

카릴은 나인 다르혼의 말에 고개를 끄덕였다. 동방국의 비술인 마력변형을 쓴 게 틀림없었다.

"하여간 네가 데려온 둘 다 웃긴 놈들이야."

"재능이 뛰어나다고 하는 거지."

2주 동안의 특훈 속에서 두 사람의 능력은 비약적으로 상승했다.

카릴은 이 둘이 얼마나 변했을지 궁금해지기 시작했다.

[꼴을 보아하니 역전(逆轉)의 방에 있었나 보군.]

알른은 세리카와 미하일을 바라보더니 낮은 목소리로 중얼거렸다.

"역시……! 아실 줄 알았습니다."

그의 말에 나인 다르혼은 감탄하며 손뼉을 쳤다.

[마도 시대부터 있었던 마법사들의 훈련방이니까. 7인의 원로회 중에 판 오만이란 녀석이 있다. 그놈이 창안한 방법이지. 기문(奇門)과 진법(陳法)을 연구하는 것을 좋아해서 그런 쓸데없는 것들을 잔뜩 만들었거든.]

"쓰…… 쓸데없다니요."

[어차피 정점에 서는 자는 재능이 있는 자니까. 편법을 써도 넘을 수 없어.]

알른은 별것 아니라는 투로 나인 다르혼에게 말했다.

[뭐, 그래도 그 녀석의 술법들은 구현하기 꽤 어려웠을 텐데. 네가 만든 거냐?]

"네, 그렇습니다."

나인 다르혼의 대답에 알른은 고개를 끄덕였다.

[잘됐군, 카릴. 네가 모아놨던 아조르의 그 애송이들 있지 않느냐.]

"울카스 길드?"

[그래. 그곳에 마법사들이 모인 지도 이제 몇 년이 되었으니 최소한의 기틀은 잡혔을 터. 그놈들을 불러서 여기서 훈련을 시켜라.]

"네? 하, 하지만……. 이곳은 불멸회의 마법사들만이……."

[그럼 그냥 입회시키면 되지. 뭐가 문제냐. 모두가 기본 조건인 마법사의 반열에 오른 데다가 마법회에 소속되지 않은 자유 마법사들인데.]

거침없는 알른의 말에 나인 다르혼은 당황한 듯 눈빛이 떨렸다.

"아니, 그게 아니라……."

"그거 괜찮은 생각인데? 단기간에 확실한 효과를 볼 수 있겠어. 타투르로 돌아가면 바로 연락을 해야겠군."

알른의 말에 가볍게 손뼉을 치며 카릴이 동의했다.

"……네 녀석은 불멸회를 도대체 뭐라고 생각하는 거냐? 이곳은 오직 선택받은……."

"좋은 게 좋은 거 아니겠어. 그리고 나중에 날 도운 걸 자랑스럽게 여기게 될 거야."

"내가? 미치지 않고서야……."

나인 다르혼은 어처구니가 없다는 듯 말했다.

전생의 미래에 대해서 알려줄 수는 없겠지만 전생에 사라진 안티홈과 불멸회의 마법사들이 존재한다는 것만으로도 큰 수확이었다. 그런데 울카스의 마법사들을 단시간에 실력을 상승시킬 수 있는 방법까지 알게 되었으니 카릴로서는 기쁘지 않을 수 없었다.

'전생엔 마법 자체를 몰랐으니 이런 비밀이 있는지도 몰랐군. 그들을 이곳에서 훈련시킨 다면 제국과의 전쟁에서 큰 힘이 될 거야.'

제국의 힘은 신탁전쟁에서 꼭 필요한 것이다. 대륙을 제패함에 있어서 그들의 힘을 최대한 살아남게 하기 위해선 싸울 엄두도 내지 못할 정도로 압도적인 힘을 보여줘야 한다.

'그 변수는 언제나 그렇듯 마법이 될 것이다.'

카릴은 나인 다르혼을 바라봤다.

"……스승님의 명령이 있어 역전의 방은 그렇다 쳐도 불멸회는 네놈 밑으로 안 들어간다."

눈치 빠른 나인 다르혼은 그의 눈빛에 담긴 의미를 알아차리고는 먼저 말했다.

"마음대로."

하지만 카릴은 능글맞은 미소를 하고는 천천히 안티홈 밖으로 걸어 나갔다.

"보고 드리겠습니다! 지금 공허의 티끌이 불타는 모루 쪽으로 향하고 있다고 합니다."

경비병은 떨리는 목소리로 경례를 하며 소리쳤다.

"베네딕은?"

"네? 아, 그게……. 몸이 안 좋다고 해서 당분간……."

"하여간 그 인간. 정말 도서관 안에 처박아 두든지 해야지. 뺀질거리긴……."

쯧-

나인 다르혼은 혀를 차며 물었다.

"설치해 놓은 마력 그물은? 아무런 효과도 없던가?"

"일단 반응은 있었습니다. 그 덕분에 이동 경로를 알 수 있었습니다만……. 잡아두는 것엔 실패한 듯 보입니다."

"상관없어. 어디에 있는지만 알면 되니까. 가자."

카릴이 가장 먼저 앞장섰다.

스스스스슥…….

안티훔의 뒤쪽에 있는 산맥의 가장자리. 산맥 정상의 모양이 마치 대장간의 모루처럼 생겨 열일곱의 신 중 한 명인 글두카가 사용했다는 전설이 있는 곳.

"저놈이군."

[타락과는 생김새가 확실히 다르군. 만들어지다 만 느낌이야. 나인, 저놈을 만들 때 뭘 재료로 썼지?]

알른은 마치 떠도는 망령처럼 주위를 어슬렁거리는 공허의 티끌을 바라보며 말했다.

"아……. 그게, 악몽의 서에 첫 페이지에 쓰여 있는 재료를 참고하였습니다. 누가 책을 완전히 찢어버려서 이제는 볼 수 없지만요."

나인 다르혼은 카릴을 힐끔 바라봤다.

"진흙과 용암철, 물러버린 이끼와 상아 가루 그리고 정령의 이슬과 그리고 조암석 가루와 성수를 섞어 만든 반죽까지……."

이후로도 세기도 힘들 만큼 많은 재료들이 있었지만 그는 하나하나 완벽하게 기억하고 있었다. 괜히 7클래스의 대마법사가 아니었다.

[타락의 연성법이라고 보기엔 어렵군. 오히려 이건 호문쿨루스(Homunculus)를 만드는 연금술에 가까운데. 어쩐지……. 그러니 저런 괴상한 것이 태어나지.]

그러나 알른 자비우스는 그의 기억력에 놀라기보다 그 안에 들어간 재료들을 들으며 혀를 찼다.

[마도 시대에도 인체 연성의 술법은 금하고 있었다. 그런데 네가 알고 있는 것은 제대로 된 연성법도 아니지. 누가 알려준 것인지 모르겠지만, 일부러 네가 실패하기를 바라고 한 일이야.]

"그런……."

[괜찮다. 마법사란 그렇게 태어났으니까. 죽을 때까지 호기심을 충족시켜야 하는 족속들이거든.]

알른은 당혹스러워하는 나인 다르혼을 바라보며 껄껄 웃었다.

"호기심도 좋지만 자기가 싸지른 일은 자기가 처리해야지. 잘 들어. 한 번만 말할 테니까."

카릴이 공허의 티끌의 가슴을 가리켰다.

"저기 보이지? 저 심장을 베면 녀석은 죽는다. 하지만 아무렇게나 심장에 검을 꽂으면 녀석 안에 있는 독기가 폭발한다. 일대는 완전히 날아가 버리겠지."

"허……."

"단계라는 것이 있다. 심장은 공격을 받으면 팽창하게 된다. 수축과 팽창을 반복하는데 세 번째 팽창이 되었을 때가 바로 공격을 할 때다."

그의 말에 나인은 긴장된 얼굴로 고개를 끄덕였다.

"그러니까 요는 팽창해서 터지지 않게 심장을 파괴하면 된다는 뜻이잖아?"

세리카 로렌은 머리를 묶고 있던 머리끈을 풀어서는 허리춤에 끼고 있던 마법봉을 꺼내 창대에 붙이더니 머리끈으로 고정시켰다. 마법봉과 창이 함께 묶인 요상한 형태가 되어버렸지만 그녀는 아무렇지 않게 그걸 들고서 말했다.

쩌적…… 쩌저적…….

그러자 놀랍게도 그녀가 쥐고 있는 창의 날부터 대까지 새하얀 얼음으로 뒤덮였다.

"간단하네."

그녀가 어깨에 창을 메고서 말했다.

"그러니까 저 빌어먹을 놈 때문에 내가 생고생을 했다, 이거지. 고작 저것 때문에?"

대마법사인 나인 다르혼조차 골머리를 썩게 한 장본인을 보고서도 그녀는 주눅은커녕 오히려 전투 의지를 불태웠다.

"세리카……."

깨어난 미하일이 불안한 듯 그녀를 바라봤다.

"다들 딱 기다려. 나서는 인간은 내가 가만 안 둬."

그녀는 자신의 가슴에 손을 얹었다.

우우웅…….

그러자 옅은 빛과 함께 그녀의 주위에 빛이 흘러나왔다.

[애송이, 네가 예전에 썼던 방법이로군.]

각종 보조 마법들이 걸리자 그녀의 머리카락이 가볍게 떠올랐다가 가라앉았다.

"물론, 그녀도 전투마법사의 소질이 있……."

철컥-

카릴의 말이 끝나기도 전에 그의 앞을 지나 질주하는 세리카는 한 치의 망설임도 없이 공허의 티끌의 심장 안으로 손을 집어넣었다.

"자, 잠깐!"

카릴조차 깜짝 놀란 듯 소리쳤다.

[크르르르……!!]

갑작스러운 공격에 공허의 티끌이 커다란 주먹을 들어 그녀를 내려치려 했다.

쩌적…… 쩌저적…….

그때였다. 놀랍게도 공허의 티끌을 움켜쥔 그녀의 손 주위로 새하얀 서리가 꼈다.

[크…… 크르…….]

심장이 일순간 정지하자 녀석은 몸을 부르르 떨더니 움직임이 멈췄다.

"마법과 물리 공격을 동시에 해버리면 심장이 팽창하지 못하겠지."

촤악……! 촤자작……!

세리카가 있는 힘껏 창을 찔러 넣었다. 마법봉을 연결해 두었던 그녀의 창날 역시 차갑게 얼어 있었다. 창이 꽂히는 부분마다 괴물의 몸이 순간적으로 얼어붙고 충격으로 가루가 되며 부서졌다.

쾅! 콰앙! 콰가강!!

폭음과 함께 눈가루가 날리듯 얼어붙은 심장을 제외하고 공허의 티끌의 몸이 사정없이 깨졌다.

"……!!"

카릴은 그 모습에 진심으로 놀란 듯 눈을 동그랗게 떴다. 그녀의 무위야 소드 마스터의 반열에 오른 그에게 있어서 대단한 것은 아니었다.

다만 그 방식이 카릴을 놀라게 만든 것이다. 언뜻 보기에는 창날에 마법의 힘을 담아 공격하는 것처럼 보여 마나 블레이드와 다를 바 없어 보였지만 그녀의 방식은 전혀 다른 것이었다.

'창에 닿기 직전 마법봉에서 흘러나오는 얼음 마법으로 먼저 몸을 얼린 다음 물리 공격을 가한다.'

단순히 무구에 마력을 집어넣어 공격하는 마나 블레이드가 아니라 1초도 안 되는 찰나의 순간 마법으로 먼저 공격하고 그 다음 창을 쓰는 이중 타격이었다.

'프리징 스피어(Freezing Spear).'

검사가 쓰는 무구의 직접적인 공격이 아닌 마법사 특유의 공격 마법을 극대화 시키고 창술을 보조하는 그녀의 독문 전투술.

'완벽하지는 않지만 분명 그거다.'

아직 슈프림의 단계에 오르지는 못했지만 그녀는 역전의 방에서 수련을 하면서 이미 자신의 장점을 살리는 방법을 스스로 깨우친 것이었다.

카릴은 그녀의 전투 센스에 감탄을 금치 못했다.

"……저게 저렇게 쉬운 거였나?"

나인 다르혼은 사라지는 공허의 티끌이 아쉬운 듯 남아 있는 잔해에 신경질적으로 창을 박아 넣는 세리카를 바라보며 말했다.

"불완전한 놈이긴 해도 그 정도까진 아닌데……."

푹-! 푹! 푹!!

"쟤가 괴물이라서 그래."

"……괴물의 입에서 괴물이라는 소리가 나오니 끔찍하군."

나인 다르혼은 고개를 저었다.

"뭐, 내가 끼어들 틈도 없었네. 하지만 대충 방법은 알겠다. 혹시라도 다음에 또 저런 게 나오게 되면 그땐 내가 처리하지."

"만약 너는 저 불완전한 티끌의 다섯 배의 능력을 가진 놈이 있다면 죽일 수 있겠어?"

카릴의 물음에 그가 고개를 돌렸다.

"흐음……. 조금 까다롭지만 불가능한 건 아니지."

"그럼 열 배는?"

이번에는 살짝 인상을 찡그렸다.

"뭐, 힘들겠지만……."

"스무 배는?"

"지금 장난해? 뭐가 궁금한 거야?"

나인 다르혼은 스무고개같이 계속되는 카릴의 물음에 헛웃음을 지었다.

"단련해라. 너도, 불멸회도. 스무 배가 아니라 그 이상이 나타나도 이길 수 있도록."

"……?"

조금 전과는 달리 진지하게 말하는 그의 태도에 나인 다르혼은 의아한 듯 그를 바라봤다.

[이봐라. 네 녀석. 악몽의 서를 얻은 게 교단을 통해서라고 했었지?]

"네? 아, 네!! 그렇습니다."

하지만 그 의문은 오래가지 못했다. 자신을 부르는 알른을 향해 그는 황급히 뛰어갔다.

[그리고 원래 그 책을 가지고 있던 놈들이 카릴, 네가 말했던 그 우든 클라우드인가 뭔가 하는 놈이고.]

카릴은 역시 고개를 끄덕였다.

[이 새끼들……. 웃긴 놈들이네.]

"무슨 일인데?"

그 순간 알른 자비우스가 지금까지와는 달리 그의 머릿속으로 직접 말을 걸었다.

[어째서 광신도들이 생겨났는지 그 이유를 알겠다. 정신머리가 똑바로 박힌 놈들이라면 세상을 멸망시키려는 타락들을 신봉할 리가 없지.]

'……?!'

두 사람은 이미 영혼 계약으로 맺어진 상태이고, 둘의 대화는 마력이 아니기에 그 누구도 엿듣을 수 없었다. 정령왕들조차도 말이다.

알른은 사라진 공허의 티끌의 잔해에서 뭔가를 주워 카릴에게 보여줬다.

'그게 뭔데?'

검은 씨앗 같은 것이었지만 울퉁불퉁하게 돌기가 잔뜩 나 있어 괴상한 형태였다.

[네가 전생의 기억 속에서 안티홈 주거지가 사라진 이유가 이 반쪽짜리 타락의 폭발 때문이라고 생각했지?]

'맞아.'

[단순히 그것 때문이 아니었다. 솔직히 폭발한다 하더라도 나인 다르혼이 만든 이놈은 본래 타락의 반쪽짜리는커녕 반의반쪽도 안 돼. 거주지 전역을 집어삼킬 만한 건 아니란 말이지.]

'그럼……?'

알른은 검은 씨앗을 바라봤다.

[타락이 아니라 이게 폭발하게 된다면 말이 달라지지.]

카릴은 그 씨앗을 바라봤다. 처음 보는 것이었다.

세리카의 마법이 사라지면서 꽁꽁 얼었던 것이 녹자 씨앗은 묘하게 살아 있는 것처럼 미세하게 떨리는 것 같았다.

[이건 검은 포자라 불리는 마계의 물건이다.]

'……!!'

알른의 말에 카릴의 얼굴이 굳어졌다.

'마계……? 이 구슬이 마족의 것이라는 말이야?'

[그렇지. 정확히는 마계에 자라는 열매다. 자연적으로 자라

든 누가 키우든 다른 차원의 물건. 옮겨 온 자가 없다면 이곳에서 볼 수가 없을 터. 어째서 이런 게 여기에 있는 건지는 모르겠군. 마계와 인간계는 마도 시대 이전에 이미 단절이 되어 있을 텐데…….]

카릴은 알른에게서 포자를 받고서 나인 다르혼을 보며 말했다.

"너 이걸 만들 때 재료로 이런 걸 쓴 적이 있어?"

그가 손바닥 위에 놓여 있는 검은 포자를 바라보고는 고개를 저었다.

"……넌 매번 반말이군. 아니, 그 괴상하게 생긴 건 뭔데? 이 세계의 것이 맞기는 한가?"

분명 자신보다 훨씬 나이가 어린 카릴임에도 불구하고 묘하게 거부할 수 없는 느낌을 받았다.

"마계에서 자라는 열매야."

"!!!!"

카릴의 말에 그곳에 있던 사람들이 모두 놀란 표정을 지었다.

"마계라니. 무슨 소리 하는 거야. 인간계를 제외하고 지금 차원문이 열린 곳이 없는데."

"맞아. 알른도 그렇게 얘기하더군. 마도 시대 이전에 이미 단절되었다고. 그런데 완전히 그런 것도 아냐."

"……뭐?"

그의 손바닥 위에 있는 포자는 마치 양분을 찾기라도 하는 듯 포자에서 돋아나 있는 돌기가 그의 살갗을 계속해서 찔렀다.

"그게 무슨 말이지?"

"마굴(Dungeon)이 바로 마계와 연결되어 있는 통로이기 때문이다. 모두 다 그런 것은 아니지만 상급 마굴 중에는 인지 능력을 가진 몬스터들이 있잖아."

나인 다르혼은 고개를 끄덕였다.

"게다가 전조 현상 3개 이상의 S급 마굴에서 나오는 보스 몬스터 중엔 마족도 있지."

"하지만 마굴은 마계와는 상관없이 단절된 차원이라는 건 모두가 아는 사실 아냐? 보스 몬스터가 토벌되고 나면 마굴 자체가 멈추니까."

"왜?"

카릴은 그의 대답에 마치 기다렸다는 듯 다시 물었다.

"뭐? 왜…… 라니?"

"보스 몬스터가 죽는 것만으로 어째서 만들어진 새로운 공간이 사라지는 걸까. 공간이 사라진다고 해서 정말 단절된 차원이라고 확신할 수 있을까? 아니, 정말로 공간이 사라지기는 하는 걸까?"

나인 다르혼은 그의 물음에 당혹스러운 표정을 지었다. 이미 수백 년 전부터 정립되어 있던 정설이었으니까. 의심을 해본 적 없었다.

[뜸 들이지 말고 빨리 얘기해 봐. 마굴에 대한 이론을 세운 것도 7인의 원로회였다. 내가 모르는 게 있다는 말이냐?]

카릴의 말에 알른도 기다리기 힘든 듯 그를 재촉했다.

"이걸 진짜 옮긴 놈이 있다면 그게 인간이든 마족이든 둘 다 가능성은 있다."

[어째서지?]

"마굴 자체가 마계와 연결된 길이기 때문이야. 차원문을 열지 않아도 마족들이 마굴을 통해 인간계로 올 수 있다는 말이지."

"말도 안 돼. 공략된 마굴은 입구도 사라진다. 그런데 어떻게 인간계로 마족들이 넘어온다는 말이야?"

나인 다르혼이 카릴의 말에 소리쳤다.

"모두 다 그런 건 아니지. 구릉의 주인이라 불리는 샌드 서펀트가 서식하는 쐐기구릉 덩굴 같은 경우는 처음에는 마굴이었지만 지금은 하나의 지형이 되었지."

[지형화가 된 마굴이 마계의 통로가 될 수 있다는 말이냐……? 하지만 구릉은 인지 능력을 가진 몬스터가 보스로 있는 곳이 아니다. 그렇기 때문에 아직 남아 있는 것이기도 하고.]

"그렇지. 쌍두수리라든지 샌드 서펀트처럼 마굴 안에서 얻을 수 있는 재료가 있으면 보스를 사냥하지 않고 놔두지."

알른의 말에 카릴은 고개를 끄덕였다.

[게다가 마도시대 때도 그렇지만 너희도 유사 인간이 보스로 있는 마굴은 모두 토벌하지 않아? 지금도 마족이나 그 비슷한 것들이 있는 마굴은 없을 텐데.]

"없지."

[도대체 무슨 말을…….]

"지금 활동 중인 마굴에 한해서는 말이지."

애매모호한 대답에 살짝 눈살을 찌푸리던 알른이 카릴의 마지막 말에 말을 멈추었다.

[설마…….]

"그래. 휴지기의 마굴들."

카릴은 고개를 끄덕였다.

"활동이 멈춰서 그저 빈 곳이라 생각하지만 어째서 몬스터가 사라지고 난 뒤에도 남아 있는 걸까."

"그건……."

"그래, 구릉처럼 지형화 된 마굴이기 때문일 수 있다."

나인 다르혼이 뭐라고 말을 하려다가 선수를 친 카릴의 대답에 입을 다물었다.

"그렇다면 질문을 바꿔야겠군. 지형화 된 마굴이 모두 샌드 서펀트 같은 괴수형 몬스터가 있는 곳이라고 확신할 수 있을까?"

"……."

두 사람은 대답하지 못했다.

"만약……. 휴지기의 마굴 중에 하나라도 유사 인간이 보스로 있던 곳이 있다면? 우리는 지금까지 누구도 그것에 대해서 조사한 적이 없다."

카릴은 말을 계속 이었다.

"그리고 만약……. 그중에 하나라도 마족이나 악마족과 같은 유사 인간의 마굴이었다면 그것들은 왜 사라지지 않고 남아 있을까."

[네 말은 그 이유가……. 마족들이 마굴을 차원의 통로로 이용하기 위해서 일부러 남겨놓은 것이라는 뜻이냐.]

꿀꺽-

나인 다르혼은 그 말에 자신도 모르게 마른침을 삼켰다. 그의 표정에서 충격이 여실히 드러났다. 카릴의 말대로라면 지금까지의 정설이 무참히 깨지는 것이기 때문이었다.

"그렇다면 지금 휴지기에 있는 마굴 중에 마족이 보스 몬스터로 있는 S급 마굴이 있을 수 있다는 말이겠군. 하지만 그걸 어떻게 찾지?"

"그래서 주군께서 남부에 있는 대초원의 마굴들을 모두 토벌하고 입구를 봉쇄하라고 하셨군요."

미하일은 그제야 카릴의 명령의 의미를 이해했다는 듯 고개를 끄덕였다.

그가 공국에 있던 사이 베이칸과 키누 무카리를 비롯해서 남부의 야만족들은 마굴을 토벌하기 시작했다.

이후 밀라아나가 타투르 군에 합류하고 난 뒤 디곤 영역에 있던 마굴도 하나둘 공략되고 있는 상황이었다.

제국 역시 마굴 토벌을 정기적으로 하고 있지만 그들과 다른 것이 있다면 카릴은 활동기와 휴지기를 상관하지 않고 토벌이 끝난 모든 마굴의 입구를 봉쇄하고 있다는 점이었다.

"혹시라도 마족들이 마굴을 통해서 나오는 것을 막기 위함이었군요."

나인 다르혼은 미하일의 말에 코웃음을 쳤다.

"입구를 막아? 흥, 어떻게 막았는데? 돌덩이라도 쌓아 올려놨나? 카릴, 백번 양보해서 네 말이 맞다고 치자. 그렇다고 해도 고작 입구를 막는 것으로 마족이 지상으로 올라오는 걸 막을 수 있다고 생각해?"

"아니."

하지만 카릴은 그의 비아냥에도 불구하고 표정 하나 변하지 않고 대답했다.

"마법 결계라도 마족을 막는 건 불가능하지. 다만 봉쇄해놓은 입구가 무너졌을 때 이쪽에 알 수 있도록 알림 마법을 거는 것은 가능하다."

나인 다르혼은 그게 무슨 의미가 있느냐는 표정으로 그를 바라봤다.

"마족들이 마굴을 통해서 지상으로 나오게 된다면……. 어떤 곳을 통해서 온 것인지 모르고 당할 수는 없잖아."

"이미 지상으로 올라왔는데 어떤 마굴을 통해서 올라왔는지 아는 게 다 무슨 소용이야?"

"그래야 반대로 그곳을 통해서 놈들을 족치지."

"……마계로 내려가기라도 하겠다는 말이냐."

"놈들이 인간계로 올라온다면 못할 것도 없지. 대륙을 전장으로 만들 순 없으니까. 차라리 놈들의 앞마당을 불태워 버리는 게 낫지."

나인 다르혼은 카릴의 말에 기가 막힌다는 표정으로 그를 바라봤다. 수비적인 생각은 전혀 하지 않은 채 오히려 역습을 생각하는 카릴의 태도에 혀를 내두를 수밖에 없었다.

"그런데 넌……. 꼭 마족들이 지상으로 올라오기라도 할 것처럼 얘기하는군."

"가능성이 없는 것도 아니지. 이미 그 증거라고 할 수 있는 것이 나왔잖아?"

카릴은 손바닥에 있는 검은 포자를 보였다. 마족은 신탁전쟁이 일어나는 순간 마굴을 통해 인류를 습격했다. 확정된 미래였으나 그것을 나인 다르혼에게 얘기할 수는 없었다. 그런 와중에 이런 완벽한 증거가 있으니 조금은 그의 주장에 무게를 실을 수 있게 되었다.

'하지만 예상 밖이야. 신탁전쟁 이전에 이미 인간이 마족과 연관되어 있을 수 있다는 생각은 하지 못했으니까. 우든 클라우드……'

카릴은 눈살을 찌푸렸다.

'설마 신탁이 내려진 뒤 마족이 지상으로 나오게 된 계기가 그놈들 때문은 아니겠지.'

만에 하나 자신의 예상이 맞는다면 카릴은 무슨 수를 써서라도 우든 클라우드를 완전히 대륙의 역사 속에서 완전히 지워 버리겠다고 다짐했다.

[악몽의 서를 준 자들과 관계가 있을 터. 카릴, 이걸 준 놈의 위치를 파악하거라. 단순한 문제가 아냐. 마족과의 계약을 한 자라면 평범한 자는 아닐 터.]

"그래야겠지."

[쉽지 않을 거다. 혹여 상위 마족과 계약을 했다면 이미 대륙 정세에 영향력을 끼칠 수도 있고.]

"방법이 뭐 있나."

우드득-

카릴은 뻐근한 손목을 만지면서 그에게 말했다.

"잡아 족치면 되지."

알른은 그의 말에 역시나 하는 표정을 지었다.

[……내가 잠깐 잊었다. 때로는 네놈이 한편으로는 야만족보다 더 무식한 놈이라는 걸.]

"말로 할 거라면 애초에 검을 쥐지도 않았을 테니까."

[그럼 이제 어떻게 할 생각이냐.]

"일단 이것의 출처를 확인하는 게 중요하겠지. 이걸 나인 다르혼에게 준 자들이 우든 클라우드라는 것은 알지만 어디에 숨어 있는지 모르니까."

"지금 우리는 그 포자의 정체조차 제대로 알지 못하는데 그걸 단서로 우든 클라우드를 찾아내겠다고? 너무 뜬구름 잡는 소리 아냐?"

나인 다르혼의 말에 알른 역시 고개를 끄덕였다.

[그 말은 저치가 맞다. 나 역시 검은 포자가 마계의 열매라는 것은 알지만 그게 인간계로 나왔을 때엔 어떻게 반응하는지 알 수 없다. 말했다시피 마도 시대에도 마계는 단절되어 있었으니까.]

"아는 사람이 있다면?"

자신만만한 카릴의 물음에 나인 다르혼과 알른이 그를 바라봤다.

"무슨 소리야. 설마 안티홉은 아니겠지? 불멸회에서 낸가 모르는 마법적 지식을 가진 자가 있다고? 말도 안 되는."

나인은 그렇게 말하다가 화들짝 놀란 표정으로 알른을 바라봤다.

"하, 하하. 물론 스승님 예외십니다."

[도대체 누가 마계에 대해서 우리보다 잘 알고 있다는 말이지?]

하지만 그런 나인 다르혼의 말은 신경도 쓰지 않는 듯 알른은 자신보다 뛰어난 자가 있다는 것에 못마땅한 표정으로 물었다.

"그럼 사람이 있어. 요상한 책벌레."

카릴은 의미심장한 미소를 지었다.

"이게…… 뭡니까?"

"당신이라면 알 것 같아서요. 어디서 본 것 같지 않습니까?"

나인 다르혼은 카릴의 말에 입술을 씰룩였다.

'저놈은 왜 여기선 또 존댓말이야?'

불멸회의 수장인 자신에게는 하대하면서 눈앞에 있는 야리야리한 남자에게는 존대하는 그의 태도가 못내 마음에 들지 않은 것이었다. 하지만 그런 것도 잠시 나인 다르혼은 안경을 쓰고 있는 남자가 있는 이곳을 흥미로운 듯 둘러봤다.

"대도서관에 이런 곳이 있었나. 사서들을 두고 난 뒤에는 신경 쓰지 않았는데."

지하 아래에 눅눅한 습기가 느껴지는 방 안. 하지만 지하라고 하기엔 그 높이가 어마어마했는데 작은 직사각형의 방 안엔 가까스로 문을 열 수 있는 공간을 제외하고 4면이 모두 책으로 빼곡하게 꽂혀 있었다.

"수, 수장님께서 어인 일로……."

남자는 카릴의 뒤에 있던 나인 다르혼을 발견하고는 황급히 일어섰다.

스르륵-

책에 싸여 앉아 있을 때는 몰랐는데 일어서자 남자의 키가 엄청나게 컸다. 하지만 키에 비해 덩치는 왜소해서 전사 같은 느낌은 들지 않았다.

"자네가 이곳의 관리자인가?"

"송구하옵니다. 능력이 보잘것없어 책을 관리할 정도도 못

됩니다. 그저…… 버려진 책들이 아까워 읽고 있었습니다.”
“버려진 책?”
남자는 나인 다르혼의 말에 살짝 안색을 굳히고는 조심스럽게 말했다.
“그게……. 저희들은 이곳을 책무덤이라 부릅니다.”
“어째서?”
“수장님께서 명하시지 않으셨습니까. 세상에 모든 마법과 관련된 책을 도서관에 두라고 말입니다. 하지만 아무래도 마법서가 아닌 책들은 인기가 없다 보니……. 마법서가 들어갈 자리조차 부족해서 나머지 책들은 이곳에 보관하기 시작했습니다.”
역사서부터 이야기책까지. 마법과 관련은 있지만 실질적인 효과가 있는 마법서가 아닌 것들은 아무래도 도태될 수밖에 없었다. 책무덤이라는 이름이 쓸쓸하지만 어울렸다.
탈칵-
카릴은 책장을 살피다 책 한 권을 꺼냈다.
‘세상의 빛’
책의 표지에 적힌 제목을 보며 그는 반가운 듯 말했다.
“이런 것까지 있네. 아인헤리에서 내가 읽었던 책인데. 여기서 또 보다니.”
“그렇습니까? 불멸회의 사람들도 잘 읽지 않는 책인데……. 혹시 그 책을 재밌게 읽으셨다면 여기 ‘마굴의 지하’와 ‘사후 세계의 어둠’이란 책도 흥미로우실 겁니다.”

남자는 카릴의 말에 즐거운 듯 말했다. 그러고는 고민도 하지 않고 큰 키로 책들을 찾아냈다.

"너……. 설마 여기에 있는 책들을 모두 읽은 게냐?"

나인 다르혼은 그 모습을 보며 물었다.

"송구하옵니다. 마법의 재능이 미천해서……. 이런 책들을 읽는 게 더 즐겁다 보니.

"허……."

지하의 방에 쌓인 책들은 끝을 알 수 없는 깊이였다. 셀 수도 없을 정도로 많은 책을 모두 읽었다는 것도 대단하지만 그 책들의 위치까지 기억을 하고 있다는 것은 놀라운 능력이 아닐 수 없었다.

"우리는 마법적 지식이 필요한 게 아냐. 그건 네 말대로 너나 알른을 대적할 수 있는 사람이 없지."

카릴은 나인 다르혼을 바라본 뒤 손바닥 위에 있는 검은 포자를 남자에게 건넸다.

"하지만 베일에 싸인 배후를 찾기 위해 필요한 건 지식이 아니라 지혜지."

그는 남자를 바라보며 말했다.

"당신이라면 우리가 원하는 답을 찾을 수 있을 겁니다, 이스라필."

신탁의 10인 중 한 명. 카릴은 오랜만에 만남 동료의 얼굴을 바라보며 옅은 미소를 지었다.

송곳의 이스라필. 그는 신탁의 10인 중 가장 개성이 없는 사람임과 동시에 가장 개성이 뚜렷한 자였다. 커다란 체구에서 보이는 특이점도 있었지만, 그와는 전혀 어울리지 않는 차분함과 나태함. 때로는 그 존재감마저 희미해지는 기분이라 세리카 로렌은 그를 볼 때마다 안개 같다는 얘기를 했다.

"저 인간? 무슨 생각을 하는지 알 수 없어. 보고 있으면 가끔 기분 나빠."

언제나 똑 부러지는 성격인 그녀는 속을 알 수 없는 이스라필에 대한 평가를 이렇게 내렸다. 대부분의 사람들은 처음에 그 말을 들었을 때, 냉정한 그녀의 평가를 이해하지 못했다. 신탁전쟁이 시작되고 신탁을 수행하는 치열한 상황 속에서도 그는 책을 놓지 않고 항상 읽었기 때문이다.

검은 현자. 그 모습에 병사들을 비롯해 많은 사람이 이스라필을 그렇게 불렀다.

'겉으로 보이는 모습이야 그렇지. 그는 확실히 전쟁과 어울리지 않는 남자야.'

카릴은 포자를 앞에 두고 어리둥절한 그를 바라보며 피식 웃었다.

처음에는 의아해했지만 시간이 흐른 뒤 신탁을 수행하면서 9명 모두 세리카 로렌의 평가에 동의할 수밖에 없었다.

조금만 생각하면 이질감을 알아차릴 것이다. 전쟁과 전투보다 책에 파묻혀 사는 평온함을 사랑하는 이 남자가 속해 있는 곳은 저주와 사령을 다루는 불멸회였다.

'게다가 그에게 붙여진 이명은 아이러니하게도 송곳이기도 하지.'

이스라필 카즈빈. 그는 신이 내린 이명만큼이나 이중적인 남자였다.

"검은 포자군요."

사람들의 갑작스러운 등장에 놀란 그였지만 정신을 차리고 카릴이 건넨 포자를 보자 이스라필은 일말의 망설임도 없이 대답했다.

"알고 있어?"

나인 다르혼은 신기한 듯 되물었다.

대마법사인 그도 마계에 대한 것은 잘 알지 못했다. 비단 그의 지식이 모자라기 때문이 아니라 마계에 대한 연구가 제대로 이뤄지지 않았기 때문이다.

관심이 없어지는 것이 당연한 일이었다. 천 년 전인 마도 시대에 이미 단절된 마계였으니까 말이다. 남아 있는 거라고는 유적에서 이따금 발견되는 유물들이었지만 이마저도 확실하게 마족과 관련된 물건인지는 알 수 없었다.

마계를 비롯해서 정령계, 천계 그리고 악마계까지. 기껏해야 음유시인들이 남긴 시가라던지 역사서에 한 편에 몇 줄 쓰여 있는 것이 다였다.

"네. '데프나 지옥도'에 적힌 글을 보면 마계도 인간계처럼 작물을 기른다고 합니다. 마계의 위계는 마왕을 비롯해 그 아래에 4기사가 존재하며 많은 귀족이 있습니다."

"그래서?"

"마족의 서열에 대해서는 '마계 위보'에 언급이 되어 있는데 그 중에 '자간'이란 고위 마족이 역병을 다루며 저주에 능통하다고 합니다. 이 검은 포자도 그가 기르는 작물 중 하나입니다."

이스라필은 빼곡하게 꽂혀 있는 책들을 꺼내며 조금은 격양된 목소리로 말했다.

"그리고……. 제가 정리해 놓은 바에 의하면 검은 포자는 수확을 하는 즉시 시들어서 '숨 막히는 역병 가루'나 '녹아내리는 산(酸)의 비' 등 마법 재료로 즉시 쓰이기에 자간의 저택은 마계 동남쪽 작은 섬에 따로 작물을 기르는 농경지에 함께 있다고 합니다."

백과사전마냥 두꺼운 책을 뒤적이면서 그가 계속해서 말했다.

"그것들은 뭐야?"

나인 다르혼이 표지에 제목이 적혀 있지 않은 책이 궁금한 듯 물었다.

"아, 이건……. 이곳에 있는 책의 내용 중에 마계와 마족에 관한 것만 발췌해서 모아 놓은 것입니다."

"……여기에 있는 것 전부?"

이스라필의 대답에 나인은 질렸다는 듯 헛웃음을 지었다.

"네. 마계뿐만 아니라 천계와 악마계에 관한 것도 정리 중입니다."

고작 몇 줄이라도 나올까 말까 한 이야기들. 이런 정리를 하기 위해서는 일단 그 책의 내용을 모두 읽어야 한다는 것이니까.

"내 말이 맞지?"

"……그러게."

카릴은 나인 다르혼의 수긍에 피식 웃었다.

"그런데 이상합니다. 문헌에 적혀 있는 대로라면 인간계에 검은 포자가 존재할 수 없습니다. 자간이 작물을 수확하고 나면 금세 시든다고 쓰여 있으니까요. 인간계까지 올라올 수가 없는데……."

이사라필은 여전히 생생한 검은 포자를 바라보며 의아한 듯 여겼다.

"만약 이게 마계에서 온 게 아니라 인간계에서 작물을 재배한 것이라면?"

"……네?"

카릴의 물음에 모두가 놀란 듯 그를 바라봤다.

"그럴 수가 있어? 마계의 작물이라면서. 여기서 키울 곳이 어딨어?"

"완전히…… 가능성이 없는 것은 아닙니다."

이사라필은 굳은 얼굴로 집게손가락을 들어 올리며 잠시 기다리라는 제스처를 취했다.

와르륵……!

그러고는 쌓여 있는 책 무더기를 정신없이 뒤지다가 낡은 종이 뭉치를 집어 들었다.

"물론 전제조건이 깔리긴 합니다. 마계와 연결된 통로가 있긴 해야겠죠. 대신 운반을 수확물이 아닌 씨앗 그 자체로 가져오는 겁니다."

"그러니까 일단 마계와 연결된 마굴이 있느냐부터……."

"쉿."

카릴 역시 입을 가리며 나인의 불만을 일축 시켰다.

"계속."

"아, 넵. 수장님의 말씀이 맞습니다. 일단 이어진 통로가 있어야 씨앗을 가지고 올 수 있겠죠."

"마족과의 계약을 통하면 굳이 통로가 없어도 가능해. 하지만 작물은 당신 말대로 마계에서 넘어오는 순간 시들지. 완성품이면 말이 다르겠지만……. 이건 작물 그 자체니 어떤 마법적 가미도 되어 있지 않다는 말이지."

이스라필을 고개를 끄덕였다.

"만약 씨앗을 가져오기만 한다면……. 인간계에 마계의 환경과 비슷한 환경을 만들 수만 있다면 작물을 키우는 것이 완전히 불가능한 것은 아닙니다. 기본적인 마계와 인간계의 환경 자체는 비슷하다고 했으니까요. 다만 이것도 쉬운 일이 아닌 게…….

결정적으로 큰 차이가 있습니다."

그가 펼친 종이에는 그림 하나가 그려져 있었다.

대지에는 괴상하게 생긴 마물들이 득실거렸고 그 위에 구름이 낀 하늘 아래로 붉은 비가 내리고 있었다.

"바로 마계의 공기엔 피가 섞여 있다는 것입니다."

그림 속에 내리는 비는 그저 핏빛의 비가 아니라 진짜 피였던 것이다.

"마계의 작물은 피를 먹고 자랍니다. 하지만 단순히 피를 땅에 뿌려서는 안 됩니다. 공기 중에 섞여 있어야 가능하죠."

"뭐야, 그럼. 불가능한 일이잖아 이게 마계를 그린 그림이란 말이지? 비가 아니라 피가 내리는 기후? 이런 끔찍한 환경이 인간계에 있을 리가 없잖아."

나인 다르혼은 이스라필의 설명에 코웃음을 쳤다.

"있어."

카릴은 이스라필의 말에 자신도 모르게 등골이 오싹한 전율을 느꼈다.

'이게 이런 식으로 연결이 될 거라고는 전생을 경험했던 나조차도 상상하지 못한 일이다.'

마계와 가장 비슷한 환경. 게다가 전생에는 마계를 잇는 최초의 통로로써 이용된 휴지기의 마굴.

"……네."

놀랍게도 이스라필은 카릴의 예상을 알아차리기라도 한 듯 고개를 끄덕였다.

두 사람은 입을 모아 그 이름을 얘기했다.

"선혈동굴(鮮血洞窟)."

"선혈 동굴이라면……. 트라멜 고대 유적지 근처에 있는 마굴?"

"맞아. 지금은 활동이 멈춘 휴지기의 마굴이지."

나인 다르혼은 카릴의 말에 미심쩍은 표정을 지었다.

"하지만 제국이나 공국이 허투루 일을 하지는 않아. 마법회도 물론이고. 대륙에 있는 휴지기 마굴은 모두 조사가 끝났어. 선혈 동굴엔 아무것도 없다."

"맞습니다. 하지만 몬스터에 대한 조사는 끝났지만 마굴 안의 공기까지 조사를 하진 않았을 테니까요."

카릴은 기다렸다는 듯 고개를 끄덕였다.

"만약 그 안의 공기가 아직도 피 내음을 머금고 있는 것이라면 완전한 휴지기의 마굴이라 할 수 없겠지. 마굴의 특성은 유지되고 있다는 증거니까."

"바로 그겁니다."

이스라필의 대답에 모두가 놀라지 않을 수 없었다.

"만약 그 가설이 맞다면……. 우리는 지금까지 여겼던 정설은 완전히 뒤엎어야 할지도 모릅니다. 마굴의 몬스터가 없다

하더라도 그 안에 있는 공기, 물 혹은 입자 하나라도 아직 마굴의 영향력을 가지고 있다면 그건 멈춘 게 아니라는 말이니까요."

[흥, 셀린 한. 제대로 조사도 하지 않고서 그런 어정쩡한 이론을 만들다니……. 7인의 원로회 이름에 먹칠을 하는군. 그러니 그런 두꺼비 같은 후손이 태어나지.]

알른은 쯧- 하고 혀를 찼다.

아조르의 영주인 파시오 한의 조상이자 7인의 원로회 중 유일한 여성 마법사인 그녀의 이름을 이렇게 아무렇지 않게 말할 수 있는 사람은 아마 그뿐일 것이다.

"아직은 속단하기 이릅니다. 확인을 해봐야 알 수 있는 거라……."

이스라필은 알른의 말에 화들짝 놀라며 자신의 말을 얼버무렸다.

하지만 자존심이 구겨진 알른과 달리 카릴은 이스라필의 말에 미소를 지을 수밖에 없었다.

'그 해답을 이런 식으로 찾을 줄이야…….'

이미 그의 가설이 맞다는 확신이 들었으니까.

그는 선혈 동굴이 마족들이 인간계로 넘어오게 되는 첫 번째 거점이라는 것은 알고 있었다. 하지만 전생에도 모든 휴지기의 마굴이 통로로 쓰인 것은 아니었다.

'우습게도 신탁을 경험한 전생의 너도 마굴의 통로화에 대해서 제대로 밝히지 못했다.'

이스라필은 모를 것이다. 신탁은커녕 아직 송곳이라는 이명조차 받지 못한 현생의 그가 전생의 자신을 뛰어넘는 업적을 이뤘다는 것을 말이다.

'그뿐만 아니라 나 역시 모든 마계의 통로가 된 모든 마굴 기억하는 것은 아니다.'

그리고 앞으로 더 많은 마굴이 마족의 통로가 될 것이다. 마계로 이어지는 마굴은 마치 개미굴처럼 수많은 갈래로 나누어져 있기 때문에 그 입구를 찾는 것도 그 이후 통로를 찾는 것도 쉬운 일이 아니다.

'하지만 지금 이 가설이 맞다면 적어도 앞으로 생성될 통로를 미리 찾아낼 수 있다는 말이다.'

역습(逆襲). 그들의 공격을 대비하고 오히려 과거 마족들에게 당했던 그 아픔을 되돌려 줄 수 있게 된다.

"선혈 동굴뿐만 아니라 현존하는 마굴 중에 이러한 특이점이 남아 있는 곳들이 분명 많을 겁니다. 하지만 이건 제국과 공국 그리고 마법회의 전문가들도 찾지 못한 아주 작은 흔적입니다."

카릴은 이스라필을 바라봤다.

"현시점에서 마굴에 대해서 당신만큼 잘 아는 사람도 없겠죠."

"네? 제가요?"

"당신이라면 분명 그 작은 차이를 발견할 수 있을 것이라 믿습니다."

스스슥…….

검은 포자가 드디어 힘을 잃고 쪼그라들기 시작했다. 카릴이 가루가 되어버린 그것을 바라보고서 다시 이스라필에게 말했다.

"마계의 작물이 인간계에 나타났고 그게 만약 마굴에서 재배 되고 있는 것이라면……. 인간 중 마족과 손을 잡은 자가 있다는 말일 겁니다."

"……."

"우리는 늦기 전에 그곳들을 조사해야 합니다. 그리고 그 배후 역시 찾아야 할 테죠. 그러기 위해서 이스라필, 나는 당신이 필요합니다."

꿀꺽-

이스라필은 자신도 모르게 마른침을 꿀꺽 삼켰다.

"나와 함께 갑시다."

그는 자신을 향해 내민 카릴의 손을 바라봤다.

"야, 너 아무렇지 않게 자연스럽게 불멸회의 마법사를 데리고 가려고 한다? 불멸회는 오직 안티홈을 위해서만 일한다는 걸 몰라? 아무 데나 들쑤시는 여명회와는 달라."

나인 다르혼은 그런 카릴을 향해 어이없다는 듯 물었다.

"뭐, 이 일이 아니더라도 데려갈 생각이었어. 말했잖아?"

"……허락을 한 적은 없는데?"

"그럼 넌 이 사태를 보고도 가만히 있을 거야? 마족이 인간계에 개입할지도 모르는 일이라고. 이거 인성 안 되겠네."

카릴은 고개를 저었다.

"알른, 7인의 원로회는 인류를 이롭게 하기 위해 마법을 전파했다면서 저런 녀석을 제자로 들여도 되겠어?"

그러고는 알른에게 손짓을 하며 말했다.

[뭐, 너 같은 놈도 있는데.]

정작 질문을 받은 알른은 대수롭지 않은 듯 대답했다.

[하나 나도 카릴의 말에 동의한다. 죽이 되든 밥이 되든 인간계는 인간의 것이다. 과거에도 마족과 계약하는 자들이 있긴 했으나 모두 처단되었다. 그러니 앞으로도…….]

"어떻게 했는데?"

카릴의 물음에 알른 자비우스는 피식 입꼬리를 올리며 대답했다.

[네가 제일 잘하는 방식으로.]

[그럼 이제 어떻게 할 생각이냐. 안티홈에서 해야 할 일들은 대충 해결이 된 듯싶은데……. 이제 선택의 시간이로군. 이대로 백금룡의 레어에 갈 것인지 아니면 마굴을 확인해야 할지 결정해야지.]

"당신은 생각은 어때?"

이스라필은 카릴의 제안에 검은 포자에 대한 자료를 좀 더 모으기 위한 시간을 달라고 했다.

그렇게 일주일. 그동안 미하일과 세리카는 나인 다르혼에게 직접 특훈을 받았고 카릴은 이스라필의 보고를 기다렸다.

[대륙엔 수백 개의 마굴이 있다. 검은 포자를 재배하는 곳은 선혈 동굴일 가능성이 높다지만 이후는? 정말로 그 덩치가 방법을 찾을 거라고 보느냐.]

"응, 믿어도 돼."

알른의 말에 카릴은 망설임 없이 대답했다.

[그 믿음이 어디서 나오는지는 모르겠다만……. 그렇다면 백금룡을 찾아가는 것을 그다지 찬성하진 않는다. 처음이야 그에게 가서 네 회귀를 알리고 신탁전쟁을 대비할 생각이었겠지만……]

카릴은 고개를 끄덕였다.

[지금은 상황이 달라졌지 않느냐.]

알른과의 만남 이후 나르 디 마우그에 대한 의문이 커지면서 카릴은 이제 그의 도움이 아닌 스스로 신탁을 대비해야겠다는 생각이 들었다.

[조금 거친 부분도 있지만 지금까지 잘 해왔는데 굳이 먼저 만나서 네가 가진 패를 보일 필요가 있을까? 시간 회귀는 네가 가진 큰 무기다. 혹여…… 백금룡이 네 말대로 동료가 될 수 있는 존재였다가도 그 회귀의 사실로 인해서 틀어질 수도 있잖아?]

그만큼 회귀란 중요한 요소였다. 상대방이 미래에 앞으로 자신이 할 일에 대해서 알고 있다는 것은 껄끄러울 수밖에 없는 일이었으니까. 게다가 지금은 나르 디 마우그가 온전히 자신의 편일 거라는 확신도 줄어든 만큼 조심해서 나쁠 것은 없었다.

[그리고 전생에도 만났던 사이 아니냐. 어차피 신탁이 내려지면 싫어도 볼 녀석이니까.]

"의외인걸. 난 솔직히 당신이 당장에라도 녀석을 보러 가겠다고 할 줄 알았는데."

카릴의 말에 알른은 코웃음을 쳤다.

[복수? 훙, 죽임을 당한 일이야 이미 천 년이나 지난 일이다. 1, 2년을 더 기다린다 한들 내겐 큰 의미가 없지만 그 시간을 참아서 얻을 것이 더 크다면 당연히 참아야겠지.]

그는 옅은 미소를 지었다.

[지금의 내게는 네놈을 6클래스의 반열에 올려놓는 것이 백금룡보다 더 중요하다.]

"날 너무 끔찍이 아끼시는걸."

카릴은 그의 대답에 피식 웃었다.

[두아트의 힘을 얻긴 했지만 온전한 힘을 쓰기 위해서는 결국 라시스의 힘도 얻어야 하기에 결과적으로 안티홈에서 너의 성장은 크게 달라지지 않았다.]

"그렇지."

[하지만 대신에 '나'라는 엄청난 소득이 있었지.]

아무렇지 않게 자신을 추켜세우는 알른이었지만 카릴은 그의 말을 부정할 수 없었다.

[일단 회색교장에서 얻은 상자부터 열어야 한다. 그 안에 든 것이 해일의 여왕인지 아닌지 상관없이 나르 디 마우그가 상자를 숨겼다는 것은 사실이니까. 내용물에 따라 녀석의 꿍꿍이도 알 수 있겠지.]

카릴은 그의 말에 고개를 끄덕였다. 다른 것은 몰라도 회색교장에서 알른 자비우스가 얼음 발톱이 숨겨져 있던 곳에서 자신에게 준 상자. 그것만큼은 전생에 나르 디 마우그가 존재를 알리지 않았던 것이 사실이었으니까.

[그뿐만 아니라 6클래스에 도달해야 최소한 녀석의 면상에 제대로 검을 꽂아줄 수 있을 테니까. 복수? 이왕 할 거면 제대로 해야지.]

알른의 눈빛이 번뜩였다.

[네 말대로 천 년이나 기다려 온 일인데 말이야. 너도 조금 궁금하지 않느냐. 대륙에서 가장 오래된 절대자의 얼굴에 공포가 드리우는 모습을 말이야.]

웃는 것처럼 그의 어깨가 가볍게 떨렸다.

[애매하게 이기거나 하는 건 성에 차지 않아.]

"아직 싸우겠다고 하지도 않았는데. 나 참, 동료였던 사람 앞에서 잘도 면상에 칼을 꽂는다는 소리를 하네."

카릴은 그의 말에 어이가 없다는 듯 대답했다.

[흥, 너도 이상하다고 생각해서 녀석의 레어를 찾아가지 않았던 게 아니냐. 아무런 의심 없이 믿었다면 망령의 성 때 찾아갔겠지.]

알른의 말에 카릴은 부정할 수 없었다. 어쩌면 한편으로는 정말로 그 의심이 현실이 될까 하는 두려움이 있어서 나르 디마우그를 만나러 가지 못하는 것일지도 몰랐다.

"언제쯤 6클래스의 벽을 뚫을 수 있을까?"

[글쎄다. 훈련은 충분하지만……. 내 생각에 부족한 것은 계기일 것 같군.]

"계기?"

[6클래스의 반열부터는 깨달음의 깊이가 달라지니까. 너희 말대로 상급 마법사이지 않느냐. 이후부터는 단순 훈련으로 이뤄지는 영역이 아니지. 7클래스 이후는 오히려 다시 기본에 충실해야 하지만 말이야.]

"그런데 왜 그렇게 굴린 거야?"

카릴은 미하일과 세리카가 수련을 하던 동안 알른과의 대련을 떠올렸다.

[이 녀석아. 조금 전에 말했잖느냐. 계기가 필요하다고. 깨달음의 방법은 모두 다르다. 가만히 앉아서 연못의 물고기가 다니는 모습을 보다 얻는 자가 있는 반면, 격렬한 전장에서 얻는 사람도 있지.]

알른은 카릴을 가리켰다.

[네놈의 길은 결국 검의 길이지 않으냐. 마법사로서 성장하기 위한 수단으로 검을 이용한 것이지.]

7인의 원로회는 마도 시대에 누구보다 마법의 정점에 선 자들이었다. 회색교장이라는 이름 자체도 그들이 마법을 가르쳤던 장소였으니까. 그중의 최고라 할 수 있는 알른은 카릴에게 가장 알맞은 방법을 찾았던 것이다.

[물론, 마법과 검을 공존시킨다는 생각 자체가 나는 여전히 마음에 들지 않지만 말이야.]

"계기라……."

알른의 말을 카릴은 곱씹었다.

확실히 자신에게 맞는 길은 검의 길이라는 것을 부정할 순 없지만 알른과의 대련에서 뭔가 벽에 부딪히는 기분을 지울 수 없었기 때문이다.

쿵, 쿵, 쿵-!

그때였다. 다급하게 문을 두들기는 소리가 들렸다. 방문을 열자 지하에서 뛰어오기라도 한 것인 듯 거친 숨을 내쉬는 이스라필이 있었다.

"무슨 일이지?"

"찾았습니다. 마굴을 조사할 방법이요."

그는 두리번거리다가 방에 있는 탁자 위에 황급히 두꺼운 책 한 권을 내려놓았다.

"등급의 고하를 떠나 현재 대륙에 남아 있는 마굴의 수는

약 300개 정도입니다. 이 많은 곳을 일일이 조사하다가는 수십 년이 걸려도 힘들 겁니다."

"숨 좀 고르고 말하세요."

카릴이 그에게 물을 건네자 이스라필은 단숨에 마셔 버리고는 가지고 온 책을 펼쳤다. 당장에라도 자신이 발견한 것을 알려주고 싶어 안달이 난 모습 같았다.

"우월한 눈(Superior Vision)."

"……?"

펼친 페이지엔 커다란 눈동자 하나가 그려져 있고 그 밑에 알 수 없는 고대어가 빼곡하게 적혀 있었다.

그는 그 눈동자를 가리키며 말했다.

"천리안 마법입니다. 하지만 마경(魔鏡)과는 전혀 다른 마법이죠. 마경의 경우는 자신이 알고 있는 장소를 비추는 마법입니다만 우월한 눈은 자신이 지정한 사람을 볼 수 있는 마법이죠."

그는 떨리는 목소리로 말했다.

"만약 이 마법을 쓸 수 있다면 카릴 님께서 직접 마굴을 조사할 필요가 없게 됩니다. 각지에 마굴에 사람을 보내어 그들의 눈을 통해 마굴을 확인할 수 있으니까요."

카릴은 입꼬리를 올렸다. 역시나 그는 자신의 기대를 저버리지 않았다.

이스라필은 대마법사의 반열에 올랐던 세리카 로렌이나 세르가와는 전혀 다른 마법사였다. 마법적 재능은 두 사람에게 떨어질지 모르지만 현자라는 칭호는 그들보다 훨씬 더 어울리는 사람이었으니까. 수많은 책을 그는 독파한, 실로 걸어 다니는 서재라 불릴 만했다.

"그런데…… 처음 들어보는 마법인데……. 이걸 쓸 수 있는 사람이 있습니까? 나인 다르혼이라면 가능하려나."

"아마……. 수장님도 우월한 눈을 쓰시는 것은 어려우실 겁니다."

"그 정도로 상위의 마법입니까?"

"아뇨. 고위급 마법이라는 것도 있지만……. 문제는 마법서가 안티홈에 없다는 겁니다."

"대도서관에 없는 마법서가 있습니까?"

"우월한 눈은 마법 도시인 아조르에 있는 태초에 창조된 세 가지의 마법 중 하나거든요."

그 순간 카릴은 살짝 굳은 얼굴로 물었다.

"혹시 초대 마법(初代魔法)?"

그러고는 천천히 알른을 바라봤다. 카릴이 바라본 의미를 아는 듯 그는 가볍게 어깨를 으쓱했다.

[전에 네가 회색교장에서 내게 말했던 그 3개의 마법이로구나. 익스퍼트 경연의 우승자에게 주어지는 것이랬던가?]

"맞아."

카릴의 대답에 그는 코웃음을 쳤다.

[흥, 우월한 눈이라……. 이름 한번 당돌하군. 그래, 덩치.

나머지 두 마법도 알고 있느냐?]

"아, 그게……."

알른의 말에 이스라필은 황급히 책을 뒤졌다. 이리저리 몇 번 책장이 넘어가고 나서야 그가 대답했다.

"마력 추출과 어둠 거인이란 마법입니다."

[역시…… 그놈의 것이로군.]

"알고 있는 거야?"

[당연하지. 마도 시대에 남아 있는 마법 중 내가 모르는 것은 없다. 그리고 전에도 말했듯이 그 마법들은 원로회의 마법이 아니야. 그러니 앞으로 초대 마법이라는 거창한 이름으로 부르지 마라.]

알른은 태초의 마법사로서 자존심이 상한다는 듯 말했다.

[그 책들을 가져와서 이곳에 놔두면 되겠군. 차라리 그 이름 앞에 불멸회라는 수식어를 붙여놓는 게 낫겠지.]

"기분 나빠하는 건 알겠지만……. 알른, 그럼 당신도 초대 마법을 쓸 수 있겠네?"

[아니, 모른다.]

"왜?"

[그런 허접한 마법은 배울 생각도 없었으니까.]

"……."

대답도 하기 싫은 듯 카릴의 물음에 콧방귀를 뀌었다.

"알른, 그렇다면 내가 그 마법을 배운다면 어떨까."

[그게 무슨 뜻이냐.]

"당신은 기분 나쁠 수 있겠지만 지금 구할 수 있는 마법 중에 초대 마법이 가장 완성도가 높은 마법이라면 말이야. 어쩌면 조금 전 당신이 말한 계기를 아조르에서 찾을 수 있을지도 있지 않을까."

카릴은 뭔가 생각이 들었는 듯 조심스럽게 물었다.

"검의 길이 분명 내가 추구하는 길은 맞지만 어쩌면 검에 관해서 이미 너무 높은 영역에 도달했었기에 더 계기를 만들지 못하는 걸지도 몰라."

[흐음……. 네 말은 검과 떨어져 마법을 배우는 데 집중해서 계기를 만들겠다는 게냐?]

알른은 카릴의 말에 고개를 끄덕였다.

"안티홈에도 많은 마법서가 있지만 그 심오함은 초대 마법과는 비교할 수 없겠지."

[네 머릿속에 내가 전수해 준 지식의 보고만 제대로 열 수 있다면 그따위 마법들은 우습다.]

카릴은 쓴웃음을 지었다.

"맞아. 하지만 계륵이지. 지식의 보고는 정작 그 영역에 도달해야 볼 수 있는 조건이 달렸으니까. 벽을 깨려는 자에게 아무리 대단한 것이라 한들 벽 뒤에 있다면 소용없지."

[흠……. 그래, 드래곤이 만든 용언 마법이 아닌 이상 이 상황에서 얻을 수 있는 가장 고위급 마법서는 그것들이긴 하겠군.]

카릴은 뭔가 머릿속이 맑아지는 기분이었다.

"나 역시 제대로 검을 통한 마법이 아닌 순수한 마법을 수련한 적은 없었으니까."

[녀석, 이제는 스스로 길을 찾는구나.]

알른은 만족스러운 듯 고개를 끄덕였다.

전생에 이민족이었던 카릴에게 검을 가르쳐 준 자는 아무도 없었다.

오직 혹독한 자신과의 수련으로 검성에 도달했으며 파렐을 오르며 그 만의 검술을 창조한 그였으니까.

비록 검과 마법은 완전히 다른 길이라 보일 수 있지만 결국 정점에 오르고자 하는 목적은 같았다.

"그런데……. 이 마법은 아조르의 영주가 가지고 있는지라……. 과연 내어줄지……."

두 사람의 대화에 이스라필은 살짝 걱정스러운 목소리로 말했다.

"아."

카릴은 그의 어깨를 두드리고 싶었으나 까치발을 들어야 겨우 닿을 것 같아 대신 그의 팔뚝을 툭툭 치면서 말했다.

"그거라면 걱정하지 않아도 됩니다. 그러니 지금 당장 출발 준비를 하는 게 좋겠네요."

"……네?"

이스라필은 의아한 얼굴로 그를 바라봤지만 카릴은 아무렇지 않은 듯 담담한 표정으로 대답했다.

"그냥 가서 보겠다고 하면 되니까."

to be continued

마왕성 플레이어

트레샤 퓨전 판타지 장편소설

WISHBOOKS FUSION FANTASY STORY

신들의 전장, 하멜.

집으로 돌아가기 위한 마지막 싸움.

믿었던 동료가 배신했다!

[영혼 이식의 대상을 선택해 주십시오.]

뒤바뀐 운명. 최약의 마왕. 그리고…….

"이번에는 좀 다를 거다!"

어둠 속에 날카로운 칼날을 감춘,

마왕성 플레이어의 차가운 복수가 시작된다.